MARC LEVY

Keşke Gerçek Olsa

Et si c'était vrai, Marc Levy
© 2000, Éditions Robert Laffont / Susanna Lea Associates
© 2001, Can Sanat Yayınları Ltd. Şti.
Bu eserin Türkçe yayın hakları Akcalı Telif Hakları Ajansı aracılığıyla alınmıştır.
Tüm hakları saklıdır. Tanıtım için yapılacak kısa alıntılar dışında yayıncının yazılı izni olmaksızın hiçbir yolla çoğaltılamaz.

www.marclevy.info

1. basım: 2001
14. basım: Mayıs 2013, İstanbul
Bu kitabın 14. baskısı 1 000 adet yapılmıştır.

Kapak tasarımı: Ayşe Çelem Design
Kapak resmi: © iStockphoto.com / Aliev Aleksei

Kapak baskı: Azra Matbaası
İç baskı ve cilt: Ekosan Matbaası
Litros Yolu 2. Matbaacılar Sit. 2 NF 4-8, Topkapı, İstanbul
Sertifika No: 19039

ISBN 978-975-07-1282-1

CAN SANAT YAYINLARI
YAPIM, DAĞITIM, TİCARET VE SANAYİ LTD. ŞTİ.
Hayriye Caddesi No. 2, 34430 Galatasaray, İstanbul
Telefon: (0212) 252 56 75 / 252 59 88 / 252 59 89 Faks: (0212) 252 72 33
www.canyayinlari.com
yayinevi@canyayinlari.com
Sertifika No: 10758

MARC LEVY

Keşke Gerçek Olsa

ROMAN

Fransızca aslından çeviren
Saadet Özen

MARC LEVY, 1963 yılında Fransa'da doğdu. 17 yaşında Kızılhaç örgütüne katıldı, altı yıl boyunca gönüllü olarak hizmet verdi; bir yandan da Paris-Dauphine Üniversitesi'nde öğrenimini sürdürdü. Yirmi üç yaşında ülkesinden ayrılıp ABD'ye yerleşti. Yedi yıl sonra, iki arkadaşıyla birlikte bir mimarlık şirketi kurmak üzere Fransa'ya geri döndü. On yıl boyunca bu şirketi yönetti. 40 yaşına yaklaştığı günlerde, oğluna anlattığı hikâyeleri kâğıda dökmeye karar verince ilk romanı *Keşke Gerçek Olsa* ortaya çıktı. Dünya çapında büyük bir başarı elde eden kitap, aylarca çoksatar listelerinin başından inmedi ve otuza yakın dile çevrildi. Yazarın ikinci romanı *Neredesin?* ilkini aratmayacak bir başarıyla çok geçmeden bir milyon satış rakamına ulaştı. 2003'te yayımladığı *Sonsuzluk İçin Yedi Gün*, Fransa'da 2003'ün en çok satan romanı oldu. 2004'te yayımlanan *Gelecek Sefere*; aşk, mizah ve masalsı öğelerle ördüğü romanlarının son halkası oldu. Levy, 2005'te *Keşke Gerçek Olsa*'nın devam romanı *Sizi Tekrar Görmek*'i yayımladı. Bir kısa metrajlı filmi de (*La lettre de Nabila*) bulunan yazar Londra'da yaşıyor.

Marc Levy'nin Can Yayınları'ndaki diğer kitapları:

Keşke Gerçek Olsa, 2001
Neredesin?, 2004
Sonsuzluk İçin Yedi Gün, 2005
Gelecek Sefere, 2007
Sizi Tekrar Görmek, 2007
Dostlarım Aşklarım, 2008
Özgürlük İçin, 2009

Birbirimize Söyleyemediğimiz Onca Şey, 2010
Gölge Hırsızı, 2011
İlk Gün, 2012
İlk Gece, 2012
Dönmek Mümkün Olsa, 2013

Louis'ye

1

1996 Yazı

Açık renk ahşap sehpanın üzerindeki küçük saat az önce çalmıştı. Saat sabahın beş buçuğunu gösterirken oda, San Francisco şafağına has altın ışıklara boğulmuştu.

Ev halkı uykudaydı; dişi köpek Kali, yerdeki büyük halının üzerine uzanmış, Lauren kocaman yatağının ortasındaki kaztüyü yorganın içine gömülmüştü.

Lauren'ın evi, yumuşak havasıyla insanı şaşırtırdı. Green Sokak'taki Victoria tarzı bir binanın en üst katında yer alan daire, büyük bir oda, Amerikan mutfaklı bir salon, bir giyinme odası ve ışık alan, geniş bir banyodan oluşuyordu. Yerlere geniş latalı sarı parkeler döşenmişti; banyodakiler boyayla ağartılıp delikli kalıplarla siyaha boyanarak siyahlı beyazlı karelere bölünmüştü. Beyaz duvarlar, Union Sokak'taki galerilerden seçilen eski resimlerle süslenmiş, tavanın kenarlarına, yüzyıl başında yaşamış usta bir marangozun elinden çıkma, Lauren'ın balrengine boyatarak belirginleştirdiği, zarif, ahşap bir bant geçilmişti.

Hindistancevizi lifinden dokunmuş, kenarlarına bej jüt çerçeve örülmüş birkaç halı, salona, yemek odasına ve şömineye ayrılan köşelerin sınırlarını çiziyordu. Şöminenin karşısında, ham pamuktan koca bir kanepe, insanı içine gömülmeye davet ediyordu. Sağa sola serpiştirilmiş birkaç mobilyanın tepesinde, son üç yıl içinde sırayla alınarak piliseli abajurlara takılmış pek sevimli lambalar vardı.

Gece, göz açıp kapayıncaya dek geçmişti. San Francisco Memorial Hastanesi'nde stajyer doktor olan Lauren, büyük bir yangının kurbanlarının hastaneye geç saatte getirilmesi nedeniyle nöbetini alışılmış yirmi dört saatin çok ötesine uzatmıştı. İlk ambulanslar, nöbet değişimine on dakika kala Acil'de bitivermiş; Lauren de ekibindekilerin umutsuz bakışları altında, hiç zaman kaybetmeden getirilen ilk yaralıları, müşahade salonlarına yönlendirmeye başlamıştı. Bir virtüöz ustalığıyla her hastayı birkaç dakikada dinliyor, her birine durumunun ağırlığına göre renkli etiketler veriyor, öntanı saptıyor, yapılacak ilk muayeneleri yazıyor, sedyecileri gerekli salonlara yönlendiriyordu. Gece saat 24.00 ile 00.15 arasında getirilmiş on altı kişinin bu biçimde ayrılması tam yarımda sona erdi; böylece acil durum nedeniyle çağrılmış olan cerrahlar da, bu uzun gecenin ilk ameliyatlarına bire çeyrek kala başlayabildiler.

Lauren, üst üste iki müdahalede Dr. Fernstein'e yardım etmişti; evine ancak yorgunluk yüzünden dikkati dağılırsa hastalarının sağlığını tehlikeye atacağını öne süren doktorun kesin emri üzerine gitti.

Gecenin ilerleyen saatlerinde, Triumph marka arabasının direksiyonuna geçip hastanenin otoparkından çıktı, ıssız sokakları hızla geçerek evine döndü. "Yorgunluktan ölüyorum ve arabayı çok hızlı sürüyorum," diye dakika başı tekrarlayıp duruyordu uykuya yenik düşmemek için; ama Acil Servis'e, üstelik seyirci olarak değil, oyuncu olarak dönmeyi düşünmek, onu uyanık tutmaya yetiyordu.

Garajının uzaktan kumandalı kapısını açıp külüstürünü içeri park etti. Merdiveni dörder beşer çıkıp bina içindeki koridordan geçti ve rahat bir soluk alarak eve girdi.

Şöminenin üzerindeki sarkaçlı küçük saat, iki buçuğu

gösteriyordu. Lauren, giysilerini geniş oturma odasında, orta yere bırakıverdi. Çırılçıplak, kendine bir bitki çayı hazırlamak için barın arkasına geçti. Rafı süsleyen kavanozlara, sanki günün her ânına ayrı çay kokuları versinler diye, çeşit çeşit bitkiler konulmuştu. Fincanı başucundaki sehpaya koymasıyla kaztüyü yorganın altına sokulup uykuya dalması bir oldu. Bir önceki gün bitmek bilmemişti; üstelik ertesi sabah erken kalkması gerekiyordu. Bu kez nasıl olduysa hafta sonuna denk gelen iki günlük tatilden yararlanarak dostlarının Carmel davetini kabul etmişti. Birikmiş yorgunluğun üstüne, şöyle güzel bir sabah keyfi iyi giderdi, ama gene de hiçbir güç, ona sabah kalkış saatini erteletemezdi. Lauren, Pasifik kıyısında, San Francisco'yu Monterey Koyu'na bağlayan o yolda, gündoğumunu seyretmeye bayılırdı. Yarı uyur, yarı uyanık, el yordamıyla saatin zilini durduran düğmeyi aradı. Gözlerini yumruklarıyla ovuşturduktan sonra ilk gördüğü, halının üzerinde yatan Kali oldu.

"Bakma bana öyle, ben artık bu gezegene ait değilim."

Lauren'ın sesini duyan köpek, çabucak yatağın çevresini dolaşıp başını sahibesinin karnına dayadı. "Seni iki günlüğüne terk ediyorum, kızım. Anne saat on bire doğru gelip seni alacak. Çekil; kalkıp sana yemek vereyim."

Lauren bacaklarını uzattı, yukarı doğru gerinerek uzun uzun esnedi ve yataktan yere atladı.

Bir yandan saçını fırçalayarak tezgâhın arkasına geçip buzdolabını açtı, gene esnedi, tereyağı, reçel, tost ekmeği, köpek maması, bir paket Parma jambonu, bir parça Gouda, iki çanak süt, bir kupa elma kompostosu, iki sade yoğurt, karışık tahıl gevreği, yarım ananas çıkardı; ananasın öbür yarısını alt rafa koydu. Kali yüzüne karşı üst üste kafasını sallayınca Lauren gözlerini iri iri açıp bağırdı:

"Karnım aç, yahu!"

Her zamanki gibi, önce ağır bir toprak kabın içinde, evlatcığının kahvaltısını hazırladı.

Ardından bir fincan kahve yaparak kendi tepsisini hazırlayıp masaya oturdu. Kafasını hafifçe çevirdiğinde

Saussalito'yu, tepelere dizilmiş evlerini, koyun iki yakasını bir tire işareti gibi birbirine bağlayan Golden Gate'i, Tiburon Balıkçı Limanı'nı, en altta da, marinaya kadar basamaklar halinde yayılan çatıları görebiliyordu. Pencereyi ardına kadar açtı, kentte çıt çıkmıyordu. Yalnızca Çin'e giden büyük kargo gemilerinin, martıların çığlıklarına karışan sis düdükleri, sabahın ağırlığına ahenk katıyordu. Lauren, bir kez daha gerindikten sonra, büyük bir iştahla devlere layık kahvaltıya saldırdı. Bir önceki akşam, zamansızlıktan akşam yemeği yememişti. Tam üç kez bir sandviçi mideye indirmeyi denemiş ama her seferinde alarm cihazı titreyerek onu yeni bir acil vakaya çağırmıştı. Karşısına geçip mesleğini soranlara hep aynı yanıtı veriyordu: "Meşgul." Şölen sofrasındakilerin hemen hepsini silip süpürdükten sonra, tepsiyi mutfak tezgâhının üstüne koyup banyoya girdi.

Parmaklarını üzerlerinde kaydırarak jaluzileri kapadıktan sonra, beyaz pamuklu gömleğini ayaklarının dibine bırakıverip duşun altına girdi. Tazyikli ılık su, uykusunu iyice açtı.

Duştan çıkarken, göğüslerini açık bırakarak, beline bir havlu doladı.

Aynanın karşısında bir süre somurttu; sonunda hafif bir makyajda karar kıldı; üzerine bir kot pantolon ile bir polo gömlek geçirdi; kotu çıkarıp etek, sonra eteği çıkarıp yeniden pantolon giydi. Dolaptan yastık kılıfına benzeyen bir bez çanta alıp birkaç parça eşya ile kozmetik malzemelerini tıkıverdi. Sonunda hafta sonu için hazırdı işte! Arkasına dönerek evde hüküm süren düzensizliğin boyutlarına baktı; oraya buraya atılmış giysiler, havlular, evyedeki bulaşıklar, dağınık yatak... Son derece kararlı bir tavır takınarak yüksek sesle mekândaki bütün eşyalara seslendi:

"Ağzınızı bile açmıyorsunuz, sinirlenmiyorsunuz; yarın erken gelip haftalık temizliğinizi yapıyorum!"

Sonra bir kalem ile bir kâğıt kaparak aşağıdaki notu yazıp kurbağa biçimli koca bir magnetle buzdolabının kapağına yapıştırdı:

Anne,

Köpek için sağ ol; sakın ortalığı toplamaya kalkışma, eve dönünce ben hepsini hallederim.

Kali'yi pazar günü saat beş gibi, doğrudan senin evden alırım. Seni seviyorum; en sevgili doktorun.

Mantosunu sırtına geçirdi; şefkatle köpeğinin kafasını okşayıp alnına da bir öpücük kondurduktan sonra, kapıyı üstüne çarparak kapattı.

Geniş merdivenden indi; garaja ulaşmak için dışarıya çıktı ve neredeyse zıplayarak ihtiyar kabriyolesine yerleşti.

"Gidiyorum, gidiyorum," diye tekrarlayıp duruyordu. "İnanamıyorum, bu gerçek bir mucize; şimdi tek sorun, lütfedip yola çıkman. Bana bak; tek bir kere öksürecek olursan, motorunu şuruba boğup seni derhal hurdaya çıkarıyorum; yerine de tam elektronik; marşı olmayan, üstelik sabah soğuk alınca huysuzluk yapmayan gencecik bir araba alıyorum; umarım beni anlamışsındır. Kontak!"

Anlaşılan yaşlı İngiliz, sahibesinin sözlerindeki ikna gücünden çok etkilenmişti, çünkü anahtar döner dönmez motor çalışmaya başladı. Galiba güzel bir gün başlıyordu.

2

Lauren, komşuları uyandırmamak için gürültü etmeden yola koyuldu. Green Sokak, iki yanında evler ve ağaçlar olan sevimli bir yerdi. Burada, köydeki gibi herkes birbirini tanırdı. Kenti baştan başa geçen iki anayoldan biri olan Van Ness'e altı kavşak kala, Lauren vitesi yükseltti. Dakikalar ilerledikçe renklerle bezenen solgun bir ışık, kentin göz kamaştırıcı manzaralarını bir bir uyandırıyordu. Araba ıssız yollarda hızla ilerliyor, Lauren o ânın sarhoşluğunun tadını çıkarıyordu. San Francisco'nun yokuşları, bu baş dönmesi duygusunu hissetmek için biçilmiş kaftandır.

Sutter Sokak'ta keskin viraj. Direksiyonda ses ve tıkırtı. Union Sokak yönünde dik iniş. Saat altı buçuk, kasetçalardan avaz avaz bir müzik yayılıyor; Lauren mutlu, uzun zamandır olmadığı kadar mutlu. Stres, hastane, görevler geride kaldı. Yalnızca ona ait bir hafta sonu başlıyor ve kaybedecek bir dakika bile yok. Union Meydanı sakin. Birkaç saat içinde kaldırımlar, meydanın çevresindeki büyük mağazalardan alışveriş yapan halkla ve turistlerle dolup taşacak. Tramvaylar birbirini izleyecek, vitrinler aydınlanacak, parkların altına gömülmüş merkez otoparkının önünde otomobiller uzun kuyruklar oluşturacak, bahçelerde müzik grupları, birkaç notayı ve nakaratı, sentlere ve dolarlara değişecekler.

Sabahın bu çok erken vaktinde ise, ortalıkta huzur egemen. Vitrinlerin ışıkları sönmüş, birkaç sokak serserisi hâlâ banklarda uyuyor. Otopark bekçisi, kulübesinin içinde uyukluyor. Triumph, vites kolunun atılımlarının ritmine uyarak asfaltı yutuyor. Trafik lambaları yeşilde; meydanı çevreleyen dört yoldan biri olan Polk Sokağı'na daha rahat dönebilmek için, Lauren vitesi ikiye geçiriyor. Başına saç bağı niyetine bir eşarp bağlamış; hafif sarhoş; Macy's binasının devasa cephesinin karşısında virajı alıyor. Kavis mükemmel, tekerlekler hafifçe gıcırdıyor; tuhaf bir gürültü, art arda tıkırtılar, her şey çok hızlı olup bitiyor; tıkırtılar birbirine karışıyor, gitgide büyüyor.

Ani bir çatırtı! Zaman donuyor. Artık direksiyon ile tekerlekler arasında hiçbir bağ yok; iletişim kökünden kesildi. Araba ters yöne dönerek nemini koruyan yolda kaymaya başlıyor. Lauren'ın yüzü geriliyor. Elleri, artık söz dinleyen direksiyona yapışıyor; direksiyon, günün geri kalanının tehlikeye girdiğini gösteren bir boşluğun içinde sonsuza dek dönmeyi kabullenmiş. Triumph hâlâ kayıyor, zaman, uzun bir esnemenin içindeymiş gibi rahatlamış, ansızın gevşemiş görünüyor. Lauren'ın başı dönüyor; aslında çevresindeki dekor inanılmaz bir hızla dönüyor. Araba bir topaç gibi dönüyor. Tekerlekler sertçe kaldırıma çarpıyor, arabanın ön tarafı bir yangın musluğuna dalıveriyor. Kaput hızla havaya dikiliyor. Araba, son bir hamleyle devriliyor, yerçekimi yasalarına meydan okuyan bu topaca artık fazla ağır gelen sürücüyü dışarı atıyor. Lauren'ın havaya fırlatılan bedeni, büyük mağazanın cephesine çarpıyor. Bunun üzerine devasa vitrin patlayarak cam kırıklarından bir halı gibi yerlere saçılıyor. Yerde yuvarlanan genç kadın, camdan halının üzerine serilerek, yıkıntıların arasında, darmadağın saçlarıyla hareketsiz kalıyor; bu sırada, yarısı kaldırımın üstünde, sırtüstü yatan yaşlı Triumph'un da koşusu ve meslek hayatı sona eriyor. Bağırsaklarından bildik bir buhar yükseliyor ve Triumph, yaşlı İngiliz kadınlarına özgü son kaprisini yapıyor, son nefesini veriyor.

Lauren ölü gibi. Huzur içinde dinleniyor. Yüz hatları düzgün; soluk alışı ağır ve düzenli. Ağzı hafifçe açık; hafifçe gülümsediğini sanabilir gören; gözleri kapalı, uyuyor gibi. Uzun saçları yüzünü çevreliyor, sağ eli karnında.

Otopark bekçisi, kulübesinin içinde gözlerini kırpıştırıyor, her şeyi "bir film gibi izledi" ama, "Bu seferki gerçekti," diyecek sonradan. Kalkıp dışarıya koşuyor, ama fikrini değiştirip geri dönüyor. Telaşla telefona koşup 911'i çeviriyor. Yardım çağırıyor, yardım ekipleri de hemen yola koyuluyorlar.

San Francisco Hastanesi'nin yemekhanesi, yerleri beyaz karolarla kaplı, duvarları sarı boyalı kocaman bir oda. Yiyecek içecek dağıtıcılarının geçtiği koridorun kenarlarına, bir sürü dikdörtgen formika masa konulmuş. Doktor Philip Stern, elinde bir fincan soğuk kahveyle masaların birine uzanmış, uyukluyordu. Az ötede, ekip arkadaşlarından biri, gözlerini boşluğa dikmiş, sandalyesinde sallanıp duruyordu. Cebinden, alarm cihazının sesi gelince bir gözünü açıp sinirli sinirli saatine baktı; on beş dakika sonra nöbeti bitiyordu. "Olacak iş değil! Gerçekten de hiç şansım yok Frank, santrali ara benim için." Frank, başının üstünde asılı duran telefonu kapıp mesajı dinledi, telefonu kapadıktan sonra Stern'e döndü. "Kalk, dostum; mesaj bize, Union Meydanı, kod 3, anlaşılan ciddi bir durum..." San Francisco Acil Sağlık Hizmetleri'nde çalışan iki stajyer doktor, kalkıp ambulansın harekete hazır, lambası yanar durumda onları beklediği girişe yöneldiler. İki kısa siren sesi, 02 biriminin gidişini duyurdu. Saat yediye çeyrek vardı, Market Sokak'ta in cin top oynuyor, araba, sabahın bu erken saatinde tam gaz ilerliyordu.

"Allah kahretsin; hava da ne güzel bugün."

"Eee, niye kızıyorsun?"

"Çünkü yorgunluktan ölmek üzereyim, yatıp uyuyacağım ve güzel havadan yararlanamayacağım."

"Sola dön, ters yöne gireceğiz."

Frank söyleneni yaptı, ambulans Union Meydanı'na doğru Polk Sokak'tan tırmanmaya başladı. "Haydi, hızlan; onu görüyorum." Büyük meydana vardıklarında, iki stajyer doktorun ilk gördüğü, ihtiyar Triumph'un, yangın musluğunun üstüne yapışmış, hurdaya dönmüş gövdesiydi. Frank sireni kesti.

"İşe bak, ne biçim geçirmiş," diye yorumda bulundu Stern, kamyonetten atlarken. İki polis olay yerine gelmişti bile; içlerinden biri Philip'i kırık vitrine doğru götürdü.

"Nerede o?" diye sordu stajyer, polislerden birine.

"Şurada, önünüzde; bir kadın, üstelik Acil Servis'te doktor. Belki onu tanırsınız."

Lauren'ın bedeninin yanına çömelmiş olan Stern, ekip arkadaşına, "Koş," diye bağırdı. Bir makas alıp kot pantolonla kazağı kesmiş, deriyi açıkta bırakmıştı bile. Uzun sol bacaktaki, çevresi kan toplamış hissedilebilir deformasyon, kemiğin kırıldığını gösteriyordu. Görünürde bedenin geri kalan yerinde bir yara yoktu.

"Bana serum seti ve elektrot hazırla; nabız çok zayıf, tansiyon sıfır, nabız 48'de, başta yara var, sağ uylukta iç kanamalı kapalı kırık; iki de atel hazırlıyorsun. Onu tanıyor muyuz? Bizden mi?"

"Onu daha önce görmüştüm; Acil'de stajyer; Fernstein'le çalışıyor. Fernstein'e kafa tutan tek kişi de o."

Philip son açıklamaya tepki vermedi. Frank genç kadının göğsüne yedi elektrot yapıştırdı, hepsini, değişik renkteki elektrik kablolarıyla birbirlerine ve taşınabilir elektrokardiyografi cihazına bağlayıp aleti çalıştırdı. Ekran hemen aydınlandı.

"Trase ne gösteriyor?" diye sordu ekip arkadaşına.

"Durum hiç iyi değil, gitti gidiyor. Tansiyon sekize altı, nabız 140, dudaklar morarmış, sana yedi numaralı endotrakeal tüp hazırlıyorum, entübe edelim."

Doktor Stern kateteri yerleştirmişti; serum şişesini polislerden birine uzattı:

"Bunu güzelce havada tutun, iki elime de ihtiyacım var."

Bir anda polisi bırakıp ekip arkadaşına dönerek, serum borusuna beş miligram adrenalin, yüz yirmi beş miligram Solu-Medrol enjekte etmesini ve defibrilatörü derhal hazırlamasını söyledi. Tam o anda, elektrokardiyogramın trasesi düzensizleşmeye, Lauren'ın beden ısısı da birden düşmeye başladı. Yeşil ekranın altında, küçük, kırmızı bir kalp yanıp sönüyordu; bir yandan da, bir kalp fibrilasyonunun (ritim bozukluğu) yaklaştığına işaret eden bir bip sesi, kısa aralıklarla çalıp duruyordu.

"Haydi güzelim, ha gayret! İç kanama geçiriyor olmalı. Batın ne durumda?"

"Serbest; kanama büyük olasılıkla bacağında. Entübasyon için hazır mısın?"

Bir dakika dolmadan Lauren'ı entübe ettiler; entübasyon borusu, solunum cihazına bağlandı. Stern, vital (hayatî) bulguları istedi; Frank de soluk alıp verişin sabit olduğunu, tansiyonun 5'e düştüğünü belirtti. Daha cümlesini bitiremeden kısa bip sesinin yerini, makineden yükselen keskin bir ıslık aldı.

"Tamamdır, kız fibrilasyona giriyor, 300 jul gönder."

Philip, aletin iki tutamağını birbirine sürttü.

"Tamamdır, elektrik akımı geliyor," diye bağırdı Frank.

"Geri çekil, şoku yolluyorum!"

Akımın etkisiyle, karın yukarı doğru yay gibi gerilirken, beden birden büküldü, sonra hemen tekrar yere yapıştı.

"Yok, olmadı."

"360'ı dene, yeniden başlıyoruz."

"360, başlayabilirsin."

"Açılıyoruz!"

Beden bir an için havalandıktan sonra, ölü gibi yere serildi. "Bana tekrar beş miligram adrenalin ver ve 360'ı yükle. Açılıyoruz!" Yeniden elektrik akımı, yeniden sıçrayış. "Hâlâ fibrilasyonda! Kız gidiyor, serumun içine bir ünite Lidokain verip akımı yeniden yolla. Geri çekil!" Beden, havaya sıçradı. "Beş yüz miligram Berilyum veriyoruz ve derhal 380'i yolluyorsun!"

Lauren'a bir kez daha şok verildi, kalbi, damarlara enjekte edilen uyuşturuculara cevap verircesine birkaç saniye düzgün çalıştı; ama sonra, kısa bir süre için kesilen ıslık sesi, eskisinden de yüksek çıkmaya başladı... "Kalp durması!" diye bağırdı Frank.

Philip, alışılmadık bir hırsla, derhal kalp masajına başladı. Lauren'ı hayata geri döndürmeye çalışırken bir yandan da yalvarıyordu: "Aptal olma, bugün hava güzel, geri gel, bize bunu yapma!" Ardından, ekip arkadaşına makineyi bir kez daha yüklemesini söyledi. Frank onu sakinleştirmeye çalıştı: "Philip, boşver, hiçbir işe yaramaz." Ama Stern vazgeçmiyordu; defibrilatörü yüklemesi için Philip'e bağırdı. Arkadaşı görevini yerine getirdi. Yüz bininci kez, geri çekilmesini söyledi. Beden gene yay gibi büküldü, ama elektrokardiyografi cihazı hâlâ kıpırtısızdı. Philip yeniden masaja başladı, alnı boncuk boncuk terliyordu. Yorgunluk, genç doktorun çaresizlik karşısında kapıldığı umutsuzluğu artırıyordu. Ekip arkadaşı, onun artık mantıklı davranamadığını anladı. Dakikalar önce her şeyi durdurup ölüm saatini tespit etmeliydi; ama onun aldırdığı yoktu, kalp masajına devam ediyordu.

"Yarım miligram adrenalin daha ver ve 400'e çık."

"Philip, yeter artık, bunun anlamı yok, öldü o. Abuk subuk davranıyorsun."

"Kapa çeneni ve söylediğimi yap!"

Polis memuru, Lauren'ın yanına çömelmiş olan stajyer doktora merak dolu bir bakış fırlattı. Doktor, bunu fark etmedi bile. Frank omuz silkti, serum borusuna bir doz daha enjekte edip defibrilatörü çalıştırdı. Dört yüz miliamper sınırına gelindiğini bildirince Stern geri çekil uyarısını bile yapmadan elektriği yolladı. Akımın yoğunluğunun etkisiyle hareketlenen göğüs, sertçe havalandı. Trase umut kırıcı bir biçimde dümdüzdü. Stajyer doktor traseye bakmadı bile, daha son şoku yollamadan önce, olacakları biliyordu. Lauren'ın göğsünü yumrukladı. "Allah kahretsin, Allah kahretsin!" Frank sıkıca onun omzunu kavradı.

"Yeter artık Philip, ipin ucunu kaçırıyorsun, sakinleş!

Ölüm tespitini yap da gözlerini kapayalım. Yıkılmak üzeresin, gidip dinlen şimdi."

Şaşkın gözlerle bakan Philip ter içindeydi. Frank sesini yükseltti, arkadaşının başını elleriyle kavrayıp gözlerinin içine bakmaya zorladı onu.

Sakinleşme emrini resmî bir sesle yineledi, hiçbir tepki gelmeyince arkadaşını tokatladı. Tokat genç doktoru biraz kendine getirdi. Bunun üzerine Frank yatıştırıcı bir sesle, "Gel benimle, dostum; aklını başına topla," dedi, artık gücü kalmadığından onu bıraktı, bakışları en az onunkiler kadar uzaktı. Polisler, şaşkınlıktan donup kalmış bir halde, iki doktoru seyrediyorlardı. Besbelli kendini iyice kaybetmiş olan Frank yalpalayarak yürüyordu. Yere çömelmiş, iyice büzülmüş olan Philip, yavaşça başını kaldırdı, ağzını açıp alçak sesle bildirdi: "Saat yedi on; öldü." Sonra, serum şişesini soluk bile almadan hâlâ elinde tutan polise dönerek, "Götürün onu, bitti, artık onun için elden bir şey gelmez," dedi. Kalktı, ekip arkadaşının omzunu kavrayıp onu ambulansa doğru sürükledi. "Haydi gel, gidiyoruz." Polisler, arabaya binmeye çalışan doktorların arkasından baktılar. "Doktorlar hiç iyi gözükmüyorlar!" dedi polislerden biri. Öbür polis, uzun uzun meslektaşını süzdü.

"İçimizden birinin öldüğü bir olay başına geldi mi hiç?"

"Hayır."

"Öyleyse, demin neler yaşadıklarını anlayamazsın. Haydi, bana yardım et; kızı incitmeden alıp arabadaki sedyeye aktaralım."

Ambulans sokağın köşesini dönmüştü bile. Polisler Lauren'ın kıpırtısız bedenini kaldırıp sedyeye koydular, üstüne de battaniye örttüler. Gösterinin bittiğini gören birkaç sabahçı serseri, olay yerinden ayrıldı. Yola koyulduklarından beri, Acil Servis ambulansının içindeki iki doktorun ağzını bıçak açmıyordu. Frank sessizliği bozdu:

"Sana ne oldu, Philip?"

"Otuzunda bile yok, üstelik doktor; ölesiye güzel..."

"Evet, zaten o da öldü! Güzel bir doktor olması bir şeyi değiştiriyor mu? Süpermarkette çalışan çirkin bir kız da olabilirdi. Yazgı bu; elinden hiçbir şey gelmez, eceli gelmişti. Şimdi gideceğiz, sen de yatıp uyuyacak, bütün bunların üstüne sünger çekmeye çalışacaksın."

İki sokak arkalarında taksinin biri, tam kavşağa girmek üzere olan polis arabasının yanından, yeşil ışık sönmeden hemen önce hızla geçiverdi. Öfkelenen polis, sert bir fren yapıp kornaya bastı, "Limo Service"in şoförü de durup gönülsüzce özür diledi. Bu arada Lauren'ın bedeni sedyeden düşmüştü. İki adam arkaya geçtiler; genç olan Lauren'ı ayak bileklerinden, yaşlı olan da kollarından yakaladı. Gözleri bir an için genç kadının göğsüne takılan yaşlı polisin yüzü, birden taş kesildi.

"Soluk alıyor!"

"Ne?"

"Soluk alıyor, diyorum sana; hemen direksiyona geçip hastaneye yollan."

"İşe bak! Eh, zaten o iki doktorun hali de pek iyi değildi."

"Kapa çeneni de yola koyul! Bir şey anladıysam ne olayım, ama o ikisinin peşini bırakmayacağım."

Polis arabası, iki stajyer doktorun şaşkın bakışları altında ambulansı hışımla solladı. "Onların polisleriydi" bunlar. Philip sireni çalıştırıp peşlerine düşmek istedi, ama yardımcısı karşı çıktı; iflahı kesilmişti artık.

"Niye öyle sürüyorlardı arabayı?"

"Nereden bileyim," diye yanıtladı Frank; hem belki de bizimkiler değildi. Bütün polisler birbirine benzer."

On dakika sonra, kapıları açık kalmış olan polis arabasının yanına park ediyorlardı. Philip inip Acil Servis'e girdi. Koşar adım danışmaya giderek, selam filan vermeden görevliyi soru yağmuruna tuttu:

"Hangi salonda?"

"Kim hangi salonda, Doktor Stern?" diye sordu nöbetçi hemşire.

"Az önce gelen genç kadın."

"3. blokta, Fernstein yanında. Anlaşılan onun ekibindenmiş."

Yaşlı polis, arkasından omzuna dokundu.

"Siz doktorlar, kafanızda ne var sizin?"

"Özür dilerim."

Özür dilemekle iyi yapıyordu, ama bu yeterli olmayacaktı. Nasıl olur da, arabadayken hâlâ soluk alan genç bir kadının öldüğünü ilan edebilirdi? "Düşünebiliyor musunuz, ben olmasam, onu diri diri buzdolabına tıkacaklardı!" Bu işin peşini bırakmayacaktı. Tam o anda binadan çıkan Doktor Fernstein, polisi görmezden gelerek doğrudan genç doktorla konuşmaya başladı: "Stern, kaç doz adrenalin vurdunuz?" "Dört kez, beşer miligram," diye yanıtladı stajyer doktor. Profesör, davranışının hastayı tedavi etme hırsından kaynaklandığını söyleyerek onu azarladı; sonra polise dönerek, Lauren'ın, Doktor Stern'in ölüm saatini tespit etmesinden çok önce ölmüş olduğunu belirtti.

Sağlık ekibinin hatasının, büyük olasılıkla hastanın kalbine fazla yüklenmeleri olduğunu ekledi. Her tür tartışmanın önünü kesmek için, damara verilen sıvının, dış kalp zarının çevresinde toplandığını anlattı: "Siz ansızın fren yapmak zorunda kalınca sıvı kalbe yürümüş olmalı. Kalp de tamamıyla kimyasal bir tepki göstererek, yeniden çarpmaya başladı." Ne yazık ki bu, kurbanın beyinsel olarak öldüğü gerçeğini kesinlikle değiştirmiyordu. Kalp, sıvı erir erimez duracaktı. "Hatta ben sizinle konuşurken, çoktan durmuştur belki de." Doktor Fernstein, polisi durup dururken sinirlendiği için Doktor Stern'den özür dilemeye, Doktor Stern'i de gitmeden önce kendisiyle görüşmeye davet etti. Polis, Philip'e dönüp homurdandı, "Görüyorum ki, meslek içi dayanışma, yalnız polislere özgü değil. Size iyi bir gün dilemiyorum" dedi. Arkasını dönüp hastaneyi terk etti. Servis kapısının iki kanadının da kapanmış olduğu halde, polisin çarparak açıp kapattığı polis arabasının kapılarının sesi, içeriye kadar geldi.

Kollarını tezgâha dayamış duran Stern, gözlerini kısarak nöbetçi hemşireye baktı. "Neler oluyor yahu?" Hemşire omuz silkerek, Fernstein'in onu beklediğini hatırlattı.

Stern, Lauren'ın şefinin yarı aralık duran kapısını çaldı. Kerli ferli Profesör onu içeriye davet etti. Masasının arkasında, sırtı Stern'e dönük olarak dikiliyor, pencereden dışarıyı seyrederek açıkça Stern'in söze başlamasını bekliyordu; Philip de öyle yaptı. Profesör'ün polise söylediklerini anlamadığını itiraf etti. Fernstein kuru bir sesle sözünü kesti:

"Beni iyi dinleyin, Stern, görevliye, hakkınızda rapor yazıp kariyerinizi mahvetmemesi için aklıma ilk geleni anlattım. Sizin kadar deneyimli biri için, davranışınız kabul edilir gibi değil. Ecel gelip çattığında, ölümü kabul etmeyi bilmek gerekir. Bizler Tanrı değiliz; yazgının sorumluluğunu da taşımıyoruz. O genç kadın, siz geldiğinizde ölmüştü bile ve inadınız size çok pahalıya patlayabilirdi."

"İyi ama, yeniden soluk almaya başlamasını nasıl açıklıyorsunuz?"

"Açıklamıyorum, açıklamak zorunda da değilim. Her şeyi bilmiyoruz. O öldü, Doktor Stern. Hoşunuza gitmiyor olabilir ama o gitti. Ciğerlerinin harekete geçip kalbinin kendi kendine çarpması umurumda bile değil, beyin elektrosu dümdüz. Beyinsel ölümünün geri dönüşü yok. Arkasının gelmesini bekleyecek, sonra da onu morga indireceğiz. İşte o kadar!"

"Bu kadar kanıt varken böyle bir şey yapamazsınız!"

Fernstein, sesini yükseltip başını sallayarak sinirlendiğini belli etti. Derse ihtiyacı yoktu. Stern bir günlük reanimasyonun kaç para tuttuğunu biliyor muydu? Hastanenin bir "sebze"yi yapay olarak yaşatmak için bir yatak ayıracağını mı sanıyordu? Fernstein, Stern'i hararetle biraz olgunlaşmaya davet etti. Kendisi, ailelere, makineler yardımıyla yaşatılan, akılsız, kıpırtısız bir yaratığın başucunda haftalar geçirtmeyi reddediyordu. Sırf bir doktorun egosunu tatmin etmek adına, bu tür kararların sorumluluğunu taşımayı reddediyordu.

Resmî bir tavırla Stern'e, gözünün önünden kaybolup duş almasını emretti. Genç stajyer ise, Profesör'ün karşısında inatla dikilmeyi sürdürerek kanıtlarını daha büyük bir şevkle ortaya koymaya başladı. Hastanın kalbi ve solunum, ölüm tespitinden on dakika önce durmuştu. Yüreği ile ciğerlerinin yaşamı sona ermişti. Evet, hırslanmıştı, çünkü doktorluk hayatında ilk kez, bir kadının ölmek istemediğini hissetmişti. Profesör'e, kapalı gözlerinin ardından kadının girdaba kapılmayı reddederek savaştığını nasıl hissettiğini anlattı.

Bu nedenle, o da kadınla birlikte kuralların dışına taşarak savaş vermişti; ve on dakika sonra, bütün mantık kurallarına aykırı olarak ona öğretilen her şeye ters düşecek biçimde, kalp yeniden çarpmaya, ciğerler havayla dolup boşalmaya başlamıştı; bir yaşam soluğuydu bu. "Haklısınız," diye bağladı sözünü, "biz doktoruz ve her şeyi bilmiyoruz. Bu kadın da bir doktor." Fernstein'e, ona bir şans tanıması için yalvardı. Altı ay komada kaldıktan sonra kimse nasıl olduğunu anlayamadan, hayata dönenler olmuştu. Bu kadın, benzeri görülmemiş bir şey yapmıştı; bu durumda, ne para tutarsa tutsun, önemi yoktu. "Gitmesine izin vermeyin, o istemiyor, bize söylediği bu." Profesör yanıt vermeden önce, bir süre sessizliğe gömüldü:

"Doktor Stern, Lauren öğrencilerimden biriydi; berbat bir karakteri vardı, ama gerçekten yetenekliydi; ona karşı çok saygı duyuyordum, kariyeri konusunda çok umutluydum; sizinki için de çok umutluyum; bu konuşma bitmiştir."

Stern, kapıyı açık bırakarak odadan çıktı. Frank onu koridorda bekliyordu.

"Ne işin var senin burada?"

"Senin neyin var, Philip? O ses tonuyla kiminle konuştuğunun farkında mısın?"

"N'olmuş yani?"

"Karşındaki o genç kadının hocası; on beş aydan beri onu tanıyor ve onunla birlikte, belki de, senin bütün hekimlik hayatın boyunca kurtaracağından daha çok can kurtardı. Kendini kontrol etmeyi öğrenmelisin, gerçekten de bazen saçmalıyorsun."

"Beni rahat bırak, Frank; ben bugünlük ahlak dersi dozumu aldım."

3

Doktor Fernstein odasının kapısını kapadı, telefonu eline aldı, duraksadı, telefonu yerine koydu, pencereye doğru birkaç adım attı, ansızın yeniden telefona sarıldı. Ameliyathanelerin olduğu bloğun bağlanmasını istedi. Hattın öbür ucundan hemen ses geldi.

"Ben Fernstein, hazırlanın, on dakika içinde ameliyata giriyoruz, dosyayı size yolluyorum."

Telefonu yavaşça kapattıktan sonra, başını sallayarak odasından çıktı. Koridorda, Profesör Williams'la burun buruna geldi.

"Nasılsın?" diye sordu Profesör Williams, "seni kahve içmeye davet edebilir miyim?"

"Hayır, gelemem."

"Ne yapıyorsun?"

"Aptalca bir iş, aptalca bir iş yapmaya hazırlanıyorum. Gitmem gerek, seni ararım."

Fernstein, ameliyathanelerin olduğu bloğa girdi, üzerine gövdesini sıkan yeşil bir önlük giydi. Bir hemşire eline steril eldivenleri geçirdi. Salon kocaman bir yerdi; ameliyat ekibi, Lauren'ın bedeninin çevresini sarmıştı. Başının arkasındaki bir monitör, soluk alıp verişine ve kalbinin ritmine göre titreşiyordu.

"Vital bulgular ne durumda?" diye sordu Fernstein anesteziste.

"Durağan, inanılmayacak kadar durağan. Altmış beş ve on ikiye sekiz. Şu anda uykuda, kan gazları normal, başlayabilirsiniz."

"Evet, söylediğiniz gibi, şu an uykuda."

Baldır, kırık kemiğin üzerinden, skalpelle boydan boya yarıldı. Kaslar bıçakla ayrılırken Fernstein ekip üyelerine yönelik bir konuşma yaptı. Kendi deyimiyle "sevgili" meslektaşlarına, mesleğe yirmi yılını vermiş bir cerrahi profesörünün, beşinci sınıf tıp öğrencilerinin yapacağı türden bir ameliyat gerçekleştireceğini açıkladı: Uyluk kemiğini yerine oturtacaktı.

"Peki, bunu neden yaptığımı biliyor musunuz?"

Çünkü beşinci sınıfa giden hiçbir öğrenci, iki saatten fazla bir zamandır beyinsel olarak ölü olan bir kişinin uyluğunu yerine oturtmayı kabul etmezdi. Fernstein ayrıca ekip üyelerinden soru sormamalarını rica ediyordu; olsun olsun on beş dakikalık bir işleri vardı ve çorbada tuzu olan herkese teşekkür ediyordu. Ama Lauren öğrencilerinden biriydi ve o salondaki bütün sağlık personeli cerrahı anlıyor, ona destek oluyordu. İçeri giren bir radyolog, Fernstein'e bilgisayardan çıkmış levhalar verdi. Görüntüler, oksipital lobda kan birikmesi olduğunu ortaya koyuyordu. Baskıyı azaltmak için ponksiyon yapılmasına karar verildi. Kafanın arkasına bir delik açıldı, ekran üzerinden kontrol edilen incecik bir iğne beyin zarını delip geçti. İğne böylece cerrah tarafından, kan toplanmasının olduğu yere kadar ilerletildi. Beyinde bir hasar görülmüyordu. Borudan, kanla karışık bir sıvı akmaya başladı; hemen aynı anda, kafatası içindeki baskı da azaldı. Anestezist, hastayı entübe ederek, beyne iletilen oksijen miktarını derhal artırdı. Basınçtan kurtulan hücreler, birikmiş olan toksinleri yavaş yavaş atarak normal metabolizmaya kavuştular. Dakikalar ilerledikçe, ameliyattaki ruh hali değişiyordu. Ekibin bütün üyeleri, tıbbi açıdan ölmüş bir insana müdahale ettiklerini unutmaya başlamışlardı. Herkes oyunun havasına kendini kaptırdı, ustaca hareketler birbirini izledi. Kaburgalardan radyolojik görüntüler alındı; kaburgalardaki kırıklar yerine oturtuldu, akciğer zarından sıvı çekildi. Ameliyat gayet sistemli ve kararlı bir biçimde yürütüldü. Beş saat sonra Profesör Fernstein, eldivenlerini şaklatarak elinden çıkarıyordu. Yaraların kapatılmasını, ardından hastasının uyanma odasına nakledilmesini istedi. Anestezinin etkisi geçtikten sonra, bütün solunum aygıtlarının çıkarılmasını emretti.

Ameliyata olan katkıları ve gelecekte gösterecekleri ağzı sıkılıktan dolayı, ekibine yeniden teşekkür etti. Salondan ayrılmadan önce, Hemşire Betty'den, Lauren'ı makineden çıkarır çıkarmaz kendisine haber vermesini istedi. Ameliyathanelerin olduğu bloktan çıkarak, hızlı adımlarla asansöre yöneldi. Santralın önünden geçerken, görevli kızı çağırıp Doktor Stern'in hâlâ bina içinde olup olmadığını sordu. Genç kadın, "hayır," dedi; Stern'in kolunu kaldıracak hali yoktu. Fernstein ona teşekkür ederek, soran olursa odasında olduğunu söyleyip yanından ayrıldı.

Ameliyathanelerin olduğu bloktan çıkarılan Lauren, uyanma odasına götürüldü. Betty kalp monitörünü, elektroansefalografi cihazını ve yapay solunum aygıtının üzerindeki entübasyon borusunu çalıştırdı. Her tarafından kablolar sarkan genç kadın, o haliyle, yatağın içinde bir astronota benziyordu. Hemşire kan örneği aldıktan sonra odadan ayrıldı. Uykudaki hasta huzur içindeydi, gözkapakları, tatlı ve derin bir uyku evreninin hatlarını yansıtıyordu sanki. Yarım saat sonra Betty, Profesör Fernstein'e telefon edip Lauren'ın anesteziden çıktığını haber verdi. Fernstein hemen vital bulguları sordu. Hemşire, ona beklediği yanıtı verdi; değişiklik yoktu. Fernstein'in, bundan böyle yapılacaklar konusunda söylediklerini doğrulaması için ısrar etti:

"Solunum aygıtını devreden çıkarın. Az sonra ben de ineceğim."

Ve telefonu kapattı. Betty salona girdi, boruyu zıvanadan ayırarak, ameliyatlı hastanın kendi kendine soluk almaya çalışmasını sağladı. Az sonra, zıvanayı da çıkartmasıyla soluk borusu serbest kaldı. Betty, Lauren'ın bir perçemini arkaya atıp bir an yüzüne şefkatle baktıktan sonra, elektriği söndürüp çıktı. Böylece odanın içi, ansefalografi aletinin yeşil ışığıyla doldu. Trase hâlâ dümdüzdü. Saat neredeyse dokuz buçuktu ve her şey sessizlik içindeydi.

Bir saat sonra, osiloskopun sinyali çok hafifçe titreşmeye başladı. Ansızın çizginin başındaki nokta bir anda yükselip belirgin bir eğri çizdi, sonra baş döndürücü bir hızla alçalıp yatay düzleme geldi.

Bu olağandışı duruma tanık olan yoktu. Talihin bu cilvesinin ardından, bir saat sonra Betty odaya girdi. Lauren'ın vital bulgularını aldı, makineden çıkan kâğıdın birkaç santimetrelik bölümünü açıp anormal eğriyi görünce kaşlarını çattı ve kâğıdın birkaç santimetresini daha okudu. Trasenin dümdüz devam ettiğini görünce, merakı bir kenara bırakarak kâğıdı attı. Duvara asılı olan telefondan Fernstein'i aradı:

"Benim; vital bulguları sabit bir derin koma vakası var elimizde. Ne yapayım?"

"Beşinci katta bir yatak bulun, teşekkürler Betty."

Fernstein telefonu kapadı.

4

1996 Kışı

Arthur, garaj kapısını uzaktan kumandayla açıp arabasını park etti ve iç merdiveni kullanarak yeni evine ulaştı. Kapıyı ayağıyla çarparak kapadı, çantasını yerine koydu, paltosunu çıkarıp kendini kanepeye atıverdi. Salonun ortasına dağılmış olan yirmi kadar karton kutu, ona görevlerini hatırlatıyordu. Üzerindeki takım elbiseyi çıkarıp ayağına bir kot geçirdikten sonra kolileri açmaya, içlerindeki kitapları kitaplığın raflarına yerleştirmeye başladı. Parke, ayaklarının altında çatırdıyordu. Akşamın epey geç bir vaktinde, yerleştirme işi bittikten sonra, paket kâğıtlarını katladı, elektrik süpürgesini açtı, mutfağı düzenlemeyi de bitirdi. Ardından, yeni yuvasını seyretmeye koyuldu. "Biraz manyaklaştım galiba," diye geçirdi içinden. Banyoya gitti, duş almak ile banyo yapmak arasında kararsız kaldı, sonunda banyoda karar kılarak suyu açtı, ahşap giysi dolabının yanındaki radyatörün üstünde duran küçük radyoyu da çalıştırıp, bir "oh" çekerek küvete girdi.

Peggy Lee, 101.3'te *Fever*'ı söylerken Arthur defalarca kafasını suya daldırıp çıkardı. Önce, dinlediği şarkının ses kalitesine şaşırdı, sonra stereo sesteki insanı aptala çeviren gerçekçiliğe; üstelik, mono olduğu söylenen bir aletten geliyordu ses. İyice kulak verildiğinde, melodiye eşlik eden parmak şıklatmaları, giysi dolabının içinden geliyor gibiydi. Kafası iyice karışmış olarak sudan çıkıp daha iyi duyabilmek için parmaklarının ucuna basa basa dolaba yöneldi. Ses gitgide netleşiyordu. Arthur duraksadı; sonra derin bir soluk alıp bir anda dolabın iki kapağını da açıverdi. Gözleri yuvalarından uğruyordu neredeyse, biraz geriledi.

Giysi askılarının arasında, gözleri kapalı bir kadın vardı; besbelli şarkının ritmine kapılmış, parmaklarını şıklatarak şarkı mırıldanıyordu.

"Kimsiniz, ne işiniz var burada?" diye sordu.

Genç kadın sıçradı; gözleri bir anda fal taşı gibi açılıverdi.

"Beni görüyor musunuz?"

"Elbette ki sizi görüyorum."

Kadın, Arthur'un ona bakmasına çok şaşırmış görünüyordu. Arthur ne sağır ne de kör olduğunu belirterek sorusunu yineledi: "Ne işiniz var orada?" Kadın cevap olarak, bunu harika bulduğunu söyledi. Arthur durumda "harika" bir taraf göremiyordu ve öncekinden daha sinirli bir tavırla üçüncü kez aynı soruyu sordu: Gecenin bu kör vaktinde banyoda ne yapıyordu? "Sanırım olup bitenin farkında değilsiniz," diye söze başladı kadın, "koluma dokunsanıza!" Arthur afalladı, kadın ısrar ediyordu:

"Dokunun koluma; lütfen."

"Hayır, kolunuza filan dokunmayacağım, neler oluyor burada?"

Kadın Arthur'un bileğini tutup ona dokunduğunda bir şey hissedip hissetmediğini sordu. Arthur sinir içinde, kesin bir dille, ona dokunduğunda hissettiğini, onu gayet güzel gördüğünü ve işittiğini söyledi; ayrıca, kadına dördüncü kez kim olduğunu ve banyo dolabının içinde ne yaptığını sordu. Kadın soruyu duymazdan gelerek, büyük bir neşeyle Arthur'un onu görmesinin, işitmesinin ve ona dokunabilmesinin "harika'" olduğunu yineledi. Bütün gün yorgunluktan canı çıkmış olan Arthur, hiç havasında değildi.

"Hanımefendi, bu kadarı yeter! Ortağımın bir şakası mı bu yoksa? Kimsiniz siz? Ev hediyesi niyetine yollanmış bir telekız filan mısınız yoksa?.."

"Siz hep böyle kaba mısınız? Benim fahişeye benzer bir halim var mı?"

Arthur içini çekti:

"Hayır, fahişeye benzemiyorsunuz, yalnızca vakit neredeyse gece yarısı ve siz benim banyoma saklanmış durumdasınız."

"Laf aramızda, anadan doğma dolaşan sizsiniz, ben değil!"

Arthur irkilerek bir havlu kapıp beline doladı ve normal gözükmeye çalıştı. Sonra, sesini yükseltti:

"Pekâlâ, bu kadar oyun yeter, oradan çıkıp evinize gidiyorsunuz ve Paul'e bunun çok bayat, fazlasıyla bayat olduğunu söylüyorsunuz."

Kadın, Paul'ü tanımıyordu ve gayet resmî bir tavırla, Arthur'a, sesinin tonuna dikkat etmesini söyledi. Bir kere kendisi de sağır değildi, onu işitemeyenler ötekilerdi, kendisi gayet güzel duyuyordu. Arthur yorgundu, olup bitenlerden hiçbir şey anlamıyordu. Hanımefendinin kafası karışık gözüküyordu, kendisi de taşınma işini yeni bitirmişti, tek isteği biraz huzurdu.

"Kibar davranıp pılınızı pırtınızı toplayıp evinize gidin, öncelikle de o dolaptan çıkın artık."

"Yavaş olun bakalım, o kadar kolay değil, birkaç gündür bir düzelme varsa da, henüz hedefi tutturamıyorum."

"Birkaç gündür düzelen nedir?"

"Gözlerinizi kapayın, uğraşıyorum."

"Neye uğraşıyorsunuz?"

"Giysi dolabından çıkmaya, sizin istediğiniz de bu değil miydi? Haydi, gözlerinizi kapayın, konsantre olmam gerek; iki dakika çenenizi tutun."

"Siz zırdelinin tekisiniz!"

"Oh! Bu kadar gıcıklık yeter, susun ve gözlerinizi kapayın, bütün geceyi burada geçirecek halimiz yok."

Soğukkanlılığını yitiren Arthur, söyleneni yaptı. İki saniye sonra, salondan bir ses geldi:

"Fena değil, kanepenin tam yanı, ama yine de hiç fena değil."

Arthur hızla banyodan çıktığında, genç kadının odanın tam ortasında, yere oturmuş olduğunu gördü. Genç kadın hiçbir şey olmamış gibi davranıyordu.

"Halılara dokunmamışsınız, hoşuma gitti, ama duvardaki şu tablodan nefret ettim."

"İstediğim tabloyu, canımın çektiği yere asarım; ve artık gidip yatmak istiyorum, kim olduğunuzu söylemek istemiyorsanız, hiç umurumda değil, ama artık dışarı! Evinize gidin!

"Ben evimdeyim. Daha doğrusu, evimdeydim. Bütün bunlar o kadar şaşırtıcı ki..."

Arthur kafa salladı; bu evi on gün önce kiralamıştı ve genç kadına, evin kendisine ait olduğunu söyledi.

"Evet, biliyorum, siz benim ölüm-sonrası kiracımsınız, durum aslında gayet komik."

"Saçma sapan konuşuyorsunuz, ev sahibim yetmişinde bir kadın. Hem şu 'ölüm-sonrası kiracı'da ne demek?"

"Ev sahibiniz sizi duysa pek memnun olmazdı, kendisi altmış iki yaşındadır ve annem olur; halihazırda benim yasal vasimdir. Evin gerçek sahibi benim."

"Yasal vasiniz var mı?"

"Evet, koşullar nedeniyle, şu sıralar kâğıt imzalama konusunda, dehşet sıkıntı çekiyorum."

"Hastanede tedavi mi görüyorsunuz?"

"Evet, öyle de denebilir."

"Oradakiler çok kaygılanmış olmalılar. Hangi hastane bu; sizi oraya geri götüreyim."

"Söylesenize; siz beni hastane kaçkını bir deli yerine mi koyuyorsunuz?"

"Yok canım..."

"Deminki fahişe lafından sonra, ilk karşılaşma için bu kadarı fazla oluyor artık..."

Onun bir telekız mı, yoksa raporlu bir deli mi olduğu artık Arthur'un umurunda değildi, çok yorgundu, tek istediği gidip yatmaktı. Kadın aldırmadan, aynı hızla konuşmasına devam etti:

"Beni nasıl görüyorsunuz?" diye yeniden söze girdi.

"Soruyu anlamadım."

"Nasıl görünüyorum, kendimi aynada göremiyorum ben; nasıl görünüyorum?"

"Kafanız karışık, kafanız çok karışık sizin," dedi Arthur umursamaz bir havayla.

"Fiziksel olarak soruyorum."

Arthur duraksadı; kocaman, koskocaman gözlerinin, güzel dudaklarının, davranışlarının uyandırdığı izlenimin tam tersine, yumuşacık bir yüzünün olduğunu söyledi, zarif hareketler çizen upuzun ellerinden söz etti.

"Sizden bir metro istasyonu göstermenizi istesem, bağlantılı olduğu bütün yolları da sayar mıydınız?"

"Bağışlayın, anlayamadım."

"Kadınları hep böyle ayrıntılarıyla mı tarif edersiniz?"

"İçeri nasıl girdiniz, yedek anahtarınız mı var?"

"Yedek anahtara ihtiyacım yok. Beni görebilmeniz o kadar inanılmaz ki..."

Gene ısrar etmeye başladı; görülebilmek onun için bir mucizeydi. Arthur'un onu tarif edişini çok hoş bulduğunu söyledi ve onu yanına çağırdı: "Şimdi söyleyeceklerimi anlamak kolay değil, kabul etmekse olanaksız; ama öykümü dinlemeye, bana güvenmeye razı olursanız, belki sonunda bana inanırsınız; ve bu çok önemli, çünkü farkında değilsiniz ama, dünya yüzünde bu sırrı paylaşabileceğim biricik insan, sizsiniz."

Arthur başka çıkar yolunun olmadığını, bu genç kadının ona söyleyeceklerini dinlemek zorunda olduğunu anladı; o anda içinden gelen tek şeyin uyumak olmasına karşın, kadının yanına oturup ömrü boyunca duyduğu en inanılmaz şeyi dinledi.

Genç kadının adı Lauren Kline'dı; söylediğine göre stajyer doktordu ve altı ay önce, direksiyon kilitlenmesi yüzünden bir trafik kazası, çok ağır bir trafik kazası geçirmişti. "O günden beri komadayım. Hayır, şimdilik herhangi bir fikir yürütmeyin; bırakın anlatayım." Kaza hakkında hiçbir şey hatırlamıyordu. Ameliyattan sonra, uyanma odasında kendine gelmişti. Bedeninde çok tuhaf duygularla, çevresinde söylenen her şeyi duyuyor, ama ne tek bir söz edebiliyor ne de parmağını kıpırdatabiliyordu. Başlangıçta bunun anesteziden kaynaklandığını düşünmüştü. "Yanılmıştım; saatler geçmişti ve ben hâlâ fiziksel olarak uyanamamıştım." Hâlâ her şeyi algılayabiliyor, ama dış dünyayla ilişki kuramıyordu. Böylece, günler boyunca tetraplejiye yakalandığını (her iki kolunun ve bacağının felç olması) düşünerek, ömrünün en büyük korkusunu yaşamıştı. "Neler yaşadığımı hayal bile edemezsiniz. Ömür boyu tutsağıydım."

Bütün gücüyle ölmeye çabalamıştı, ama küçük parmağını bile kımıldatamayan bir insan olarak hayatına son vermesi zordu. Annesi başucundaydı. İçinden, yastığıyla onu boğması için annesine yalvarıyordu. Sonra, odaya bir doktor girmişti; sesini tanımıştı; hocasının sesiydi bu. Madam Kline, kızının ona söylenenleri duyup duyamadığını sormuş, Fernstein hiçbir fikrinin olmadığını, ama yapılan araştırmaların, bu durumdaki insanların dış dünyanın işaretlerini algıladıklarını ortaya koyduğunu, Lauren'ın yanında konuşurken, sözcükleri iyi seçmek gerektiği yanıtını vermişti. "Annem bir gün geri dönüp dönmeyeceğimi merak ediyordu." Fernstein sakin bir sesle, bu konuda da fikrinin olmadığını, azıcık da olsa ümit beslemek gerektiğini, aylar sonra kendine gelen hastaların görüldüğünü, çok nadir de olsa, bunun gerçekleşebildiğini söylemişti. "Her şey mümkün," demişti. "Biz Tanrı değiliz, her şeyi bilemeyiz." Şu sözleri de eklemişti: "Derin koma, tıp için bir gizemdir." Tuhaf bir biçimde, Lauren rahatlamıştı; bedeninde hasar yoktu. Fernstein'in koyduğu tanı da iç açıcı değildi, ama en azından kesin olmaktan uzaktı. "Tetraplejide geri dönüş yoktur. Derin koma durumunda ise, az da olsa daima umut vardır," diye ekledi Lauren. Gitgide uzayan haftalar, birbirini izlemişti. Lauren, o günlerde anılarında yaşıyor, başka yerleri düşünüyordu. Bir gece, oda kapısının öte yanında süren yaşamı hayal ederken, eli kolu dosya dolu ya da arabaları iten hemşirelerle, bir odadan ötekine gidip gelen meslektaşlarıyla dolu koridoru gözünün onune getirmişti...

"Ve bu, ilk o zaman başıma geldi: Var gücümle düşündüğüm o koridorun ortasında buluverdim kendimi. Önce hayal gücümün bana oyun oynadığını sandım, mekânı tanıyordum, sonuç olarak burası, çalıştığım hastaneydi. Ama olaydaki gerçeklik çok etkileyiciydi. Hastane personelini çevremde görüyordum; Betty dolabı açıp içinden sargı bezlerini alarak kapatıyor, Stephan kafasını kaşıyarak geçiyordu. Stephan'da sinirsel bir tik var; sürekli aynı hareketi yapar."

Asansör kapılarının açılıp kapandığını duymuş, nöbetçi personele getirilen yemeğin kokusunu almıştı. Kimse onu görmüyordu, varlığından zerre kadar haberleri olmayan insanlar, onu hiç umursamadan sağından solundan geçip duruyorlardı. Lauren, üzerine yorgunluk çökünce yeniden bedeniyle bütünleşmişti.

Günler geçtikçe, hastane içinde dolaşmayı öğrendi. Yemekhaneyi düşünmesiyle kendini orada buluvermesi bir oluyordu; Acil'i düşünüyordu; bingo; derhal oradaydı. Üç ay uğraştıktan sonra, hastane çevresinin dışına çıkmayı başarmıştı. Böylece, sevdiği lokantalardan birinde bir Fransız çiftin akşam yemeğine katılmış, sinemada bir filmi yarısına kadar seyretmiş, annesinin evinde birkaç saat geçirmişti: "Bunu bir daha yapmadım; annemin yanında olup da onunla iletişim kuramamak, bana çok acı veriyor." Kali, onun varlığını hissediyor, inleyerek çevresinde dört dönüyordu; çıldıracak gibi oluyordu hayvan. Bu eve geri dönmüştü; sonuç olarak burası onun eviydi, en çok burada rahat ediyordu. "Yapayalnızım. Tepeden tırnağa saydam olmanın, artık kimsenin yaşamında bir yer tutmamanın, kimseyle konuşamamanın ne demek olduğunu bilemezsiniz. Bu akşam dolabın içindeyken benimle konuştuğunuzda ve beni gördüğünüzü fark ettiğimde, niye o kadar şaşırıp heyecanlandığımı şimdi anlıyorsunuzdur. Nedenini bilmiyorum ama ne olur sürsün bu; sizinle saatlerce konuşabilirim, konuşmaya o kadar ihtiyacım var ki; biriktirdiğim yüzlerce cümle var." Sözcüklerdeki taşkınlık, yerini bir an sessizliğe bıraktı. Gözlerinin ucunda yaşlar parlamaya başlayan Lauren, Arthur'a baktı. Eliyle yanağını ve burnunun altını sıvazladı. "Beni deli sanıyorsunuz herhalde..." Arthur sakinleşmişti; genç kadının heyecanı içine dokunmuş, az önce dinlediği olağanüstü ve tutarsız öyküden etkilenmişti.

"Hayır, tüm bunlar, nasıl söylesem, çok altüst edici, şaşırtıcı, alışılmadık. Ne söyleyeceğimi bilemiyorum. Size yardım edebilsem keşke, ama ne yapacağımı bilmiyorum."

"Burada kalmama izin verin; küçücük olurum, sizi rahatsız etmem."

"Az önce bana anlattıklarınıza gerçekten inanıyor musunuz?"

"Söylediklerimin tek kelimesine olsun inanmadınız mı? Karşınızdakinin, iyice keçileri kaçırmış bir kız olduğunu düşünüyorsunuz... Zaten hiç şansım yoktu."

Arthur kendini onun yerine koymasını istedi. Eğer gecenin bir yarısında, banyo dolabının içine saklanıp ona komaya girmiş bir tür hayalet olduğunu anlatmaya çalışan, fazlaca coşkulu bir adamla burun buruna gelse, sıcağı sıcağına ne düşünür, ne tepki gösterirdi?

Lauren'ın yüz çizgileri gevşedi, gözyaşlarının arasından, yüzünde bir gülümseme belirdi. Sonunda "sıcağı sıcağına" büyük olasılıkla bağırıp çağıracağını itiraf ederek, Arthur'un hafifletici nedenleri olduğunu kabullendi; Arthur da ona teşekkür etti.

"Arthur, yalvarırım, bana inanmalısınız. Kimse böyle bir öykü uyduramaz."

"Yok, yok; ortağım bu çapta bir şaka tezgâhlayabilecek bir adamdır."

"Ortağınızı unutun artık, canım! Bunda onun parmağı yok, bu bir şaka değil."

Arthur ona, adını nereden bildiğini sorduğunda, Lauren, daha Arthur'un taşınmasından önce kendisinin eve gelmiş olduğunu söyledi. Böylece onun eve gelişini, emlakçıyla birlikte, mutfak tezgâhının üstünde kira sözleşmesini imzalayışını görmüştü. Eşya dolu kutular geldiğinde de, Arthur kutuları açarken maket uçağını kırdığında da oradaydı. Dürüst davranmak gerekirse kendisi için pek üzücü bir durum olsa da, o andaki öfkesi pek eğlendirmişti Lauren'ı. Yatağının tepesine o anlamsız resmi asarken de oradaydı.

"Biraz manyaksınız siz; kanepenizin yerini yirmi kez değiştirip sonunda doğru olan tek yerde karar kıldınız; yapmanız gereken o kadar açıktı ki, kulağınıza fısıldamaya can atıyordum. İlk günden beri burada, sizinleyim. Her dakika."

"Duştayken ya da yatakta yatarken de benimle miydiniz?"

"Ben röntgenci değilim. Sonuçta epey yakışıklısınız; sürüsüne bereket sevgilileriniz bir kenara bırakılırsa hiç fena sayılmazsınız."

Arthur kaşlarını çattı. Kadın çok inandırıcıydı, daha doğrusu kendi anlattıklarına çok inanmıştı; ama aynı yerde sayıp durduğunu hissediyordu, söyledikleri çok anlamsızdı. Canı öylesine inanmak istiyorsa kendi sorunuydu; ona tersini kanıtlamak için kendini paralayacak hali yoktu; onun psikiyatristi değildi sonuç olarak. Arthur'un uykusu gelmişti; konuyu kapatmak için, o gecelik onu konuk etmeyi önerdi; kendisi, salondaki, "doğru dürüst yerleştirinceye kadar göbeğinin çatladığı" kanepede yatacak, odasını da ona bırakacaktı. Yarın evine giderdi Lauren de; ya da hastaneye ya da canı nereyi çekerse oraya; böylece yolları ayrılırdı. Ama Lauren ikna olmamıştı, asık suratla, lafını dinletmeye kararlı olarak Arthur'un karşısına dikildi. Derin bir soluk alıp, son günlerde yaptıkları hakkında bir dizi şaşırtıcı ayrıntıyı ortaya koydu. Bir önceki akşam, saat on bir civarında Carol-Ann'le yaptığı telefon konuşmasından dem vurdu. Aranızdaki hikâyenin sözünün edilmesini artık istemeyişinizin nedenleri hakkında, laf aramızda epeyce de şatafatlı bir ahlak dersi vermenizden sonra, telefonu suratınıza kapattı. *"Bana ina-*

nın!" kutuları açarken iki fincan kırdığını, *"İnanın bana!"*, sabahleyin geç kalkıp duşun altında haşlandığını, *"İnanın bana!"*, ayrıca arabasının anahtarlarını ararken, kendi kendine sinirlenerek ne kadar çok zaman kaybettiğini hatırlattı. *"İnanın artık bana, canım!"* Zaten Lauren'a kalırsa çok dalgın biriydi o; anahtarlar antredeki sehpanın üzerindeydi. Telefoncular salı günü akşamüstü saat beşte gelmiş, onu yarım saat bekletmişlerdi. Ayrıca pastırmalı sandviç yediniz, yerken ceketinize dökünce, dışarı çıkmadan önce üstünüzü başınızı değiştirdiniz.

"*Şimdi bana inanıyor musunuz?*"

"Günlerdir beni gözetliyorsunuz, neden?"

"İyi ama, nasıl gözetlerim sizi, Watergate'i mi oynuyoruz burada? Her delikte bir kamera ya da mikrofon yok ki!"

"Neden olmasın? Sonuç olarak öylesi, okuduğunuz masaldan daha tutarlı olurdu, yalan mı?"

"Arabanızın anahtarlarını alın!"

"Nereye gidiyoruz?"

"Hastaneye; size kendimi göstereceğim."

"Tabii! Saat neredeyse sabahın biri; şimdi ben kentin öbür ucundaki bir hastaneye giderim, nöbetçi hemşirelerden, beni acilen tanımadığım bir kadının odasına götürmelerini rica ederim, çünkü hayaleti benim evimde dolaşıp duruyor, çünkü uyumak istiyorum, çünkü hayalet keçi gibi inatçı, çünkü beni rahat bırakmasının başka yolu yok."

"Sizce başkası var mı?"

"Başka, ne?"

"Başka bir çare, çünkü uyuyabileceğinizi söylüyorsunuz."

"Tanrım, ne günah işledim de başıma bu iş geldi?"

"Siz Tanrı'ya inanmazsınız, bunu bir kontrat konusunda, ortağınızla telefonla konuşurken söylediniz: 'Paul, ben Tanrı'ya inanmam, eğer bu işi alırsak, en iyi olduğumuz için almış olacağız; kaybedersek bundan dersler çıkarıp yaptıklarımızı yeniden gözden geçirmemiz gerekecek.' Tamam işte; beş dakikalığına olup bitenleri gözden geçirin, sizden tek istediğim bu. İnanın bana! Size ihtiyacım var, sizden başka kimsem yok..."

Arthur, telefonu eline alıp ortağının numarasını çevirdi.

"Uyandırdım mı?"

"Yok canım; saat sabahın biri, ben de beni arasa da gidip yatsam, diyordum," diye yanıtladı Paul.

"Neden? Seni arayacak mıydım?"

"Hayır, aramayacaktın, ama evet, beni uyandırdın. Bu saatte ne derdin var?"

"Seni biriyle konuşturmak ve şakalarındaki zekâ düzeyinin gitgide düştüğünü söylemek istedim.

Arthur almacı Lauren'a vererek, ortağıyla konuşmasını istedi. Lauren almacı tutamıyordu, hiçbir nesneyi kavrayamadığını anlattı Arthur'a. Hattın öbür ucunda sabırsızlanmaya başlayan Paul, Arthur'a, kiminle konuştuğunu sordu. Yüzünde muzaffer bir gülümseme beliren Arthur, telefonun diyafonunu açtı.

"Beni duyuyor musun, Paul?"

"Evet, duyuyorum. Söylesene, ne halt karıştırıyorsun? Uykum var benim."

"Benim de uykum var, bir dakika çeneni kapa. Lauren, konuşun onunla, şimdi konuşun!"

Lauren omuz silkti.

"Nasıl isterseniz. Merhaba Paul, eminim beni duymuyorsunuzdur, ama söylediklerim ortağınızın da bir kulağından girip öbüründen çıkıyor."

"Pekâlâ Arthur, telefonun öbür ucunda susmak için beni arıyorsan, vakit gerçekten çok geç."

"Ona yanıt ver."

"Kime?"

"Seninle konuşana."

"Benimle konuşan sensin ve sana yanıt veriyorum."

"Başka kimsenin sesini duymadın mı?"

"Söylesene, Jeanne d'Arc, beynin mi sulandı senin?"

Lauren, Arthur'un yüzüne acıyarak bakıyordu.

Arthur kafa salladı; sonuç olarak, ikisinin de bu işte parmağı olsaydı, Paul bu kadar rahat olmazdı. Telefondan Paul'ün yine kiminle konuştuğunu soran sesi geldi. Arthur ondan her şeyi unutmasını istedi ve böyle geç vakit aradığı için özür diledi. Paul her şeyin yolunda olup olmadığını, yanına gelmesinin gerekip gerekmediğini sordu kaygıyla. Arthur derhal onun içini rahatlattı, her şey yolundaydı, ona teşekkür ediyordu.

"Neyse, aramızda teklif yok, dostum; aptalca işlerin için canın ne zaman çekerse uyandır beni; çekinirsen darılırım; biz iyi günde de kötü günde de ortağız. Böyle kötü güne çattığında, beni uyandır, derdin neyse paylaşalım. Hepsi bu kadar; şimdi tekrar uyuyabilir miyim, yoksa başka bir şey var mı?.."

"İyi geceler, Paul."

Ve telefonu kapattılar.

"Benimle hastaneye gelin; şimdiye kadar çoktan oraya varmıştık."

"Hayır, sizinle gelmiyorum; şu kapıdan çıktığım an, bu akıl almaz hikâyeye inanmış olurum. Yorgunum, hanımefendi, yatıp uyumak istiyorum; haydi, ya siz benim odamda kalın, ben de kanepede yatayım ya da çekin gidin. Bu son teklifimdir."

"Ne yapalım; benden daha inatçısına çattım. Odanıza gidin; benim yatağa ihtiyacım yok."

"Peki siz ne yapacaksınız?"

"Size ne?"

"Bilmek istiyorum, hepsi o kadar."

"Ben salonda kalıyorum."

"Yarın sabaha kadar ve sonra..."

"Evet, yarın sabaha kadar; sıcak konukseverliğiniz için teşekkürler."

"Peki odama gelip beni gözetleyecek misiniz?"

"Madem bana inanmıyorsunuz, yapacağınız tek şey odanızın kapısını kilitlemek; sorun çıplak yatmanızsa daha önce de sizi o halde gördüm, biliyorsunuz!"

"Hani röntgenci değildiniz?"

Lauren, "Az önce banyoda, insanın röntgenci olmasına gerek yoktu ki; yeter ki kör olmasın," diye hatırlattı. Arthur kıpkırmızı kesildi ve Lauren'a iyi geceler diledi. "Haydi bakalım, iyi geceler Arthur, tatlı rüyalar." Arthur odasına gidip kapıyı çarptı. "Çatlağın teki bu," diye homurdandı. "Anlattıkları deli saçması." Kendini yatağına attı. Radyolu saatinin yeşil rakamları, gecenin bir buçuğunu gösteriyordu. Saatin, ikiyi on bir geçeye kadar ilerleyişini seyrettikten sonra, bir sıçrayışta kalkıp üstüne kalın bir kazakla bir kot pantolon geçirdi, çoraplarını da giyip hızla salona daldı. Lauren, pencerenin kenarına bağdaş kurmuş oturuyordu. Arthur içeri girince Lauren arkasına dönmeden konuşmaya başladı:

"Şu manzarayı çok severim, ya siz? Bu evi almama sebep olan da buydu. Köprüye bakmayı, yazın pencereyi açıp yük gemilerinin sis düdüklerini dinlemeyi severim. Gemiler, Golden Gate'i geçinceye kadar pruvalarına çarpıp dağılan dalgaları saymayı hayal etmişimdir hep."

"Tamam, gidiyoruz," dedi Arthur kısaca, yanıt olarak.

"Gerçekten mi? Nasıl oldu da bir anda karar verdiniz?"

"Gecemi mahvettiniz; olan oldu zaten, bu gece bu sorunu çözelim; sözde yarın işe gideceğim. Öğle yemeğine önemli bir randevum var; en azından iki saat uyumaya çalışmalıyım; bu nedenle, şimdi gidiyoruz. Acele eder misiniz?"

"Haydi gidin, ben size yetişirim."
"Bana nerede yetişeceksiniz?
"Yetişirim, dedim; birazcık güvenin bana."

Arthur, duruma bakıldığında, Lauren'a fazla bile güvendiğini düşünüyordu. Evden çıkmadan önce, ona tekrar soyadını sordu. Lauren soyadının dışında, hastanede yattığı varsayılan katı ve oda numarasını da söyledi; beşinci kat, 505 numaralı oda. Çok kolay zaten, diye ekledi, bir sürü 5. Arthur ise, başına geleceklerde kolay bir taraf göremiyordu. Kapıyı çekti, merdivenlerden inip otoparka girdi. Lauren arabaya girmiş, arka koltuğa kurulmuştu bile.

"Bunu nasıl becerdiğinizi bilmiyorum, ama çok iyisiniz. Houdini'yle birlikte mi çalıştınız?"

"O da kim?"

"Houdini, bir illüzyonist."

"Sizin de bilmediğiniz yok."

"Ön koltuğa oturun, taksi şoförü değilim ben."

"Azıcık hoşgörülü olun, henüz hedefi tutturamadığımı söylemiştim; arka koltuk hiç fena değil; kaputa da konabilirdim; hem de arabanın içine odaklandığım halde. Emin olun, büyük gelişme gösteriyorum."

Lauren, Arthur'un yanına oturdu. Arabaya sessizlik çöktü, genç kadın pencereden dışarıyı seyrederken, Arthur gecenin içinde ilerliyordu. Hastanede nasıl davranmaları gerektiğini sordu Lauren'a. Lauren, kazayı öğrendikten sonra bir gün bir gece boyunca direksiyon sallamış, Meksikalı uzak bir yeğen gibi davranmasını söyledi. Sabah erkenden İngiltere uçağına binecek ve altı aydan önce buraya dönmeyecekti; bu nedenle saatin çok geç olmasına karşın, kuralların çiğnenerek en sevgili yeğenini görmesi için ona izin verilmesi kaçınılmaz bir zorunluluktu. Doğrusu Arthur, Güney Amerikalıya benzediğini sanmıyordu; ya yalanı sökmezse ne olacaktı...

Lauren onu çok karamsar bularak, öyle olursa ertesi gün yeniden geleceklerini söyledi. Kaygılanmasına gerek yoktu. Arthur'u kaygılandıran, daha çok Lauren'ın hayal gücüydü. Saab, hastane binalarının olduğu alana girdi. Lauren, Arthur'a sağa dönmesini, sonra soldan ikinci yola girip gümüşsü çam ağacının tam arkasına arabayı çekmesini söyledi. Park ettikten sonra, parmağıyla gece zilini işaret ederek, zili uzun uzun çalmamasını tembihledi, bu onların sinirlerini bozuyordu. "Kimlerin?" diye sordu Arthur. "Genellikle koridorun öbür ucundan gelen ve beyin gücüyle hareket edemeyen hemşirelerin; uyanın artık!" "Çok isterdim," dedi Arthur.

5

Arthur arabadan inip zile iki kez dokundu. Kemik gözlüklü, ufak tefek bir kadın kapıyı aralayarak ne istediğini sordu. Arthur yazdığı öyküye tutunarak, elinden geldiği kadar çırpındı. Hemşire, bir yönetmelik olduğunu, kuşkusuz insanlar uysun diye zahmete girilip böyle bir yönetmelik hazırlandığını, Arthur'un yapacağı tek şeyin gidişini erteleyip ertesi gün gelmek olduğunu bildirdi.

Arthur yalvarıp yakardı, istisnaların kuralları bozmadığını söyledi; istemeye istemeye yazgısına boyun eğmeye hazırlanırken, sonunda pes eden hemşire saatine bakıp şöyle dedi: "Hastalara bakmam gerek, beni izleyin; hiç sesinizi çıkarmayın, hiçbir şeye elinizi sürmeyin; on beş dakika sonra dışarıdasınız." Arthur teşekkür olarak, kadının elini tutup öptü. "Meksika'da hepiniz böyle misiniz?" diye sordu kadın bıyık altından gülümseyerek. Arthur'a, koğuşa girmesi için izin vererek, peşinden gelmesini tembihledi. Birlikte asansöre binip doğrudan beşinci kata çıktılar.

"Sizi odaya götüreceğim, ben de vizitemi yapınca gelip sizi alırım. Hiçbir şeye dokunmayın.

Arthur, 505'in kapısını itti; oda loştu. Basit bir gece lambasının aydınlattığı, yatağa uzanmış bir kadın, derin bir uykuya dalmış gibiydi. Kapıda duran Arthur, uyuyan yüzün çizgilerini seçemiyordu. Hemşire, boğuk bir sesle:

"Kapıyı açık bırakıyorum, girin içeri," dedi; "korkmayın, uyanmaz; ama yanında kullanacağınız sözcüklere dikkat edin; komadaki hastaların sağı solu belli olmaz. En azından doktorlar böyle söylüyorlar; bana sorarsanız, hiç öyle değil."

Arthur ayaklarının ucuna basarak içeri girdi. Lauren, pencerenin yanında, ayaktaydı; yanına gelmesini rica etti: "İlerleyin, sizi ısıracak değilim." Arthur, orada ne işi olduğunu sorup duruyordu kendi kendine. Gözlerini yatağa çevirdi. Benzerlik çarpıcıydı. Kıpırdamadan yatan kadın, karşısında durmuş gülümseyen benzerinden daha solgundu; ama bu ayrıntı dışında çizgileri tıpatıp birbirinin aynıydı. Arthur bir adım geriledi.

"Bu olanaksız; onun ikiz kardeşi misiniz?"

"İnsanı umutsuzluğa düşürüyorsunuz! Kardeşim filan yok. Orada yatan benim, yalnızca ben; bana yardım edin ve kabul edilemez olanı kabul etmeye çalışın. Hile hurda yok, siz de uykuda değilsiniz. Arthur, sizden başka kimsem yok; sözlerime inanmalısınız, bana sırt çeviremezsiniz. Yardımınıza ihtiyacım var; altı aydan beri şu dünyada konuşabildiğim, varlığımı hisseden, beni duyan tek insansınız."

"Neden ben?"

"En ufak bir fikrim yok; bütün bunların tutarlı bir tarafı da yok."

"'Bütün bunlar' yeterince ürkütücü."

"Benim korkmadığımı mı sanıyorsunuz?"

Lauren, korkudan aklını yitirecek gibi oluyordu. Şu yatakta uzanmış yatan, bir sondaya ve beslenmek için seruma bağlanmış, günbegün bir sebze gibi çürüdüğünü gördüğü şey, kendi bedeniydi. Arthur'un aklından geçen, kazadan beri kendisinin de her an üzerinde kafa yorduğu sorulara verecek tek bir yanıtı bile yoktu. "Aklınızın ucundan geçmeyecek sorular var kafamda." Bakışlarında derin bir hüzünle, Arthur'la kuşkularını, korkularını paylaştı: Bu bilmece daha ne kadar sürecekti? Birkaç günlüğüne bile olsa, iki ayağı üzerinde yürüyerek, sevdiklerini kollarının arasına alarak normal bir kadın gibi yaşayabilecek miydi? Madem sonu böyle olacaktı, niye tıp okumak için yıllarını vermişti? Kalbinin pes etmesine kaç gün vardı? Kendini ölürken görüyor, bundan deli gibi korkuyordu. "Ben yaşayan bir hayaletim, Arthur." Arthur, onunla göz göze gelmemek için bakışlarını yere eğdi.

"Ölmek için öbür dünyayı boylamak gerek, siz ise hâlâ buradasınız. Gelin, gidiyoruz; yorgunum, siz de öylesiniz. Sizi geri götürüyorum."

Kolunu Lauren'ın omzuna dolayarak, avutmak istercesine onu göğsüne bastırdı. Arkasına döndüğünde, şaşkınlık içinde, pür dikkat onu seyreden hemşireyle burun buruna geldi.

"Bir yerinize kramp mı girdi?"

"Hayır, neden?"

"Kolunuz havada, elinizi de yumruk yapmışsınız; bu bir kramp değil mi?"

Arthur derhal Lauren'ın omzunu bırakıp kolunu gövdesine yapıştırdı.

"Onu görmüyorsunuz, öyle mi," diye sordu hemşireye.

"Kimi görmüyorum?"

"Kimseyi!"

"Gitmeden önce biraz dinlenmek ister misiniz, haliniz birden çok tuhaf geldi de bana..."

Hemşire onu rahatlatmaya çalıştı, böyle bir şey insanı hep şoka uğratırdı, 'normaldi', 'geçerdi'. Arthur, bir an dili tutulmuş da yeni yeni çözülüyormuş gibi, ağır ağır yanıtladı onu: "Hayır, her şey yolunda, gideceğim." Hemşire, yolunu bulamayacağından kaygılandı. Aklını başına toplayan Arthur onu rahatlattı, çıkış koridorun sonundaydı.

"Öyleyse sizi burada bırakıyorum, yan odada biraz daha işim var; yatak takımlarını değiştirmem gerek; küçük bir kaza olmuş da..."

Arthur ona veda edip koridora çıktı. Hemşire onun kolunu yana doğru uzatarak, homurdandığını duydu: "Size inanıyorum, Lauren, size inanıyorum." Hemşire kaşlarını çatarak yandaki odaya geri döndü. "Ah! Bu onları sarsıyor, diyecek bir şey yok." Arthur ve Lauren hızla asansöre daldılar. Arthur'un gözleri yerdeydi. Ağzından tek kelime çıkmıyordu; Lauren'ın de öyle. Hastaneden ayrıldılar. Bir kuzey rüzgârı hızla koyu doldurmuş, insanın tenini acıtan, kum gibi yağmur damlacıkları getirmişti; havada acı bir soğuk vardı. Arthur, paltosunun yakalarını kaldırarak Lauren'ın kapısını açtı. "Duvarlardan geçebilmek konusunda biraz sakin davranacak ve işleri düzene sokacağız, lütfen!" Lauren normal yoldan arabaya girip ona gülümsedi.

Dönüş yolunda ikisinin de ağzını bıçak açmadı. Arthur dikkatini yola veriyor, Lauren pencereden bulutları seyrediyordu; ancak evin önüne geldiklerinde, gözlerini gökyüzünden ayırmadan konuşmaya başladı:

"Geceyi öyle sevdim ki; sessizlikleri, gölgesiz siluetleri, gündüz yakalanamayan bakışları için. Sanki birbirini tanımadan, kendi varlığının ötekinin varlığına bağlı olduğunu aklına getirmeden kenti paylaşan iki dünya var. Bir yığın insan alacakaranlık vakti belirir ve şafakta kaybolur. Nereye gittikleri bilinmez. Bir tek biz, hastanedekiler tanırız onları."

"Gene de bu deli saçması. İtiraf edin. Kabul edilmesi çok zor."

"Evet ama, burada durup gecenin kalanını bunu tekrar etmekle geçirmeyeceğiz."

"Eh, gecemden geriye ne kaldıysa artık."

"Arabayı park edin, sizi yukarıda bekleyeceğim."

Arthur, komşularını garaj kapısının gürültüsüyle uyandırmamak için, arabayı sokağa park etti ve merdivenden çıkıp eve girdi. Lauren, evin ortasında bağdaş kurmuş, oturuyordu.

"Kanepeyi mi hedeflemiştiniz," diye takıldı Arthur.

"Hayır, halıyı hedeflemiştim, tam da üstüne kondum."

"Yalancı, eminim kanepeye nişan almıştınız."

"Size, halıyı nişanlamıştım diyorum!"

"Çok kötü bir oyuncusunuz."

"Size bir çay yapmak istiyordum ama... gidip yatmanız gerek, uyumak için çok az vaktiniz kaldı."

Arthur ona kaza hakkında sorular sordu, Lauren ona 'Yaşlı İngiliz'in, canı gibi sevdiği Triumph'un kaprisini anlattı; geçen yazın başında, Carmel'de geçirmeyi planlarken Union Meydanı'nda sona eren o hafta sonu tatilinden söz etti. Ne olup bittiğini bilmiyordu.

"Ya sevgiliniz?"

"Kimmiş benim sevgilim?"

"Onun yanına gitmiyor muydunuz?"

"Sorunuzu başka türlü sorun," dedi Lauren gülümseyerek. "Şöyle demelisiniz: Bir sevgiliniz var mı?"

"Bir sevgiliniz var mıydı," diye tekrarladı Arthur.

"Geçmiş zaman kullandığınız için teşekkürler, mesajı aldım."

"Yanıt vermediniz."

"Sizi ilgilendiriyor mu?"

"Hayır, aslında niye burnumu soktuğumu bilmiyorum."

Arthur kalkıp odasına yöneldi, bir kez daha Lauren'a yatakta dinlenmesini önerdi; kendisi de salona yerleşecekti. Lauren inceliğinden ötürü ona teşekkür etti, ama kanepede gayet rahattı. Arthur yatmaya giderken, bu gecenin anlamı hakkında kafa yoramayacak kadar yorgundu, konuyu ertesi gün tekrar konuşacaklardı. Kapıyı kapatmadan önce Lauren'a iyi geceler diledi; Lauren de ondan son bir iyilikte bulunmasını istedi: "Ne olur, beni yanağımdan öper misiniz?" Arthur, soran bakışlarla kafasını eğdi. "Bu halinizle on yaşındaki bir oğlana benziyorsunuz, sizden yalnızca yanağımı öpmenizi istedim. Altı aydan beri kimse bana sarılmadı." Arthur geri dönüp Lauren'a yaklaştı ve omuzlarından tutup onu iki yanağından öptü. Lauren başını onun göğsüne yasladı. Arthur kendini şaşkın ve acemi hissetti. Beceriksizce, kollarını kızın daracık kalçalarına doladı. Lauren yanağını onun omzuna doğru kaydırdı.

"Teşekkürler, Arthur, her şey için teşekkürler. Haydi, şimdi gidip uyuyun, bitkin düşeceksiniz. Sizi biraz sonra uyandırırım."

Arthur odasına gidip kazağıyla gömleğini çıkardı, pantolonunu da bir kenara fırlatarak yorganın altına girdi. Birkaç dakikada uyku bastırdı. İyice daldığında, salonda kalmış olan Lauren gözlerini kapadı, düşüncelerini yoğunlaştırdı ve sallanarak da olsa, yatağın karşısındaki koltuğun kolçağına konuverdi. Uyuyan Arthur'u seyretti. Arthur'un yüzü dingindi, hatta Lauren, dudaklarının kıyısında bir gülümseme seziyordu. Uyku onu da koynuna alıncaya kadar, dakikalarca, uzun uzun Arthur'u seyretti; Lauren, kazadan beri ilk kez uyuyordu.

Lauren saat ona doğru uyandığında, Arthur hâlâ derin derin uyuyordu. "Hay Allah!" diye bağırdı; yatağın yanına oturup Arthur'u şiddetle sarstı. "Uyanın, saat çok geç oldu." Arthur homurdanarak döndü.

"Carol-Ann, yavaş ol."

"Usulca, çok usulca uyanın, ben Carol-Ann değilim ve saat onu beş geçiyor."

Arthur gözlerini önce ağır ağır araladı, sonra birden faltaşı gibi açarak bir anda doğruldu.

"Gördüğünüz sizi hayal kırıklığına mı uğrattı," diye sordu Lauren.

"Siz, buradasınız; demek rüya değildi?"

"Beni karşınızda bulacağınızı bilmeniz gerekirdi. Acele etseniz iyi olur, saat onu çoktan geçti."

"Ne," diye bağırma sırası Arthur'daydı, "beni uyandırmalıydınız."

"Ben sağır değilim, yoksa Carol-Ann öyle miydi? Üzgünüm, uyuyakalmışım; hastaneden beri hiç böyle olmamıştı, bunu sizinle kutlarım diyordum; ama gördüğüm kadarıyla hiç havanızda değilsiniz, haydi gidip hazırlanın."

"Bana baksanıza, böyle alaycı konuşmanın hiç gereği yok; gecemin içine ettiniz, sabah da aynı şeye devam ediyorsunuz; yeter artık ama, lütfen!"

"Sabahları ne kadar da kibar oluyorsunuz, uyurken sizi daha çok seviyorum."

"Benimle kavga çıkarmaya mı çalışıyorsunuz?"

"Hayal kurmayın; haydi gidip giyinin; yoksa suçlu yine ben olacağım."

"Tabii ki siz olacaksınız; hem kibar davranıp dışarı çıkar mısınız; yorganımın altında çırılçıplağım da..."

"Şimdi de edepliliğiniz mi tuttu?"

Arthur, Lauren'dan daha uyanır uyanmaz bir karı-koca kavgası çıkarmamasını istedi ve cümlesini 'çünkü, yoksa' ile bitirmek gibi talihsiz bir isteğe kapıldı. "'Yoksa', genelde gereksiz bir sözcüktür!" diye, Arthur'un lafını ağzına tıktı Lauren. Zehir gibi bir sesle ona iyi günler dileyip ansızın ortadan kayboldu. Arthur çevresine bakındı, birkaç saniye duraksadıktan sonra, seslendi: "Lauren? Yeter artık, burada olduğunuzu biliyorum. Ne kötü huyunuz var. Haydi, çıkın; saçmalamayın." Salonun ortasında çırılçıplak durmuş, elini kolunu sallarken, belirgin bir şaşkınlıkla pencereden olup biteni seyreden karşı komşusuyla göz göze geldi. Kanepeye doğru pike yapıp battaniyeyi kaptı ve beline sardı; sonra mırıldanarak banyoya yöneldi: "Salonun ortasında anadan doğmayım, hayatımda ilk kez işe bu kadar geç kalmışım ve kendi kendime konuşup duruyorum; bu deli saçması hikâye de nedir böyle!"

Banyoya girer girmez dolabın kapağını açıp yumuşacık bir sesle sordu: "Lauren, orada mısınız?" Hiçbir yanıt gelmeyince hayal kırıklığına uğradı. Bunun üzerine hızla duş aldıktan sonra, odasına koşup oradaki dolabın içine de seslendi; yine hiçbir tepki gelmedi; üzerine bir takım elbise geçirdi. Kravatını üç kez düğümlemek zorunda kalınca, sövüp saymaya başladı: "Galiba iki tane sol elim var bu sabah!" Giyinmesi bitince mutfağa gitti, anahtarlarını bulmak için tezgâhın altını üstüne getirdi; anahtarlar cebinden çıktı. Hızla evden dışarı attı kendini, birden durup geri döndü ve kapıyı açtı: "Lauren, hâlâ yok musunuz?" Birkaç saniyelik sessizlikten sonra, kapıyı iki kez kilitledi. İç merdivenden doğrudan otoparka indi, arabasını aradı, onu dışarı park ettiğini hatırladı, koşarak koridordan geri döndü ve sonunda sokağa ulaştı. Gözlerini kaldırdığında, gene şaşkın şaşkın onu seyreden komşusuyla karşılaştı. Komşusunu tedirgin bir gülümsemeyle selamladıktan sonra, anahtarı beceriksizce kapının kilidine soktu, direksiyona geçip yıldırım gibi arabayı hareket ettirdi. Büroya vardığında, ortağı holdeydi; onu görünce, söze başlamadan önce, asık suratla birkaç kez başını salladı:

"Belki de birkaç gün tatile gitsen iyi olur."

"Sen kendine bak ve bu sabah canımı sıkma Paul."

"Kibarsın, çok kibarsın."

"Sen de kibarlaşsan nasıl olur?"

"Carol-Ann'le tekrar görüştün mü?"

"Hayır, Carol-Ann'le tekrar görüşmedim, Carol-Ann'le bitti; gayet iyi biliyorsun."

"İçinde bulunduğun durum iki şekilde açıklanabilir; ya Carol-Ann ya da yeni bir kadın."

"Hayır, yeni kadın filan yok; çekil şuradan, zaten yeterince geç kaldım."

"Şaka bir tarafa, saat henüz on bire çeyrek var. Adı ne?"

"Kimin adı ne?"

"Suratına baktın mı?"

"Nesi varmış suratımın?"

"Geceyi zırhlı bir savaş arabasıyla geçirmiş gibisin; anlatsana şunu!"

"Anlatacak hiçbir şeyim yok ki..."

"Ya gece vakti beni araman, telefondaki saçmalıkların; kimdi o?"

Arthur ortağını süzdü:

"Dinle, dün akşam saçma sapan bir şey yedim; gece kâbus gördüm; çok az uyku uyudum. Lütfen, hiç keyfim yok; bırak geçeyim, gerçekten çok geç kaldım."

Paul kenara çekildi. Arthur öne geçince, hafifçe omzuna vurdu: "Ben senin dostunum, öyle değil mi?" Arthur arkasına dönünce ekledi:

"Canını sıkan bir şeyler olsa, bana anlatırdın, değil mi?"

"Neyin var senin? Altı üstü bu gece az uyudum, hepsi bu; büyütme bu kadar."

"Tamam, tamam. Randevu saat birde, Hyatt Embarcadero'nun tepesinde; istersen birlikte gideriz, ben daha sonra büroya dönerim."

"Hayır, arabamla gideceğim, arkasından bir randevum daha var."

"Nasıl istersen!"

Arthur odasına girdi, çantasını bıraktı, sonra yardımcısını çağırıp ondan bir kahve istedi; koltuğunu döndürdü, böylece manzara gözlerinin önüne serildi; nihayet arkasına yaslanıp düşüncelere daldı.

Birkaç saniye sonra yardımcısı Maureen kapıyı çaldı; bir elinde bir imza mührü, öteki elinde bir fincan vardı; fincan altlığının kenarında düştü düşecek gibi gözüken bir benye duruyordu. Kaynar kahveyi masanın köşesine bıraktı.

"Kahvenize süt koydum, sanırım bu, günün ilk kahvesi."

"Teşekkür ederim. Maureen, suratımda ne var?"

"'Henüz günün ilk kahvesini içmedim' ifadesi.

"Henüz günün ilk kahvesini içmedim!"

"Mesajlarınız var; rahat rahat kahvaltınızı yapın, acil bir şey yok; imzalanacak evrakları getireceğim. İyi misiniz?"

"Evet, iyiyim; çok yorgunum."

Tam o anda odada beliren Lauren, az bir farkla masanın köşesini sıyırarak halının üstüne yuvarlandı, böylece gene Arthur'un görüş alanından çıktı. Arthur bir sıçrayışta ayağa kalktı:

"Canınız yandı mı?"

"Hayır, hayır; iyiyim," dedi Lauren.

"Niye canım yansın ki," diye sordu Maureen.

"Yok, size demedim," dedi Arthur.

Maureen bakışlarını odanın içinde gezdirdi.

"Odada pek kalabalık değiliz de..."

"Yüksek sesle düşünüyordum."

"Yüksek sesle, benim canımı yaktığımı mı düşünüyordunuz?"

"Yok canım, başka birini düşünüyordum ve bunu yüksek sesle ifade ettim; size hiç olmaz mı bu?"

Lauren, masanın köşesine bağdaş kurup oturmuştu; Arthur'u sorguya çekmeye karar verdi:

"Beni bir kâbusla aynı kefeye koymasanız daha iyi olur," dedi Arthur'a.

"Ben sizi bir kâbusla aynı kefeye koymadım ki..."

"Eh, bir bu eksikti zaten; kahvenizi hazırlayacak kâbusu zor bulursunuz siz," diye yanıtladı Maureen.

"Maureen, sizinle konuşmuyorum!"

"Odada bir hayalet mi var, yoksa ben geçici körlüğe yakalanıp bir şey mi kaçırdım?"

"Bağışlayın Maureen, durum çok gülünç, ben çok gülüncüm; bitkinim ve yüksek sesle düşünüyorum; kafam başka yerde."

Maureen ona, *sürmenajdan kaynaklanan depresyon* diye bir şey duyup duymadığını sordu. "İlk belirtilerde hemen harekete geçmek gerektiğini, yoksa iyileşmenin aylar sürdüğünü biliyor musunuz?"

"Maureen, *sürmenajdan kaynaklanan depresyon* filan yok; kötü bir gece geçirdim, hepsi bu.

Lauren kaldığı yerden devam etti:

"Ah! Görüyorsunuz işte; kötü gece, kâbus..."

"Durun artık, lütfen; bu olanaksız, bana bir dakika zaman tanıyın."

"Ama ben ağzımı bile açmadım ki," diye haykırdı Maureen.

"Maureen, beni yalnız bırakın, düşüncelerimi yoğunlaştırmam gerek, biraz gevşeme hareketleri yapacağım, hepsi geçecek."

"Gevşeme hareketleri mi yapacaksınız? Beni kaygılandırıyorsunuz, Arthur. Fazlasıyla kaygılandırıyorsunuz."

"Yok canım; her şey yolunda."

Maureen'den onu yalnız bırakmasını ve telefon bağlamamasını rica etti; sakinleşmeye ihtiyacı vardı. Maureen istemeye istemeye odadan çıkıp kapıyı kapattı. Koridorda karşılaştığı Paul'e, onunla birkaç dakika özel olarak görüşmek istediğini söyledi.

Odasında yalnız kalan Arthur, gözlerini Lauren'a dikti:

"Önceden haber vermeden ortaya çıkmayın, beni olmadık durumlara sokacaksınız."

"Bu sabah için özür dilemek istiyordum, çok huysuz davrandım."

"Huysuz olan benim, iğrençtim."

"Bütün sabahı birbirimizden özür dilemekle geçirmeyelim; sizinle konuşmak istiyorum."

Paul, kapıya vurmadan içeri girdi.

"Sana iki çift laf edebilir miyim?"

"Zaten şu anda yaptığın da bu."

"Az önce Maureen'le konuştum; neyin var senin?"

"Rahat bırakın beni yahu; bir kerecik yorgun geldim ve geciktim diye, dakikasında beni depresif ilan etmeye hakkınız yok."

"Ben sana depresifsin demedim."

"Hayır; ama Maureen onu ima etti; anlaşılan, bu sabah biraz şaşırtıcı görünüyorum."

"Şaşırtıcı görünmüyorsun, şaşkınsın."

"Şaşkınım, dostum."

"Neden? Karşına biri mi çıktı?"

Arthur muzip bakışlarla, kollarını iki yana açarak başıyla onayladı.

"Ah, benden hiçbir şey kaçmaz, görüyorsun; buna emindim. Ben tanıyor muyum?"

"Hayır, olanaksız."

"Bana ondan söz etsene. Kimdir? Ne zaman tanışıyorum onunla?"

"Bu biraz karışık; o bir hayalet. Evimi hayalet bastı; bunu dün akşam, rastlantı sonucu anladım. Bu bir hayalet kadın; banyo dolabımda yaşıyordu. Geceyi onunla geçirdim, ama yiğidi öldür, hakkını ver; hayalet olarak fıstık gibi; pek öyle... (canavar taklidi yaptı) gerçek bir hortlak sayılmaz; o dünyada kalanlar sınıfında, çünkü tam olarak gidememiş; bu da durumu açıklıyor. Şimdi her şeyi daha iyi anlıyor musun?"

Paul, şefkatle arkadaşına baktı:

"Tamam; seni hemen bir doktora yollayayım."

"Kes şunu Paul; ben gayet iyiyim."

Ve Lauren'a dönerek:

"Pek kolay olmayacak."

"Nedir kolay olmayacak olan," diye sordu Paul.

"Seninle konuşmuyordum."

"Hayaletle konuşuyordun; Bay Hayalet şu anda odada mı?"

Arthur onun bir kadın olduğunu hatırlattı ve şu anda tam yanında, masanın ucunda oturduğunu söyledi. Paul kuşkuyla ona bakarak eliyle usulca ortağının çalışma masasını yokladı.

"Dinle; biliyorum; aptalca şakalarımla seni sık sık işlettim; ama Arthur, artık beni korkutuyorsun; kafan hiç yerinde değil."

"Yorgunum, çok az uyudum; suratım mutlaka berbat görünüyordur, ama içim gayet iyi. Güven bana, her şey yolunda."

"İçin iyi mi? Dışın kötü gözüküyor, yanlar nasıl?"

"Paul, bırak da çalışayım; sen benim dostumsun, psikiyatrım değil; zaten benim psikiyatrım yok. İhtiyaç da duymuyorum."

Paul ondan, az sonraki imza randevusuna gelmemesini istedi. Anlaşmayı elden kaçırmalarına neden olacaktı. "Sanırım ne halde olduğunun tam olarak farkında değilsin, insanı korkutuyorsun." Arthur alındı; çantasını kaptığı gibi kapıya yöneldi.

"Tamam; korkutucu görünüyorum, şaşkınım, öyleyse ben de evime giderim; çekil önümden, bırak çıkayım. Gelin Lauren, gidiyoruz!"

"Sen bir dâhisin, Arthur! Yaptığın çok sıkı numara!"

"Ben numara yapmıyorum, Paul; sen, nasıl söylesem, benim gördüklerimi anlayamayacak kadar gelenekçisin.

Ancak seni kınamıyorum, dün akşamdan beri ben de büyük değişimler geçirdim."

"Gene de anlattıklarını kulağın duyuyor mu; inanılmaz bir şey!"

"Evet, bunu daha önce de söyledin; dinle; sen kafanı hiçbir şeye takma; madem bu imza işini üstüne almak istiyorsun, öyle olsun; gerçekten çok az uyudum, gidip dinleneceğim; sana teşekkür ederim, yarın geldiğimde her şey daha iyi olur."

Paul birkaç gün, en azından hafta sonuna kadar tatil yapmasını salık verdi; taşınmak yorucu bir işti. Hafta sonunda da ona yardım etmeyi önerdi, hangi konuda olursa olsun. Arthur alaycı bir tavırla ona teşekkür ettikten sonra, odadan ayrılıp hızla merdivenden indi. Binadan çıkıp kaldırımda Lauren'a bakındı.

"Burada mısınız?"

Lauren, arabasının kaputuna oturmuş olarak beliriverdi.

"Başınıza bin türlü dert açıyorum, gerçekten çok üzgünüm."

"Yok, üzülmeyin. Sonuç olarak uzun zamandır bunu yapmamıştım."

"Neyi?"

"Okul kırmayı! Bütün bir gün aylak aylak dolaşmayı!"

Paul, alnını kırıştırmış pencereden bakıyor, ortağının yolun ortasında kendi kendine konuşmasını, durup dururken arabanın yan kapısını açıp sonra hemen kapatmasını, arabasının çevresinden dolaşıp direksiyona geçmesini seyrediyordu. En iyi arkadaşının *sürmenajdan kaynaklanan depresyon geçirdiğine* ya da beyninin zedelendiğine kesinlikle emindi artık. Arabanın koltuğuna yerleşen Arthur, ellerini direksiyona dayayıp göğüs geçirdi. Yüzünde sessiz bir gülümsemeyle, gözlerini Lauren'a dikmişti. Rahatsız olan Lauren de gülümseyerek karşılık verdi.

"Deli yerine konulmak ne sinir bozucu, öyle değil mi? Hiç olmazsa henüz size fahişe demedi!"

"Neden? Açıklamalarım çok mu karışıktı?"

"Hayır, tam tersine. Nereye gidiyoruz?"

"Şöyle dört dörtlük bir sabah kahvaltısı yapmaya, sonra bana her şeyi ayrıntılarıyla anlatırsınız."

Paul, odasının penceresinden, binanın kapısının önüne park etmiş olan arkadaşını gözetlemeye devam ediyordu. Arthur'un arabada yalnız başına, görünmeyen, hayali bir kişiyle konuştuğunu görünce, onu cep telefonundan aramaya karar verdi. Arthur telefonu açar açmaz ona sakın gazlayıp gitmemesini, kendisinin derhal aşağı ineceğini, onunla konuşması gerektiğini söyledi.

"Ne hakkında," diye sordu Arthur.

"Ben de bunun için aşağıya iniyorum zaten!"

Paul merdivenleri üçer üçer inip avluyu geçti; Saab'ın önüne gelince, şoför kapısını açarak en iyi arkadaşının neredeyse dizlerine oturuverdi.

"Kenara çekil!"

"Öbür taraftan binsene yahu!"

"Ben kullansam rahatsız olur musun?"

"Anlamıyorum; konuşacak mıyız, gidecek miyiz..."

"İkisi birden; haydi, yer değiştir!"

Paul Arthur'u itip direksiyona geçti, kontak anahtarını çevirdi ve üstü açık araba park yerini terk etti. İlk kavşakta Paul sert bir fren yaptı.

"Önemli bir soru: Senin hayalet, şu anda, arabada, bizimle birlikte mi?"

"Evet, sen münasebetsizce içeri girince, arka koltuğa oturdu."

Bunun üzerine Paul kapısını açıp arabadan indi, koltuğunun arkasını öne eğdi ve Arthur'a dönerek:

"Bana bir iyilik yap, *Casper*'dan aşağı inip bizi yalnız bırakmasını iste. Seninle özel olarak konuşmam gerek. Daha sonra evinde buluşursunuz!"

Lauren ön koltuğun yanındaki pencerede belirdi.

"Beni North-Point'ten al," dedi, "gidip orada dolaşacağım. Dinle; işler çok karışacaksa, ona gerçeği söylemek zorunda değilsin; seni zor durumda bırakmak istemiyorum."

"O benim hem ortağım hem dostum; ona yalan söyleyemem."

"Benim hakkımda eldiven kutusuyla bile konuşsan olur tabii," diye söze girdi Paul, biliyor musun, dün akşam buzdolabını açtım, ışık görünce içeri girdim ve yarım saat kadar, tereyağı ve salatalıkla senin kulaklarını çınlattık.

"Ben senin hakkında eldiven kutusuyla değil, onunla konuşuyorum!"

"Pekâlâ, o zaman Leydi *Casper*'a gidip çarşaflarını ütülemesini söyle de, biz de biraz konuşabilelim!"

Lauren kayboldu.

"Gitti mi o adam," diye sordu Paul, biraz sinirli bir havayla.

"O bir *kadın, adam* değil! Evet, o gitti, o kadar kabasın ki! Pekâlâ, derdin nedir?"

"Derdim ne mi," diye sordu Paul, somurtarak. Sonra yeniden konuşmaya başladı:

"Hayır, sadece seninle yalnız kalmayı tercih ettim, özel şeylerden konuşabilelim diye."

"Nelerden?"

"Ayrılıklardan kaynaklanan ve bazen aylar süren yan etkilerden."

Paul uzun bir tirada başladı, Carol-Ann hiç ona uygun değildi, ona kalırsa Carol-Ann bir hiç uğruna *ona çok acı çektirmişti ve asla bu kadarına değmezdi*. Elini yüreğine koymasını istedi Arthur'dan; Carol-Ann, ayrıldıklarından beri Arthur'un çektiklerini hak etmiyordu. Arthur Karine'den beri hiç *böyle dibe vurmamıştı. Hem* Karine neyse, ama doğrusu Carol-Ann...

Arthur, şu pek ünlü Karine'in zamanında yaşlarının on dokuz olduğunu, üstelik Karine'le hiç flört etmediğini hatırlattı. Paul, yirmi yıldır Karine'in adını ağzından düşürmüyordu, bunun tek nedeni de onu ilk kendisinin görmüş olmasıydı! Paul ise, Karine'i andığını bile inkâr etti. "Yılda en az iki üç kez!" diye cevap verdi Arthur. "Of! Bir hatıralar kutusundan çıkıveriyor işte. Yüzünü bile hatırlamıyorum!" Ansızın sinirlenen Paul, elini kolunu oynatmaya başlamıştı.

"Peki ama, niye onun hakkında asla gerçeği söylemedin bana? Allah kahretsin, onunla çıktığını itiraf et, madem dediğin gibi yirmi yıl geçti, artık o iş zamanaşımına uğradı demektir!"

"Kafa ütülüyorsun Paul, o bürodan koşa koşa inmenin de, bizim kenti arşınlayıp durmamızın da nedeni, durup dururken aklına Karine Lowenski'nin gelivermesi değil! Hem söylesene, nereye gidiyoruz?"

"Yüzünü hatırlamıyorsun ama, bakıyorum da soyadını unutmamışsın!"

"Konuşmak istediğin çok önemli konu bu muydu?"

"Hayır, ben sana Carol-Ann'den söz ediyorum."

"Neden bana ondan söz ediyorsun? Sabahtan beri üçüncü oldu bu. Onu tekrar görmedim, onunla telefonlaşmadık da. Seni kaygılandıran buysa arabamla Los Angeles'a kadar gitmemizin hiç gereği yok, çünkü çaktırmadan az önce köprüyü geçtik, hatta South-Market'e geldik bile. Sorun ne; seni yemeğe mi davet etti?"

"Carol-Ann'le yemeğe çıkmak isteyebileceğimi nasıl düşünürsün! Siz birlikteyken bile zor gelirdi bunu yapmak; üstelik masada sen de olduğun halde."

"Peki o zaman sorun ne, niye kentin yarısını dolaştırdın bana?"

"Hiçbir şey; seninle konuşabilmek için, benimle konuşman için."

"Ne hakkında?"

"Senin hakkında!"

Paul sola dönüp Saab'ı, cephesi beyaz çinilerle kaplı, dört katlı büyük bir binanın otoparkına soktu.

"Paul, sana çok uçuk geleceğini biliyorum ama, karşıma gerçekten bir hayalet çıktı."

"Arthur, sana çok uçuk geleceğini biliyorum ama, gerçekten de seni doktora götürüyorum."

Arkadaşının yüzüne bakmakta olan Arthur birden başını çevirip gözlerini karşıdaki binanın cephesindeki yazıya dikti:

"Beni bir kliniğe mi getirdin? Sen ciddi misin? Bana inanmıyor musun?"

"Yok canım, tabii ki sana inanıyorum! Sağlık taramasından geçtiğin zaman daha da çok inanacağım."

"Sağlık taramasından geçmemi mi istiyorsun?"

"Beni iyi dinle, koca zürafa! Günün birinde işe, bir ay yürüyen merdivende tutsak kalmış bir herifin yüz ifadesiyle gelir, aslında hep sakin biriyken öfke içinde çıkıp gidersem; pencereden baktığında beni kaldırımda, kolumu havaya kaldırmış yürürken, sonra var olmayan bir yolcuya arabamın kapısını açarken, yetmezmiş gibi karşımda kimse olmadığı halde, gerçekten kimse olmadığı halde, biri varmış gibi, arabanın içinde elimi kolumu sallayarak konuşurken görürsen ve ben de tek açıklama olarak bir hayalete rastladığımı söylersem, umarım sen de şu an senin için kaygılandığım kadar kaygılanırsın benim için."

Arthur'un yüzünde belli belirsiz bir gülümseme belirdi.

"Dolabımın içinde onu ilk gördüğümde, senin bana pis bir şaka yaptığını düşündüm."

"Şimdi beni izleyeceksin, gidip içimi rahatlatacağız!"

Arthur, kliniğin resepsiyonuna kadar kolundan çekiştirilmesine ses çıkarmadı. Danışmadaki görevli bakışlarıyla onları izliyordu. Paul bir sandalyeye oturttuğu Arthur'a, yerinden kımıldamamasını emretti; ona, her dakika görüş alanının dışına çıkmasından korkulan yaramaz bir çocukmuş gibi davranıyordu. Ardından danışmaya gidip görevli genç hanımı çağırdı; bir yandan da üzerine basa basa: "Acil vaka," diye bağırıyordu.

"Ne tür bir şey," diye Paul'ün lafını ağzına tıkadı genç kadın; biraz patavatsızca konuşuyordu; Paul'ün ses tonuysa sabırsızlığını ve sinirini apaçık ortaya koyuyordu.

"Şuradaki koltukta oturan türden bir şey!"

"Hayır, aciliyetin türünü soruyorum!"

"Beyin travması!"

"Nasıl oldu?"

"Aşkın gözü kördür ve beyaz bastonunu durmadan dostumun kafasına indiriyor; doğal olarak, sonunda onun turşusunu çıkardı!"

Genç kadın yanıtı çok komik buldu ama anlamını doğru algılayabildiğinden emin değildi. Randevusu ve reçetesi olmadan onun için hiçbir şey yapamazdı, *üzgündü!* "Durun bakalım, üzülmek için henüz erken! Sözlerim bitince üzüleceksiniz asıl!" diyen Paul, buyurgan bir ses tonuyla, bu kliniğin Dr. Bersink'e ait olup olmadığını sordu. Görevli kadın, başıyla soruya evet diye yanıt verdi. Paul, aynı enerjik sesle, mimarlık bürosunda çalışan altmış kişinin yıllık sağlık kontrollerini burada yaptırdıklarını, bebeklerini burada dünyaya getirdiklerini, çocuklarını burada aşılattıklarını ve nezle, grip, anjin gibi berbat işlerini burada hallettiklerini açıkladı.

Soluk bile almadan sözlerine devam ederek, bu sağlık kuruluşunun müşterileri olan tüm bu sevimli hastaların, şu anda karşısında duran gözü dönmüş adamın, ama ayrıca, karşıdaki koltukta oturan şaşkın beyefendinin sorumluluğunda olduğunu anlattı.

"Uzun lafın kısası, küçük hanım, ya Dr. Bres bilmem ne, ortağımla derhal ilgilenir ya da size yemin ederim ki, o hastaların biri bile şu görkemli kliniğinize adım atıp pansuman bile yaptırmaz!"

Bir saat sonra Arthur, yanında Paul'le, tepeden tırnağa sağlık kontrolünden geçmek üzere bir dizi teste giriyordu. Eforlu elektro çektikten sonra (göğsüne bir sürü elektrot yapıştırıp bir kondisyon bisikletinin tepesinde, yirmi dakika boyunca pedal çevirttiler), kan aldılar (Paul odada duramadı). Sonra, bir doktor onu bir dizi nöroloji testinden geçirdi (gözleri kapalıyken ve açıkken bir bacağını kaldırmasını istediler, küçük bir çekiçle dirseklerine, dizlerine ve çenesine vurdular, hatta iğneyle ayağının altını gıdıkladılar). Sonunda, Paul bastırınca Arthur'un vücut tomografisini çekmeyi de kabul ettiler. Tomografi salonu, büyük bir camla ikiye bölünmüştü. Bir tarafta, hastanın boylu boyunca uzanabileceği biçimde içi boşaltılmış (birçoklarının onu dev bir tabuta benzetmesinin nedeni de buydu), silindir biçimli, etkileyici bir makine, öbür tarafta da kocaman, demet demet kara kablolarla birbirine bağlanmış monitörler ve kumanda masalarıyla dolu teknik bir oda göze çarpıyordu. Arthur, beyaz çarşaf örtülü dar bir platforma yatırılıp kafasından ve kalçalarından bağlandı; doktor bir düğmeye basarak onu makinenin içine yolladı. Teniyle makinenin çeperleri arasındaki uzaklık birkaç santimetreden fazla değildi; artık elini bile oynatamıyordu. Yoğun bir kapalı alan korkusu yaşayabileceğine dair onu uyarmışlardı.

İnceleme süresince yalnız kalacak, ama her istediğinde camın öteki tarafında bulunan doktorla ve Paul'le konuşabilecekti. İçine hapsedildiği oyuğun içinde, iki küçük hoparlör vardı. Kontrol odasındakiler de seslerini ona duyurabiliyorlardı. Eline tutuşturulan küçük plastik topa basarak, o da mikrofonu çalıştırıp konuşabilecekti. Kapı kapandı ve makine birtakım etkileyici sesler çıkarmaya başladı.

"Şu anda yaşadığı çok kötü bir şey mi," diye sordu Paul, keyifli bir sesle.

Teknisyen, gayet sevimsiz bir şey olduğunu anlattı. Kapalı alan korkusu olan birçok hasta buna dayanamıyor, doktoru incelemeyi yarıda bırakmaya zorluyordu.

"Kesinlikle insanın canı yanmıyor, yalnız gürültü ve bir yere hapsedilmiş olma duygusu, sinirsel açıdan işi zorlaştırıyor."

"Onunla konuşabiliyor muyuz," diye sordu Paul.

Yanındaki sarı düğmeye basarak arkadaşıyla konuşabilirdi. Teknisyen makineden ses gelmediği zaman konuşmasının daha iyi olacağını, yoksa Arthur cevap verirken çenesini oynatacağı için filmlerin bulanık çıkabileceğini belirtti.

"Buradan onun beyninin içini görebiliyor musunuz?"
"Evet."
"Neleri keşfediyorsunuz?"

"Her tür anomaliyi, örneğin anevrizmaları..."

Tam o sırada birden telefon çaldı ve doktor almacı kaldırdı. Birkaç saniye konuştuktan sonra Paul'den özür diledi; bir dakikalığına dışarı çıkması gerekiyordu. Paul' den hiçbir şeye dokunmamasını istedi, her şey otomatikti, kendisi de birkaç dakika içinde geri gelecekti.

Doktor salondan ayrıldıktan sonra, Paul dudaklarında tuhaf bir gülümsemeyle, camın arkasından arkadaşının yüzüne baktı. Bakışları mikrofonun sarı düğmesine kaydı. Bir an kararsız kaldıktan sonra, düğmeye bastı:

"Arthur, benim! Doktorun işi çıktı; ama sen hiç merak etme; ben buradayım, her şeyin yolunda gidip gitmediğini gözlüyorum. Bu tarafta inanılmayacak kadar çok düğme var; insan kendini uçak kokpitinde sanır. Üstelik uçağı ben kullanıyorum, pilot paraşütle aşağı atladı! Söylesene dostum; artık baklayı ağzından çıkaracak mısın? Karine'le çıkmadın ama, onunla gene de yattın, öyle değil mi?"

Kliniğin otoparkına çıktıklarında Arthur'un kolunun altında, kraft kâğıttan yapılma bir dizi zarf vardı; içlerinde ise analizlerin sonuçları bulunuyordu; hepsi gayet normaldi.

"Artık bana inanıyor musun," diye sordu Arthur.

"Beni işe bırak, sen de git, konuştuğumuz gibi evinde dinlen."

"Sorumu atlatmaya çalışıyorsun. Beynimde tümör olmadığını bildiğine göre, artık bana inanıyor musun?"

"Dinle; git dinlen; hepsi bir sürmenaj krizinden kaynaklanıyor olabilir."

"Paul, ben senin doktorculuk oyununa ses çıkarmadım, sen de benim oyunuma katıl!"

"Senin oyununun beni eğlendireceğinden pek emin değilim! Bunu daha sonra konuşuruz, randevuya yetişmem gerek, taksiye atlayıp gideceğim. Gün içinde seni ararım."

Paul, Arthur'u Saab'ın içinde yalnız bıraktı. Arthur da North-Point'e doğru yola koyuldu; bu öyküden, kahramanından, başına öreceği çoraplardan içten içe keyif almaya başlamıştı.

6

Turistik lokanta, Büyük Okyanus'a doğru uzanan yalıyarın tam ucundaydı. Salonda hemen hiç yer yoktu; barın tepesindeki iki televizyon, müşterilerin iki ayrı beysbol maçını seyretmesini sağlıyordu. Bahisler gırla gidiyordu. Arthur ile Lauren, cam kenarındaki bir masada oturuyorlardı.

Arthur tam bir *cabernet-sauvignon* şarabı ısmarlamak üzereyken birden ürpererek, Lauren'ın dudaklarında muzaffer bir gülümseme, gözlerinde muzip bakışlarla, çıplak ayağıyla onu okşadığını fark etti. Çok gücenen Arthur, Lauren'ın ayak bileğini yakalayıp elini bacağında gezdirerek:

"Ben de sizi hissediyorum," dedi.

"Bundan emin olmak istemiştim."

"Artık öylesiniz."

Siparişleri alan garson, kuşku dolu bir ifadeyle sordu:

"Neyi hissediyorsunuz?"

"Hiç, hiçbir şey hissetmiyorum."

"Az önce bana, 'Ben de sizi hissediyorum,' dediniz."

Arthur, yüzünde pırıl pırıl bir gülümseme beliren Lauren'a dönerek:

"Kolay iş; böyle giderse akıl hastanesini boylarım."

"Belki de isabetli olur," diye yanıtladı garson kız; omuz silkip arkasını döndü.

"Siparişimi söyleyebilir miyim," diye bağırdı Arthur.

"Size Bob'u yolluyorum; bakalım onu da hissedecek misiniz..."

Birkaç dakika sonra gelen Bob, kadınsılıkta garson kızla yarışabilirdi. Arthur somonlu yumurta ve baharatlı domates suyu istedi. Bu kez garsonun uzaklaşmasını bekledikten sonra, Lauren'a son altı ayda yaşadığı yalnızlığı sordu.

Bob salonun ortasında durmuş, Arthur'un büyük bir üzüntüyle kendi kendine konuşmasını seyrediyordu. Arthur'la Lauren sohbete daldılar; birden Lauren, Arthur'un bir cümlesini bölerek cep telefonunun olup olmadığını sordu. Soruya bir anlam veremeyen Arthur, evet anlamında başını salladı. "Telefonunuzu açıp biriyle konuşuyormuş gibi yapın, yoksa gerçekten akıl hastanesini boylayacaksınız." Arthur dönüp baktığında, birçok masadan bakışların üzerine dikildiğini, hatta, havaya konuşarak kimilerinin yemeğinin tadını kaçırdığını fark etti. Cep telefonunu alıp numara çeviriyormuş gibi yaptı, sonra çok yüksek sesle, "Alo!" diye bağırdı. İnsanlar birkaç dakika daha onu süzmeye devam ettiler, sonra durum hemen hemen normale döndüğünden, yeniden yemeye koyuldular. Arthur, elindeki telefona doğru, Lauren'a sorduğu soruyu yineledi. Saydam olmak, ilk günlerde Lauren'ı çok eğlendirmişti. Arthur'a, serüvenin başında yaşadığı mutlak özgürlük duygusunu tarif etti. Giyim, kuşam, saç, baş, yüz ifadesi, hatlar hakkında kafa yormak yoktu artık; artık kimse ona bakmıyordu. Hiçbir görevi yoktu, hiçbir çevrenin içinde değildi; artık kuyruğa girme derdi de bitmişti; herkesin önüne geçiyor, üstelik kimseyi rahatsız etmiyordunuz; kimse sizi davranışlarınızdan ötürü yargılamıyordu. Ağırbaşlı, ketum gözükmek zorunluluğu da ortadan kalkmıştı; herkesin sohbetine kulak verebilir, görülmeyeni görüp duyulmayanı duyabilir, girmeye hakkınızın olmadığı yerlerde bulunabilirdiniz; artık sizi duyan kimse yoktu.

"İstersem Oval Ofis'in bir köşesine konup bütün devlet sırlarını dinleyebilir, Richard Gere'in dizlerine oturabilir ya da Tom Cruise'la duş alabilirdim."

Her şey ya da hemen hemen her şey mümkündü onun için; kapalı müzeleri ziyaret etmek, para ödemeden sinemaya girmek, şatafatlı otellerde uyumak, en hassas cerrahi müdahalelere katılmak, Golden Gate'in kemer ayaklarının tepesinde yürümek... Kulağını cep telefonuna yapıştırmış olan Arthur, Lauren'ın, saydıklarından en azından birini deneyip denemediğini merak etti.

"Hayır, yüksekten korkarım, uçaktan ödüm kopar, Washington çok uzakta, kendimi o kadar uzağa ışınlamayı bilmiyorum; dün ilk kez uyudum, yani bugüne kadar lüks oteller hiçbir işime yaramazdı; mağazalar ise, hiçbir şeye dokunamadıktan sonra, neye yarar?"

"Ya Richard Gere ve Tom Cruise?"

"Mağazalarla aynı durum!"

Lauren, bütün içtenliğiyle, hayalet olmanın hiç de komik olmadığını anlattı; daha çok acıklı buluyordu bunu. Her şey elinin altında, ama her şey yasak. Sevdiklerini özlüyordu. Artık onlarla iletişim kuramıyordu. "Artık yokum ben. Onları görebiliyorum, ama bunun bana yarardan çok zararı dokunuyor. Belki de Araf dedikleri budur; sonsuz bir yalnızlık."

"Tanrı'ya inanır mısınız?"

"Hayır, ama insan benim durumuma düşünce inandıkları ile inanmadıklarını masaya yatırma ihtiyacı duyuyor. Ben hayaletlere de inanmazdım."

"Ben de öyle," dedi Arthur.

"Hayaletlere inanmaz mısınız?"

"Siz hayalet değilsiniz."

"Öyle mi?"

"Siz ölmediniz, Lauren; yüreğiniz bir yerlerde çarpıyor, ruhunuzsa başka bir yerde yaşıyor. Geçici bir süre için ikisi birbirlerinden ayrıldılar, hepsi bu. Bunun nedenini ve ikisinin nasıl yeniden bir araya getirileceğini düşünmek gerek."

"Bu açıdan bakıldığında bile, gene de bunun ağır sonuçlar doğurmuş bir ayrılık olduğuna dikkatinizi çekerim."

Olup bitenler Arthur'un anlayış sınırlarını aşıyordu, ama bu noktaya takılıp kalmak niyetinde değildi. Telefonu elinde, ısrarla anlamak istediğini söyledi; Lauren'ın bedenine yeniden kavuşmasını sağlamanın yolunu arayıp bulmak gerekiyordu, komadan çıkmalıydı; ikisi birbirine bağlı olduğu için," diye ekledi.

"Özür dilerim, ama sanırım az önce araştırmalarınızda çok büyük bir adım attınız!"

Arthur, Lauren'ın sözlerindeki alaycılığı görmezden gelerek, ona eve gidip internette bu konu hakkında bilgi toplamayı önerdi. Komayla ilgili her şeyi gözden geçirmek istiyordu: bilimsel çalışmalar, tıbbi raporlar, kaynakçalar, komanın tarihi, yaşanmış olaylar. Özellikle, uzun süre komada kaldıktan sonra geri dönen hastaların anlatıldığı yazılar. "Böyle hastaları bulup sorgulamalıyız. Söyledikleri çok önemli olabilir."

"Bunu neden yapıyorsunuz?"

"Çünkü başka seçeneğiniz yok."

"Soruma yanıt verin. Bu davranışın getireceği kişisel sonuçların, size ne kadar zaman kaybettireceğinin farkında mısınız? Bir mesleğiniz, görevleriniz var."

"Çok tutarsız bir kadınsınız."

"Hayır, ben aklı başında bir kadınım; sırf on dakika kendi kendinize konuştunuz diye herkesin size ters ters baktığını fark etmediniz mi; bu lokantaya bir daha geldiğinizde size 'yer yok' diyeceklerini, çünkü insanların farklılığı sevmediğini, çünkü kendi başına yemek yerken yüksek sesle konuşup elini kolunu sallayan bir adamın çevresindekileri rahatsız ettiğini bilmiyor musunuz?"

"Şehirde daha bin tane lokanta var, seçenek bol."

"Arthur, siz kibar bir insansınız, gerçekten çok kibar bir insansınız, ama gerçekçi değilsiniz."

"Sizi kırmak istemem ama, gerçekdışılık konusunda, bugünkü koşullarda, siz benden fersah fersah öndesiniz."

"Sözcüklerle oynamaktan vazgeçin, Arthur. İyice düşünüp taşınmadan bana sözler vermeyin; böyle bir bilmecenin içinden asla çıkamazsınız."

"Ben asla laf olsun diye söz vermem; kibar biri de değilimdir!"

"Bana boş ümitler vermeyin; zamanınız bile yok bunun için."

"Lokantada böyle şeyler yapmaktan nefret ederim, ama beni mecbur bıraktınız; bir saniye izin verin bana."

Arthur telefonu kapatır gibi yaptı, gözlerini Lauren'a dikti, sonra telefonu yeniden açıp ortağının numarasını çevirdi. O sabah ona ayırdığı zaman ve gösterdiği özen için Paul'e teşekkür etti; birkaç yatıştırıcı cümleyle yüreğine su serptikten sonra, anlaşılan sürmenaj sınırına dayandığını, hem kendisi hem de şirket adına birkaç gün dinlenmesinin iyi olacağını anlattı. O sıralar üzerinde çalıştıkları dosyalarla ilgili birtakım özel bilgileri verdi, Maureen'in onun emrinde olacağını da ekledi. Başka bir yere gidemeyecek kadar yorgun olduğundan, evde kalacaktı ve gerekirse telefonla ulaşılabilirdi.

"İşte; artık her tür mesleki görevden kurtuldum; derhal araştırmalara başlamayı öneriyorum."

"Ne söyleyeceğimi bilemiyorum."

"Tıp bilgilerinizle bana yardım etmekle işe başlayın."

Hesabı getiren Bob, Arthur'un yüzünü süzmeye başladı. Arthur gözlerini faltaşı gibi açıp yüzünde ürkütücü bir ifadeyle dilini çıkardı ve bir sıçrayışta ayağa kalktı. Bob bir adım geriledi.

"Sizden daha iyisini beklerdim, Bob; büyük hayal kırıklığına uğradım. Gelin, Lauren, burası bize göre bir yer değil.

Arabanın içinde, eve doğru giderlerken, Arthur Lauren'a araştırmada nasıl bir yöntem uygulamayı düşündüğünü anlattı. İkisi de kendi görüşlerini ortaya koydular ve sonunda bir savaş planı üzerinde fikir birliğine vardılar.

7

Eve döner dönmez, Arthur çalışma masasına oturdu. Bilgisayarını açıp internete bağlandı. "Arama motorları" sayesinde, bir dakika içinde, ilgilendiği konu hakkında yüzlerce veri tabanına ulaşabiliyordu. Kutuya yalnızca "koma" sözcüğünü yazarak arama motoruna girmiş ve "web", koma konusu hakkında sohbetlerin, sergilerin, yaşanmış olayların, yayınların bulunduğu birçok sitenin adresini sıralayıvermişti. Lauren gelip masanın köşesine kondu.

İlk olarak Memorial Hastanesi'nin sitesindeki, Nöropatoloji ve beyinsel travma sayfasına bağlandılar. Profesör Silverstone'un beyin travmaları hakkındaki yeni bir yayını sayesinde, çeşitli koma tiplerinin Glasgow Skalası'na göre sınıflandırılışına ulaştılar: Üç rakam, görsel, işitsel ve duyusal uyarılara verilen tepkiyi gösteriyordu. Lauren'ın durumu 1.1.2 sınıflarına uygundu; üç rakamın toplamı 4. sınıf komayı, başka bir deyişle "derin koma"yı tanımlıyordu. Başka bir site onları bir kitaplığa yolladı; burada her koma sınıfındaki hastaların evrimleriyle ilgili istatistiki analizlerin ayrıntıları vardı. "Dördüncü sınıf"a yapılan bir yolculuktan geri dönen hiç olmamıştı...

Birçok diyagram, aksonometrik kesitler, resimler, sentez raporları, kaynakçalar önce Arthur'un bilgisayarına yüklendi, sonra da hepsinin çıkışı alındı. Toplam olarak yaklaşık yedi yüz sayfalık bilgi, ilgi merkezlerine göre sınıflandı, ayrıldı ve listelendi.

Arthur bir pizza ile iki bira ısmarladıktan sonra, "Geriye bir tek okumak kalıyor," diye bağırdı. Lauren, bir kez daha, bütün bunları neden yaptığını sordu ona. Arthur onu şöyle yanıtladı: "Çok kısa sürede bana pek çok şeyi, özellikle de mutluluğun tadını öğretmiş olan birine borcumu ödüyorum. Biliyor musun, her rüyanın bir bedeli vardır!" Ve sonra yeniden kâğıtları okumaya koyuldu; anlamadıklarını bir kenara not ediyordu; yani hemen hemen her şeyi. Çalışmalar ilerledikçe, Lauren tıbbi terimleri ve genel düşünce mantığını da açıklıyordu.

Arthur elinde biriken notların sonuçlarını, çalışma masasına yaydığı kocaman bir kâğıda yazmaya başladı. Bilgileri gruplandırıp daire içine alıyor, sonra da aralarındaki ilişkilere göre, birbirlerine bağlıyordu. Böylece, gitgide büyüyen dev bir diyagram ortaya çıkmaya başladı; verilerin birbirine eklenerek sonuçlara dönüştüğü ikinci bir kâğıtta son buluyordu.

Böylece iki gün, iki gece boyunca karşılarındaki bilmeceyi anlamaya, ona karşı bir anahtar bulmaya çabaladılar.

Komanın, birkaç araştırmacı için şimdilik bedenin, kendisine can ve ruh veren zihinden ayrı olarak yaşadığı karanlık bir alan olduğu, daha birkaç yıl boyunca da öyle kalacağı sonucuna varmak için harcanan iki gün, iki gece. Yorgunluktan bitkin düşen, gözleri kan çanağına dönen Arthur yere serilip uyuyuverdi; çalışma masasında oturan Lauren diyagrama bakıyor, okları parmağıyla izliyor, bir yandan da şaşkınlıkla, kâğıdın işaretparmağının altında kıvrıldığını fark ediyordu.

Gidip Arthur'un yanına çömeldi, elini halıflekse sürtüp avucunu Arthur'un kolunda gezdirdi; kıllar diken diken oldular. Lauren'ın yüzünde hafif bir gülümseme belirdi; Arthur'un saçlarını okşayıp düşünceli bir havayla yanına uzandı.

Arthur yedi saat sonra uyandı. Lauren hâlâ çalışma masasında oturuyordu.

Arthur gözlerini ovuşturdu ve Lauren'a, derhal karşılık bulan bir gülücük yolladı.

"Yatağında daha rahat ederdin ama öyle güzel uyuyordun ki, uyandırmaya kıyamadım."

"Çok oldu mu uyuyalı?"

"Saatler oldu, ama uykunu almana yetmez."

Arthur bir kahve içip yeniden işe koyulmak istiyordu, ama Lauren ona engel oldu. Hevesi, Lauren'ı çok duygulandırıyordu ama boşa kürek çekmekti bu. Arthur doktor değildi; kendisi ise yalnızca stajyerdi; koma sorunuyla ikisi başa çıkamazlardı.

"Ne öneriyorsun?"

"Söylediğin gibi kahve içmeni, güzel bir duş yapmanı, sonra da birlikte dolaşmayı. Bir hayaleti evinde barındırıyorsun diye, eve kapanıp dış dünyadan kopmamalısın."

Arthur önce kahvesini içecekti, sonrasına bakarlardı. Üstelik Lauren'ın şu "hayalet" sözünü bırakmasını istiyordu; hayaletten başka her şeye benziyordu o. Lauren, onun "her şey"le ne kastettiğini öğrenmek istedi, ama Arthur cevap vermeyi reddetti. "Kibar sözler söylerim, sen de bana alınırsın."

Lauren soran gözlerle, kaşlarını çattı; bu "kibar sözler"in ne olduğunu merak ediyordu. Arthur, az önce söylediklerini unutması için ısrar etti, ama tam tahmin ettiği gibi, boşa zahmetti bu. Lauren, iki elini beline dayayıp karşısına dikildi ve onu sıkıştırmaya koyuldu.

"Neymiş bakalım, şu kibar sözler?"

"Söylediğimi unut, Lauren. Sen hortlak değilsin, hepsi bu."

"Neyim, öyleyse?"

"Bir kadınsın, çok güzel bir kadın; ve ben de şimdi gidip duş alacağım."

Arkasına bile bakmadan odadan çıktı. Sevinçten ağzı kulaklarına varan Lauren, yine halıfleksi okşadı. Yarım saat sonra Arthur üzerine bir kot pantolon ile bol bir kaşmir kazak geçirmiş olarak banyodan çıktı. Canının güzel bir et yemeği istediğini söyledi. Lauren henüz sabahın onu olduğunu hatırlatınca, o da New York'ta öğlen, Sydney'de ise akşam yemeği saatinin çoktan geldiği cevabını yapıştırdı.

"Evet ama, biz New York'ta da değiliz, Sydney'de de; biz San Francisco'dayız.

"Bu yiyeceğim etin tadını zerre kadar değiştirmez."

Lauren onun gerçek yaşamına geri dönmesini istiyordu; bunu açıkça söyledi de. Bir yaşama sahip olmak gibi bir şansı vardı ve bundan yararlanmalıydı. Her şeyi böyle yüzüstü bırakmaya hakkı yoktu. Arthur, durumu abarttığını öne sürerek ona karşı çıktı. Kendi adına topu topu birkaç gün harcayacaktı, ama Lauren'a bakılırsa tehlikeli ve çaresiz bir oyuna bulaşıyordu. Dayanamayarak patladı:

"Bunu bir doktorun ağzından duymak ne kadar güzel; ben de kadercilik diye bir şey olmadığını, yaşam sürdükçe umudun da sürdüğünü, her şeyin mümkün olduğunu sanırdım. Niye buna ben senden daha çok inanıyorum?"

"Çünkü ben bir doktorum," diye yanıtladı Lauren, "çünkü açık olmayı istiyordu, çünkü zamanlarını, Arthur'un zamanını boşa harcadıklarına emindi."

"Bana bağlanmamalısın, benim sana sunacak, verecek, seninle paylaşacak hiçbir şeyim yok; sana bir kahve bile yapamam ben, Arthur!"

"Vah vah, bana bir kahve bile yapamayacaksan, seninle gelecek umudumuz yok demektir. Sana bağlandığım filan yok, Lauren; ne sana ne de bir başkasına. Seninle dolabımın içinde karşılaşmayı ben istemedim; ama sen oradaydın; hayat, böyledir işte. Kimse seni duymuyor, görmüyor, seninle ilişki kurmuyor."

"Hakkın var," diye sözlerini sürdürdü; Lauren'ın sorunuyla uğraşmak ikisi adına da tehlikeliydi; Lauren açısından, yalancı umutlar doğurabileceği için; kendi açısından, 'bana kaybettireceği zaman ve hayatımda yaratacağı karmaşa için, ama hayat bu, ne yapalım". Seçme şansı yoktu. Lauren oradaydı, yanı başında, "senin de evin olan" evinde, nazik bir durumdaydı ve Arthur ona bakıyordu, "riskli olsa bile, uygar dünyada böyle yapılır". Ona göre, süpermarketten çıkarken sokak serserisinin tekine bir dolar vermek, ucuz ve kolay bir yardımdı. "İnsan elinde az olanı verdiğinde gerçekten vermiş sayılır." Lauren onun hakkında pek bir şey bilmiyordu ama Arthur, ne pahasına olursa olsun, işi sonuna kadar götürmeye kesin kararlıydı.

Gerçek yaşamdan kendisine kalan tek şeyin, yardım görmeyi kabul etmek olduğunda ısrar ederek, Lauren'dan, ona yardım etme hakkını kendisine tanımasını istedi. Arthur'un düşünüp taşınmadan bu işe girdiğini düşünüyorsa yerden göğe kadar haklıydı. Kesinlikle düşünmemişti. "Çünkü biz eğrisini doğrusunu hesaplamaya uğraşırken ömür tükenir."

"Nasıl olacağını bilmiyorum ama seni bu durumdan kurtaracağız. Ölecek olsan, çoktan ölürdün, ben yalnızca sana yardım etmek için buradayım."

Kendisi için değilse bile, birkaç yıl sonra iyileştireceği hastalar için isteğini kabul etmesini dileyerek, konuşmasını bitirdi:

"Sen avukat olmalıymışsın."
"Doktor olacaktım."
"Neden olmadın?"
"Çünkü annem çok erken öldü."
"Annen öldüğünde kaç yaşındaydın?"
"Çok küçüktüm; ve aslında bu konudan söz etmek istemiyorum."
"Neden konuşmak istemiyorsun?"

Arthur ona, psikanalist değil, stajyer doktor olduğunu hatırlattı. Konuyu açmak istemiyordu, çünkü bu ona acı ve hüzün veriyordu. "Dün, dündür; işte o kadar." Bir mimarlık bürosunu yönetiyordu. Bundan da çok mutluydu.

"Yaptığım işi, birlikte çalıştığım insanları seviyorum."
"O konu, senin gizli bahçen mi?"
"Hayır, bahçenin gizli bir tarafı yoktur; bahçe, tam tersine, bir armağandır. Israr etme, bu bana ait bir şey."

Annesini çok küçükken, babasını daha da önce kaybetmişti. Birlikte oldukları kısacık zamanda, ellerinden gelenin en iyisini yapmışlardı onun için. Hayatı böyle geçmişti işte; iyi tarafları da vardı, kötü tarafları da.

"Karnım hep açtır, Sydney'de olmasak da; kendime yumurtalı domuz pastırması yapacağım."

"Annen ile baban öldükten sonra seni kim yetiştirdi?"

"Sende keçi inadı mı var?"

"Zerresi bile yok."

"Bunlar anlamsız. Boşver, yapılacak daha önemli işler var."

"Hayır, beni ilgilendiriyor."

"Nedir seni ilgilendiren?"

"Hayatında, nelerin seni, bunu yapabilmeni sağlayacak noktaya getirdiği."

"Neyi yapabilmemi sağlayacak?"

"Tanımadığın bir kadının gölgesiyle ilgilenebilmek için her şeyi bir kenara bırakabilmeni; üstelik kadını yatağa atmak için de değil; kafam karışıyor."

"Bana psikanaliz yapmayacaksın; çünkü buna ne zamanım var ne de ihtiyacım. Alacakaranlık kuşağı diye bir yok, anladın mı? Var olan en somut ve kesin şeydir geçmiş, çünkü olup bitmiştir."

"Yani, seni tanımaya hakkım yok mu?"

"Evet, tabii ki var, ama senin tanımak istediğin benim geçmişim; ben değilim."

"Anlaşılması çok mu zor?"

"Hayır, çok özel; pek neşeli sayılmaz, üstelik fazlasıyla uzun; hem konumuz bu değil."

"Konumuz kaçmıyor ya! Koma hakkında iki gün iki gece uyku uyumadan çalıştık; pekâlâ bir mola verebiliriz."

"Sen avukat olmalıymışsın!"

"Evet, ama doktorum! Haydi, cevap ver."

Arthur işi bahane etti. Cevap verecek vakti yoktu. Tek kelime etmeden yumurtasını bitirdi, tabağını mutfak tezgâhına bıraktı ve yeniden masaya geçti. Kanepede oturan Lauren'a döndü.

"Hayatına çok kadın girdi mi," diye sordu Lauren kafasını hiç kaldırmadan.

"İnsan sevince saymayı unutuyor!"

"Bir de psikiyatriste ihtiyacım yok diyorsun! Peki ya 'gelip geçiciler'; öyle çok ilişkin oldu mu?"

"Ya senin?"

"Soruyu ben sordum."

Arthur üç kez âşık olduğunu söyledi; biri gençliğe yeni adım atarken, biri gençken, biri de "daha az gençken", erkek olmak üzere olup da tam olamamışken; yoksa şimdi hâlâ birlikte olurlardı. Lauren yanıtı samimi buldu, ama hemen ilişkinin neden yürümediğini merak etti. Arthur bunun, kendisinin fazla katı olmasından kaynaklandığını düşünüyordu. "Sahiplenmeci mi?" diye sordu Lauren, ama o *katı* sözcüğünde ısrar etti.

"Annem, kafamı *ideal aşk* hikâyeleriyle doldurdu; idealler, insanın önünde çok büyük bir engel oluşturuyorlar."

"Neden?"

"Çıtayı çok fazla yükseltiyorlar."

"Öteki için mi?"

"Hayır, insanın kendisi için."

Lauren onun konuyu derinleştirmesini istedi, ama Arthur "modası geçmiş fikirler ileri sürüp gülünç duruma düşmek" korkusuyla, kendini tutmayı yeğledi. Lauren onu şansını denemeye davet etti. Lauren'ı bu işten vazgeçiremeyeceğini bildiğinden, Arthur konuyu derinleştirmeyi seçti.

"Ayaklarına serilen mutluluğu görebilmek, eğilip onu kollarına alacak cesarete ve kararlılığa sahip olmak ... ve onu korumak. Yürekle el ele veren zekâdır bu. Yürekten yoksun zekâ, kuru mantıktır ve çok büyük bir anlam taşımaz."

"Kısaca o seni terk etti!"

Arthur cevap vermedi.

"Ve hâlâ tam olarak iyileşmedin."

"Oh, iyileştim ama zaten hasta değildim."

"Onu sevmeyi beceremedin mi?"

"Kimse mutluluğun sahibi değildir; bazen şansımız yaver giderse bir kira sözleşmesi yapıp mutluluğun kiracısı oluruz. Kirayı ödemekte çok titiz davranmak gerekir; yoksa çok çabuk kapı dışarı edilirsin."

"Söylediklerin insanın içini rahatlatıyor."

"Herkes günlük hayattan korkuyor, sanki sıkıntı ve alışkanlık, alnımızın yazısıymış gibi; ben böyle bir yazgıya inanmıyorum."

"Sen neye inanıyorsun?"

"Gündelik hayatın yoldaşlığın kaynağı olduğunu, alışkanlıkların dışına taşarak orada "lüksü ve sıradanlığı", ölçüsüz olanla ortak olanı keşfedebileceğimizi düşünüyorum."

Lauren'a, toprakta bırakılan, toplanmayan meyvelerden söz etti. "İhmal, alışkanlık, mutlak yargılar, kendini beğenmişlik yüzünden asla tüketilmeyecek olan mutluluk nektarından..."

"Bunu denedin mi?"

"Tam olarak hayır, yalnızca kuramı günlük hayatta sınadım. Tutkunun geliştiğine inanırım."

Arthur'a göre, zamanı aşan, şefkatin tutkunun yerini almasına ses çıkarmayan bir çiftten daha kusursuz bir şey olamazdı; ama eksiksizliğin zevkini almış bir insan, bunu nasıl yaşardı? Ona kalırsa, insanın içinde çocukluğundan bir parçayı, bir rüya parçasını korumaya karar vermesinde kötü bir şey yoktu.

"Sonunda farklı insanlar haline geliyoruz, ama ilk başta hepimiz çocuktuk. Peki ya sen, sen hiç âşık oldun mu?"

"Âşık olmamış çok insan tanıdın mı? Âşık olup olmadığımı bilmek mi istiyorsun? Hayır, evet ve hayır."

"Hayatın boyunca çok zarar gördün mü?"

"Yaşıma göre, evet, epeyce."

"Pek konuşkan sayılmazsın; kimdi o adam?"

"Hâlâ yaşıyor. Otuz sekiz yaşında, sinemacı, yakışıklı,

genelde meşgul, biraz bencil, ideal erkek..."
"Ne oldu peki?"
"Senin aşk dediğin şeye binlerce ışık yılı uzaktaydı."
"Herkesin kendine göre bir dünyası var! Önemli olan, hangi toprağa kök salacağını bilmek."
"Konuşurken hep böyle benzetmeler mi kullanırsın?"
"Sık sık; böylesinin söylemek istediklerimi yumuşattığını düşünüyorum. Şimdi senin hikâyene dönelim..."

Lauren, yaşamının dört yılını sinemacıyla paylaşmıştı; dramaturji, varlığa fazladan bir boyut katıyormuş gibi, oyuncuların defalarca parçalanıp toparlandığı, defalarca sökülüp dikilen dört yıllık bir öykü. Lauren bunu, tensel tutkuyla ayakta duran, bencilce, sonuçsuz bir ilişki olarak niteledi. "Tensel zevklere çok mu düşkünsün?" diye sordu Arthur. Lauren, soruyu çok uygunsuz buldu.
"Yanıt vermek zorunda değilsin."
"Yanıt filan vereceğim yok zaten! Neyse; kazadan iki ay önce işi bitirdi. Onun açısından iyi oldu; en azından bugün hiçbir şeyden sorumlu değil."
"Onu özlüyor musun?"
"Hayır, ayrıldığımız zaman özlüyordum; bugün ise, bir birlikteliğin temel taşlarından birinin cömertlik olduğunu düşünüyorum."
Hep aynı nedenlerden dolayı sona eren hikâyelerden, yeterince görmüştü. Kimileri, yaşları ilerledikçe bazı ideallerini yitirirlerdi, Lauren için tam tersi söz konusuydu. Yaşlandıkça idealistliği artıyordu: "Kendi kendime, yaşamın bir kesitini biriyle paylaştığını öne sürebilmek için, kendinden bir şeyler vermeye gerçekten hazır değilsen, adamakıllı ilişkilere girebileceğine inanmaktan ya da girebilecek gibi gözükmekten vazgeçmen gerekir, diyorum. İnsan mutluluğa parmağının ucuyla dokunmaz. Ya vericisindir ya alıcı. Ben, daha karşılığını görmeden kendimi veririm, ama bencillerin, zor insanların, isteklerine ve umutlarına özgürlük tanımayacak kadar yüreksiz olanla-

rın üzerine kocaman bir çarpı attım." Sonunda, kendi gerçeklerini itiraf edip hayattan ne beklediğini düşünmesinin zamanının geldiğini kabul etmişti. Arthur bu sözleri fazla sert buldu. "Uzun süre, gelişmemi sağlayacak şeylerin tam tersine, hayallerim bana çekici geldi, hepsi bu," diye cevap verdi Lauren.

Lauren'ın canı hava almak istedi, böylece birlikte dışarı çıktılar. Arthur, direksiyonu Ocean Drive'a çevirdi.

"Kıyıda dolaşmayı severim," dedi, "uzun süren sessizliği bozmak için."

Lauren hemen yanıt vermedi, gözlerini ufka dikmişti. Arthur'un koluna sarıldı, "Ne geldi başına," diye sordu.

"Niye böyle bir soru soruyorsun?"

"Çünkü başkalarına benzemiyorsun."

"Kuyruklu olmam seni rahatsız mı ediyor?"

"Hiçbir şeyden rahatsız olduğum yok, sen farklısın."

"Farklı mıyım? Ben kendimi farklı hissetmemiştim hiç; hem kimden, neden farklı?"

"Dinginsin."

"Bu bir kusur mu?"

"Hayır, kesinlikle değil; ama çok şaşırtıcı. Hiçbir şeyi dert etmiyor gibisin."

"Çünkü çözüm aramayı seviyorum, böylece sorunlardan korkmuyorum."

"Hayır, başka bir şey var."

"İşte gene ÖCP'yim."

"ÖCP de ne demek?"

"Özel Cep Psikiyatrıyım."

"Yanıt vermeme hakkına sahipsin. Ama benim de birtakım duygular taşımaya hakkım var; ayrıca, bu konuda seni sorguya çekiyor değilim."

"Kırk yıllık karı kocalar gibi konuşuyoruz. Saklayacak hiçbir şeyim yok, Lauren; alacakaranlık kuşağı yok; gizli bahçe yok; travma yok. Ben olduğum gibiyim; yığınla kusurum var."

Kendine karşı özel bir sevgi beslemiyordu ama nefret de duymuyordu; yerleşik düzenler karşısında özgür ve bağımsız kalabilmesini beğeniyordu. Belki de Lauren'ın hissettiği buydu. "Herhangi bir sisteme dahil değilim; kendimi bildim bileli buna karşı savaştım. Sevdiklerimle görüşüyorum, canım nereyi çekerse oraya gidiyorum; 'kesinlikle okunması gereken'leri değil, hoşuma giden kitapları okuyorum ve hayatım böyle geçiyor." Nedenler ve nasıllar hakkında binlerce soru sormadan, içinden geleni yapıyordu, "Daha ötesine de canımı sıkmıyorum."

"Canını sıkmak istememiştim."

Az sonra sohbet yeniden başladı. Bir otelin sıcak lobisine girmişlerdi. Arthur kapuçino içiyor, çörek atıştırıyordu.

"Buraya bayılırım," dedi. "Tam aile yeri, aileleri seyretmeyi severim."

Kanepede oturan, sekizinde ancak gösteren bir oğlan, annesinin kollarına gömülmüştü. Annenin elinde kocaman bir kitap vardı; oğluna, birlikte keşfettikleri resimleri anlatıyordu. Sol elinin işaretparmağıyla, şefkatten ağırlaşmış, yavaş hareketlerle çocuğun yanağını okşuyordu. Gülümsediği zaman, yanaklarındaki iki gamze iki minyatür güneş gibi ışıldıyordu. Arthur uzun zaman gözlerini ana-oğuldan ayıramadı.

"Nereye bakıyorsun," diye sordu Lauren.

"Gerçek bir mutluluk ânına."

"Nerede bu mutluluk?"

"Şu çocuk işte; oradaki. Yüzüne bak, dünyanın, kendi dünyasının merkezinde."

"Bu, birtakım hatıraları mı su yüzüne çıkarıyor?"

Arthur yanıt olarak, gülümsemekle yetindi. Lauren, annesiyle iyi anlaşıp anlaşamadığını sordu.

"Annem dün öldü, yıllar önce, dün. Biliyor musun, gidişinin ertesi günü beni en çok şaşırtan, hareket etmeyi sürdüren arabalarla, benim dünyamın kısa süre önce yok olduğundan kesinlikle habersiz görünerek yürüyen yayalarla dolu yolların, kenarlarındaki binaların, hâlâ yerinde durmasıydı. Ben dünyamın yok olduğunun farkındaydım; bozuk bir fotoğraf filmi gibi yaşamıma sabitlenen o boşluk yüzünden. Çünkü, sanki bir saniye içinde bütün yıldızlar düşmüş ya da sönüvermişler gibi, ansızın kentin sesleri kesilmişti. Annemin öldüğü gün –doğru olduğuna yemin ederim bunun–, sanki olup biteni bilircesine, bahçedeki arılar kovanlarından çıkmadılar; gül bahçesinde çiçek özü toplayan bir tane arı bile yoktu. Yalnızca beş dakikalığına, annesinin kollarında başkalarından saklanan, onun sesiyle hafif hafif sallanan şu küçük çocuğun yerinde olmak isterdim. Parmağını çeneme sürterek çocukluğumun uykularından beni uyandırdığı zaman, sırtımdan aşağı inen ürpertileri yeniden yaşamak... O zaman artık hiçbir şey incitemezdi beni; ne okulda Şişko Steve Hacchenbach'ın işkenceleri ne öğretmenim Morton'un, dersimi bilemedim diye bağırıp çağırmaları ne kantinin acı kokusu. Senin deyiminle neden 'dingin' olduğumu söyleyeyim sana. Çünkü insan her şeyi yaşayamaz, o zaman esas olanı yaşamak önemlidir; ve her birimiz için 'esas olan' farklıdır."

"Umarım Tanrı, söylediklerini benim durumum için dikkate alır; benim için 'esas olan'a henüz ulaşamadım."

"İşte bu yüzden işi bırakmamamız 'esas'. Eve gidip tekrar çalışmaya başlayacağız."

Arthur hesabı ödedi, sonra otoparka yöneldiler. Arabaya binmeden önce, Lauren onu yanağından öptü. "Her şey için teşekkürler," dedi. Arthur gülümsedi, kıpkırmızı kesildi ve tek kelime etmeden arabanın kapısını açtı.

8

Arthur üç haftasını kent kütüphanesinde geçirdi; yirminci yüzyıl başında, neoklasik tarzda inşa edilmiş, görkemli bir binaydı burası; devasa tonozlarla kaplı onlarca salonunda, benzer yerlerdekinden çok farklı bir atmosfer hüküm sürerdi. Kent arşivine ayrılmış olan salonlarda, kent tarihine yönelik değişik bakış açıları arasındaki yakınlıklardan ve uzaklıklardan söz ederek, fıkralar anlatarak yan yana dolaşan yüksek tabakadan Fransiskenlerle, yaşlanmaya başlamış hippi eskilerine rastlanırdı. Arthur, tıp kitaplarına ayrılmış 27 numaralı salona yazılarak, nöroloji kitaplarının yer aldığı rafın yanındaki 48 numaralı sıraya oturup koma, bilinçsizlik ve beyin travmatolojisi hakkındaki binlerce sayfayı birkaç gün içinde okuyup bitirdi. Okudukları, Lauren'ın durumu hakkında onu bilgilendiriyor ama sorunun çözümüne bir adım olsun yaklaştırmıyordu. Bir kitabın kapağını kapatırken, bir sonrakinden bir fikir edinebileceğini umuyordu. Her sabah kitaplığın kapısını açıyor, elinde yığınla elkitabıyla yerine yerleşip "ödevlerine" dalıyordu. Bazen masasından kalkıp bilgisayarlara yöneliyor, ünlü tıp profesörlerine sorularla dolu mesajlar yolluyordu. Kimileri onu cevaplıyordu; araştırmalarının amacı hakkında kuşkuya kapılanlar oluyordu. Sonra Arthur yerine dönüyor, yeniden okumaya dalıyordu.

Kafeteryada öğle yemeği molası vermeye giderken koma hakkındaki dergileri yanına alıyordu; okumakla geçen günlerini kitaplığın kapanış saatinde, akşam ona doğru noktalıyordu.

Gece olurken Lauren'la buluşuyor, yemek sırasında ona o günkü çalışmalarını aktarıyordu. Bunun üzerine gerçekten kavgaya tutuştukları oluyordu; Lauren bazen Arthur'un tıp öğrencisi olmadığını unutuveriyordu. Arthur, tıp dilini inanılmaz bir hızla kapmasıyla onun kafasını karıştırıyordu. Sık sık, görüşler ve aksi görüşler art arda ortaya konuyor, çekişmeler gecenin ve güçlerinin sınırlarını zorluyordu. Sabahın erken saatlerinde Arthur kahvaltısını yaparken, bir yandan da Lauren'a o gün yapacağı araştırmalarda izleyeceği yolu anlatıyordu. Varlığının dikkatini dağıtacağı gerekçesiyle, Lauren'ın kendisiyle gelmesini istemiyordu. Arthur, Lauren'ın karşısında asla cesaretsizliğe kapılmıyordu, sözleri hep iyimserlik doluydu ama, her sessizlik, çırpınışlarının boşuna olduğunu hissettiriyordu.

Üçüncü hafta cuma günü Arthur, kitaplıktan her zamankinden daha erken ayrıldı. Arabanın içinde, Barry White çalan radyoyu sonuna kadar açtı. Dudaklarında bir gülümseme belirdi, direksiyonu ansızın California Sokak'a doğru kırarak, birkaç parça öteberi almak için durdu. Özel bir keşifte bulunmamıştı ama canı birden bir ziyafet sofrası çekmişti. Eve gidip mumlarla aydınlatılmış bir sofra kurmaya, evi müzikle doldurmaya karar vermişti; Lauren'ı dansa davet edecek ve tıp hakkında her türlü konuşmayı yasaklayacaktı. Körfez, muhteşem bir alacakaranlık ışığıyla aydınlanırken, Green Sokak'taki Victoria tarzı küçük evin kapısına arabasını park etti. Koşarak merdiveni çıktı; anahtarı deliğe sokabilmek için birkaç cambazlık yaptıktan sonra, eli kolu paketlerle dolu olarak içeri girdi. Kapıyı ayağıyla itip bütün paketleri mutfak tezgâhına bıraktı.

Lauren, pencerenin kenarında oturuyordu. Manzarayı seyre dalmıştı, kafasını bile çevirmedi.

Arthur, alaycı bir sesle ona seslendi. Lauren'ın huysuzluğunun üzerinde olduğu her halinden belliydi, birden ortadan kayboldu. Arthur, onun odada homurdandığını duydu: "Kapıları çarpabilmekten bile acizim!"

"Bir derdin mi var," diye bağırdı Arthur.

"Beni rahat bırak!"

Arthur paltosunu çıkarıp Lauren'ın yanına koştu. Kapıyı açtığında onun cama yapışmış, başını ellerinin arasına almış olduğunu gördü.

"Ağlıyor musun?"

"Gözyaşım yok ki benim, nasıl ağlayayım!"

"Sen ağlıyorsun! Neler oluyor?"

"Hiç, hiçbir şey yok."

Arthur, "Yüzüme bak!" dedi, ama Lauren yalnız kalmak istiyordu. Arthur usulca ilerleyerek Lauren'ı kollarına aldı ve yüzünü görebilmek için başını kendine doğru çevirdi.

Lauren başını öne eğdi, Arthur, çenesini hafifçe tutup kaldırdı.

"Ne var?"

"İşi bitirecekler!"

"Kim, neyi bitiriyor?"

"Bu sabah hastaneye gittim, annem oradaydı. Onu ötenaziye ikna ettiler."

"Bu da ne demek oluyor? Kim kimi ikna etti?"

Lauren'ın annesi, her sabah olduğu gibi Memorial Hastanesi'ne gitmişti. Yatağın başucunda üç doktor onu bekliyordu. Odaya girdiğinde, orta yaşlı kadın doktor yanına gelip onunla özel olarak konuşmak istediğini söyledi. Görevli psikolog, kolundan tuttuğu Madam Kline'a oturmasını önerdi.

Ardından, Madam Kline'ı olanaksızı kabul etmeye ikna etmek için akla gelecek her düşünceyi içeren, uzun bir açıklamaya girişti. Lauren, topluma korkunç bir yük getiren, ailesinin bakımına muhtaç ruhsuz bir bedenden ibaretti artık. Sevilen bir varlığın ölmesindense yapay olarak yaşatılmasını kabullenmek daha kolaydı ama nasıl bir bedelle? Kabul edilemez olanı kabul etmek, hiç suçluluk duymadan karara varmak gerekiyordu. Bütün yollar denenmişti. Ortada kesinlikle kalleşlik yoktu; durumu kabullenme cesaretini göstermek gerekiyordu. Doktor Clomb, Madam Kline'ın, kızının bedenine olan bağlılığının üzerinde duruyordu.

Madam Kline, doktorun etkisinden bir anda kendini kurtararak başını, kesinlikle hayır, anlamında salladı. Bunu yapamazdı, yapmayı istemiyordu da. Dakikalar ilerledikçe psikolog bin kez tekrarladığı görüşlerle, reddetmenin hem Lauren hem de ailesi açısından bencilce, sağlıksız, haksızca ve kötü olacağını, sözcükleri büyük bir ustalıkla kullanarak anlatıyor, mantıklı ve insancıl bir karar uğruna, duyguları yavaş yavaş devre dışı bırakıyordu. Sonunda Madam Kline'ın içine kurt düştü. Bu kez, öncekinden de güçlü görüşler, daha iyi düşünülmüş, insana daha çok vicdan azabı veren sözcükler, büyük bir şefkat ve incelikle telaffuz edildiler. Madam Kline'ın kızının reanimasyon servisinde yer işgal etmesi, başka bir hastanın hayatta kalmasını, başka bir ailenin haklı umutlara kapılmasını engelliyordu. İnsan bir suçluluk duygusundan kurtuluyor, bir başkasına kapılıyor ... böylece kuşku kafaya sızıyordu. Dehşet içinde sahneye tanıklık eden Lauren, yavaş yavaş annesinin teslim olduğunu görüyordu. Dört saatlik konuşmanın sonunda savunma duvarları yıkılan Madam Kline, gözyaşları içinde sağlık görevlilerine hak verdi. Kızına ötenazi uygulanmasını kabul ediyordu. Öne sürdüğü tek koşul, biricik isteği, "emin olunması için" dört gün daha beklenmesiydi. Günlerden perşembeydi, pazartesiye kadar hiçbir şey yapılmayacaktı. Kendisinin hazırlanması, yakınlarını da hazırlaması gerekiyordu. Doktorlar merhametle başlarını salladılar; durumu ne kadar iyi anladıkları yüzlerinden okunuyordu; bu arada, bütün bildiklerini toplasalar çözemeyecekleri şu sorunun çaresini, bir annede buldukları için ne kadar mutlu olduklarını belli etmemeye çalışıyorlardı: Ne diri ne ölü sayılan bir insanı ne yapmalı?

Hipokrat, tıp biliminin günün birinde böyle dramlar doğurabileceğini hiç düşünmemişti. Doktorlar, anne kızı yalnız bırakıp salondan çıktılar. Madam Kline, kızının elini tuttu, başını karnına yaslayarak gözyaşları içinde ondan af diledi. "Artık dayanamıyorum hayatım, benim minik kızım. Senin yerinde ben olsaydım keşke." Bir korku, hüzün ve dehşet yumağına dönüşen Lauren, odanın öbür ucundan onu seyrediyordu. O da gidip annesinin omuzlarına sarıldı, kadın hiçbir şey hissetmedi. Asansörde meslektaşlarıyla konuşan Doktor Clomb ise, çok sevinçliydi.

"Fikir değiştirmesinden korkmuyor musun," diye sordu Fernstein.

"Hayır, sanmam; hem zaten gerekirse yine konuşuruz."

Lauren annesi ile kendi bedenini baş başa bırakıp gitti. Ruh gibi dolaştığını söylemek, yanlış olmaz. Doğru pencere kenarına döndü; kentin bütün ürpertilerini, bütün kokularını, bütün görüntülerini, bütün ışıklarını içine sindirmeye kararlıydı. Arthur onu kollarına alıp olanca şefkatiyle sardı.

"Ağlarken bile güzelsin. Sil gözünün yaşını, onlara engel olacağım."

"Nasıl," diye sordu Lauren.

"Düşünmem için bana birkaç saat zaman ver."

Lauren ondan uzaklaşıp pencereye döndü.

"Neye yarar," dedi sokak lambasına gözlerini dikerek. "Belki de böylesi daha iyi, belki haklı olan onlardır."

"Belki de böylesi daha iyi" de ne demek oluyordu? Arthur'un saldırgan bir ses tonuyla sorduğu soru yanıtsız kaldı. Genelde çok güçlü olmasına karşın, Lauren olacaklara boyun eğmiş gibiydi. Dürüst olmak gerekirse, onunki artık bir yarım yaşamdı, annesinin yaşamını da mahvediyordu; kendi deyimiyle "tünelin ucunda onu bekleyen kimse yoktu". "Uyanabilirsem ... üstelik bunun hiçbir garantisi yok."

"Ebediyen ölürsen annenin rahata kavuşacağına bir an olsun inandın yani..."

"Çok sevimlisin," dedi Lauren onun sözünü keserek.

"Ben ne dedim?"

"Yok bir şey; 'ebediyen ölürsen' lafını çok sevimli buldum; özellikle de bu koşullarda."

"Annenin ardında bırakacağın boşluğu doldurabileceğine inanıyor musun? Onun için en iyisinin vazgeçmen olduğunu mu düşünüyorsun? Ya ben?"

Lauren soran gözlerle baktı Arthur'a.

"Ne olmuş sana?"

"Ben uyanmanı bekleyeceğim, belki başkalarının gözleri seni görmüyor, ama benimkiler öyle değil."

"Bu bir itiraf mı?"

Lauren sinsi ve alaycı bir tavır takınmıştı.

"Bu kadar kasılma," diye yanıtladı Arthur kuru bir sesle.

"Bütün bunları niye yapıyorsun," diye sordu Lauren neredeyse öfkeyle.

"Neden kışkırtıcı ve saldırgansın?"

"Neden buradasın, çevremde dönüp duruyorsun, benim için çabalıyorsun? Derdin ne?"

Lauren haykırdı:

"Nedir seni buna iten?"

"Artık çizmeyi aşıyorsun!"

"Cevap ver öyleyse, dürüstçe cevap ver!"

"Yanıma otur ve sakinleş. Sana yaşanmış bir öykü anlatacağım, sen de beni anlayacaksın. Bir keresinde, Carmel yakınlarında bulunan evimizde bir akşam yemeği verildi. Ben en fazla yedi yaşındaydım..."

Arthur, anne babasının eski bir dostu olan bir davetlinin anlattıklarını aktardı. Doktor Miller, ünlü bir göz cerrahıydı. O akşam üzerinde bir tuhaflık vardı; kendisine hiç yakışmadığı halde sanki rahatsızlık ya da çekingenlik duyuyor gibiydi. Öyle ki Arthur'un annesi kaygılanmış ve ona neyi olduğunu sormuştu. Doktor Miller şu öyküyü anlatmıştı ona: On beş gün önce, doğuştan kör küçük bir kızı ameliyat etmişti. Kız, kendisinin neye benzediğini bilmiyor, gökyüzünü anlamıyordu; renklerden habersizdi; hatta annesinin yüzünü bile tanımıyordu. Dış dünya tamamıyla yabancıydı ona; beyninde yer etmiş hiçbir imge yoktu. Hayatı boyunca birtakım biçimler ve çizgiler hayal etmiş, ama ellerinin anlattıklarına asla birtakım imgeler yakıştıramamıştı.

Derken, herkesçe bilinen lakabıyla Coco, ya hep ya hiç diyerek, "olanaksız" bir ameliyat gerçekleştirmişti. Arthurlara yemeğe geldiği günün sabahı, küçük kızla odaya kapanmış ve gözündeki bandajları çıkarmıştı.

"Daha bandajlarının hepsi çıkmadan biraz görmeye başlayacaksın. Hazır ol!"
"Ne göreceğim," diye sordu küçük kız.
"Sana daha önce de anlattım; ışığı göreceksin."
"Peki ama, ışık nedir?"
"Hayat demektir, bir saniye daha bekle..."

...Ve söz verdiği gibi, birkaç saniye sonra gün ışığı küçük kızın gözlerine doldu; yıkılmış bir barajdan taşan bir nehirden bile daha hızlı, gözkapaklarının arasından dalga dalga yayıldı, var gücüyle billur cisimleri aşıp taşıdığı milyarlarca bilgiyi gözlerin en dibine yığdı. Çocuğun doğduğu günden beri ilk kez uyarılan retinadaki milyonlarca hücre, üzerlerine düşen imgeleri kodlamak üzere harekete geçerek, muhteşem karmaşıklıkta bir kimyasal reaksiyona yol açtılar. Kodlar derhal, uzun bir uykudan yeni uyanan ve bu yüksek yoğunluklu verileri beyne doğru yönlendirmek üzere işe koyulan iki görme sinirine aktarıldı. Saniyenin binde biri kadar bir zamanda beyin, alınan tüm verileri çözdü, sonra hareketli imgeler halinde yeniden kurdu; bilince de onları birleştirip yorumlamak işi kaldı. Dünyanın en eski, en karmaşık, en küçük grafik işlemcisi, ansızın görme yetisine kavuşturulmuş ve işe koyulmuştu.

Hem korkan hem de bir o kadar sabırsızlanan küçük kız Coco'nun eline yapışıp ona, "Dur, korkuyorum," dedi. Coco biraz bekledi, küçük kızı kollarına alıp bir kez daha ona bandajları tamamen çıkınca olacakları anlattı. Özümsenecek, anlaşılacak, hayal gücünün ürünleriyle karşılaştırılacak yüzlerce yeni bilgi. Ardından, küçük kızın bandajlarını çıkarmaya devam etti.

Küçük kız gözlerini açar açmaz, önce ellerine baktı; onları kukla gibi oynattı. Sonra başını eğip gözlerini ellerinden ayırmadan gülümsedi, güldü, ağladı da; sanki çevresinde bulunan ve gitgide gerçeklik kazanan her şeyden kaçmak ister gibi; çünkü büyük olasılıkla dehşete kapılmıştı. Ardından bakışlarını bebeğine, kapkaranlık gün ve gecelerinde hiç yanından ayrılmamış olan o bezden nesneye çevirdi.

O sırada, büyük odanın öteki ucunda annesi belirdi; kadın tek kelime etmedi. Küçük kız başını kaldırıp birkaç saniye ona baktı. Onu daha önce hiç görmemişti! Bununla birlikte, annesi birkaç metre ötedeyken çocuğun yüzü değişti; aynı yüz saniyesi dolmadan yeniden küçük bir kızın yüzüne dönüştü; çocuk kollarını kocaman açtı ve hiç düşünmeden bu "yabancıya" "Anne!" diye seslendi.

"Coco öyküsünü bitirdiğinde, artık onun yaşamında muhteşem bir gücün olduğunu, kendi kendine önemli bir şey yaptığını söyleyebileceğini anladım. Senin için yaptığım her şeyi, Coco Miller'ın anısına yaptığımı düşün yalnızca. Ve şimdi, sakinleştiysen, düşünmem için bana izin ver."

Lauren tek kelime etmedi, kimsenin duyamayacağı bir şeyler mırıldandı. Arthur kanepeye kurulup sehpanın üzerinden aldığı bir kalemi çiğnemeye başladı. Bunu dakikalarca sürdürdükten sonra, bir sıçrayışta kalkıp masasına oturdu ve bir kâğıda bir şeyler çiziktirmeye koyuldu. Bu iş yaklaşık bir saatini aldı; o sırada Lauren de, büyük bir dikkatle bir kelebek ya da sineği gözleyen kediler gibi, onu seyrediyordu. Arthur her kıpırdandığında, her yazmaya başladığında ya da kaleminin ucunu ısırarak yazmayı bıraktığında, Lauren, yüzü allak bullak olarak başını eğiyordu. Arthur işini bitirince son derece ciddi bir ifadeyle Lauren'la konuşmaya başladı.

"Hastanede bedenin üzerinde hangi tedaviler uygulandı?"

"Tuvalet dışındakileri mi söylüyorsun?"

"Özellikle tıbbi müdahaleleri."

Lauren, başka türlü beslenemediği için serumla yaşadığını söyledi. Haftada üç kez koruma amaçlı antibiyotik iğnesi vuruluyordu. Derinin sertleşip kabuk bağlamasını önlemek için kalçalarına, dirseklerine, dizlerine ve omuzlarına uygulanan masajları tarif etti. Geri kalan çalışmalar, vital bulgularını ve ateşini kontrol etmeye yönelikti. Yapay solunum aygıtına bağlı değildi.

"Aygıtlara bağlı olmadan yaşıyorum; bütün dertleri de bu zaten; yoksa fişi çekerlerdi, olurdu biterdi. Aşağı yukarı hepsi bu kadar.

"O zaman neden çok pahalıya patladığını söylüyorlar?"

"Yatak yüzünden."

Lauren, hastanelerdeki yatakların neden servete mal olduğunu anlattı. Hastalara uygulanan tedavilerin türleri pek göz önüne alınmıyordu. Servislerin çalışma maliyeti, içlerindeki yatak sayısına ve yıl içinde kullanıldıkları gün sayısına bölünüyordu; böylece nöroloji, reanimasyon, ortopedi, vb... her servisin günlük yatak maliyeti hesaplanmış oluyordu.

"Belki hem kendi sorunumuzu hem de onların sorununu bir hamlede çözebiliriz," dedi Arthur.

"Ne düşünüyorsun?"

"Daha önce senin durumundaki hastalarla ilgilendiğin oldu mu?"

Acil'e getirilen hastalara baktığı olmuştu ama hep kısa süreler için; hiç uzun yataklı tedaviyle uğraşmamıştı. "Ya yapmak zorunda kalsaydın?" Lauren bunun sorun yaratmayacağını düşünüyordu, ani komplikasyonlar meydana gelmediği sürece, hemşirelerin bile üstesinden gelebileceği bir işti bu: "Yani becerebilir misin?"

Lauren, Arthur'un sözü nereye getirmek istediğini anlamıyordu.

"Serum çok karışık bir nesne mi," diye ısrar etti Arthur.

"Serumun nesi?"

"Serum edinmek; eczanelerde bulunur mu?"

"Hastanenin eczanesinde, evet."

"Normal eczanede yok mudur?"

Lauren birkaç saniye düşündükten sonra olumlu yanıt verdi; serum, glikoz, antikoagulan, serum fizyolojik karışımından oluşuyordu. Demek ki olabiliyordu. Zaten, yataklı tedaviye evlerinde devam eden hastalar, serumlarını, büyük bir eczaneye bu maddeleri ısmarlayan hemşirelerine hazırlatırlardı.

"Şimdi Paul'ü aramalıyım," dedi Arthur.

"Neden?"

"Ambulans için."

"Ne ambulansı? Nedir kafandan geçen? Daha fazla bilgi alabilir miyim?"

"Seni kaçıracağız!"

Lauren, Arthur'un nereye varmak istediğini kesinlikle anlamıyordu; ama kaygılanmaya başlamıştı.

"Seni kaçıracağız. Beden yoksa ötenazi de yok!"

"Sen zırdelinin tekisin."

"O kadar da değil."

"Beni nasıl kaçıracağız? Bedeni nerede saklayacağız? Ona kim bakacak?"

"Soruları teker teker alalım!"

Lauren kendi bedeniyle ilgilenebilirdi, bu konuda yeterli deneyime sahipti. Tek yapılması gereken, bir yığın serum stoklamaktı, ama anlaşılan olmayacak iş değildi bu. Fazla dikkat çekmemek için zaman zaman eczane değiştirmeleri yerinde olurdu.

"Hangi reçeteyle," diye sordu Lauren.

"Bu 'nasıl'lı ilk soruna mı dahil?"

"Yani?"

Paul'ün kayınpederi araba tamircisiydi, yardım araçlarının tamirinde uzmanlaşmıştı: itfaiye, polis arabaları, ambulanslar. Bir ambulans "ödünç alarak" beyaz doktor gömlekleri yürütecek, sonra da Lauren'ı başka bir yere nakledeceklerdi. Lauren sinirli sinirli gülmeye başladı: "Ama bu iş böyle olmaz ki!"

Lauren Arthur'a, her isteyenin markete girer gibi elini kolunu sallayarak hastaneye giremeyeceğini hatırlattı. Hastaneden hasta ya da hastane dilinde söylendiği gibi ikinci dereceden hasta nakletmek için, yapılması gereken bir yığın bürokratik işlem vardı. Hastanın nakledileceği servisten alınarak mesuliyet belgesi, tedaviyi yürüten hekimin imzalayacağı bir sevk belgesi, ambulans şirketine ait bir nakil belgesi, yanında da nakil koşullarının tarif edileceği bir yol talimatnamesi gerekiyordu.

"İşte sen burada devreye giriyorsun Lauren; o belgeleri edinmeme yardım edeceksin."

"Ama yapamam ki; nasıl olur, hiçbir nesneyi kavrayamıyorum, yerinden oynatamıyorum."

"Ama nerede bulunduklarını biliyorsun..."

"Evet; ne olmuş?"

"Çaktırmadan araklayacağım belgeleri. Neye benzediklerini biliyor musun?"

"Evet; elbette; her gün imzalardım onlardan; hele de bizim serviste."

Belgeleri tarif etti: hastanelerin ya da ambulans şirketlerinin antet ve logolarının bulunduğu beyaz, pembe, mavi kâğıtlara basılmış nakil formları.

"Biz de aynılarından yaparız," diye sözü bağladı Arthur. "Benimle gel."

Arthur montunu ve anahtarlarını aldı; Lauren'a bu uçuk tasarıya karşı çıkma fırsatını vermeyecek kadar kararlı gözüküyordu; anormal bir ruh hali içindeydi sanki. Arabaya yerleştiler; Arthur garaj kapısının uzaktan kumandasına bastı ve Green Sokak'a daldı. Gece olmuştu. Kent sakindi; o ise değil; Memorial Hastanesi'ne dek son hız gitti. Arabayı doğrudan Acil Servis otoparkına çekti. Lauren ne yaptığını sordu ona; o ise yanıt olarak hafifçe gülümsemekle yetindi: "Beni izle ve sakın güleyim deme!"

Arthur, Acil Servis binasının kapısından girer girmez iki büklüm oldu ve danışmaya kadar o halde gitti. Nöbetçi görevli neyi olduğunu sorunca, Arthur, yemek yedikten iki saat sonra başlayan şiddetli kramplardan söz etti; iki kez, daha önce apandisit ameliyatı olduğunu, ama o zamandan beri böyle dayanılmaz ağrılar çektiğini söyledi. Hastabakıcı, stajyer doktorlardan biri gelinceye kadar sedyeye uzanmasını önerdi. Bir tekerlekli sandalyenin kolçağında oturan Lauren de artık gülümsemeye başlamıştı. Arthur komediyi kusursuz oynuyordu; bekleme salonuna yuvarlanırcasına kendini attığında Lauren'ın bile yüreği hoplamıştı.

"Sen ne yaptığının farkında değilsin," diye mırıldanmıştı Arthur'a, tam bir doktorun onunla ilgilenmek üzere geldiği anda.

Dr. Spacek Arthur'u, koridor boyunca uzanan, ötekilerden basit bir perdeyle ayrılan bir salona davet etmişti. Ardından, yatağa uzanmasını söyledi ve şikâyetini sordu; bir yandan da, danışmada istenen bütün bilgilerin yazılı olduğu fişi okuyordu. Ergenliğe ulaştığı yaş dışında, Arthur hakkındaki her şey yazılıydı fişte; sanki polis sorgusu gibiydi. Arthur korkunç kramplları olduğunu söyledi. "Nerenize kramp giriyor?" diye sordu doktor. "Karnımın her yerine." İnanılmaz derecede canı yanıyordu. "Bu kadarı yeter," diye fısıldadı Lauren, "yoksa sakinleştirici bir iğne vuracaklar, geceyi de burada geçireceksin, yarın sabah da radyo baritle lavman yapacaklar, arkasından da bir fibroskopi ve bir kolonoskopi."

"İğne olmaz," diye çıktı ağzından, elinde olmadan.

"Ben iğne filan demedim," dedi Spacek kafasını dosyadan kaldırarak.

"Hayır, ama bunu baştan söylemeyi tercih ederim, çünkü iğne olmaktan nefret ederim."

Stajyer doktor ona sinirli bir yapıda olup olmadığını sordu, Arthur da başıyla bunu onayladı. Doktor onu elle muayene edecek, Arthur da, en çok neresinin ağrıdığını ona söyleyecekti. Arthur gene başını salladı. Doktor ellerini üst üste Arthur'un karnına koyup, palpasyona başladı.

"Burası ağrıyor mu?"

"Evet, dedi Arthur kararsızca."

"Ya burası?"

"Hayır, oran ağrımasın," diye fısıldadı Lauren gülümseyerek.

Arthur derhal, doktorun ellemekte olduğu yerde ağrısı olduğunu reddetti.

Lauren, muayene sırasında verdiği yanıtlarda, Arthur'a rehberlik etti. Sonunda doktor sinirsel kaynaklı kolitte karar kıldı; spazm çözücü alması gerekiyordu; bunu da, o anda yazdığı reçeteyi göstererek hastanenin eczanesinden alabilirdi. İki kez el sıkışıp üç kez, "Teşekkürler doktor," dedikten sonra, Arthur eczaneye giden koridorda çevik adımlarla yürümeye başladı. Elinde hepsi Memorial Hastanesi'nin logosuyla antetini taşıyan üç ayrı belge vardı. Biri mavi, biri pembe, üçüncüsü yeşil. Biri reçete, ikincisi fatura, üçüncüsü ise çıkış belgesi; üzerlerine de büyük harflerle şunlar yazılmıştı: "Sevk belgesi / Nakil belgesi", italik harflerle de: "*Gereksiz ifadenin üzerini çizin.*" Arthur'un yüzünde kocaman bir gülümseme vardı, kendinden çok memnun gözüküyordu. Lauren yanında yürüyordu. Arthur onu kollarına aldı. "İkimiz iyi bir ekibiz!"

Eve dönünce üç belgeyi de tarayıp bilgisayara kopyaladı. Artık Memorial'in resmi mektupları için, her renkten ve biçimden sonsuz bir harf kaynağına sahipti.

"Çok iyisin," dedi Lauren, renkli yazıcıdan çıkan ilk antetli kâğıtları görünce.

"Bir saat içinde Paul'ü arıyorum," diye cevap verdi Arthur.

"Arthurcuğum, önce planların hakkında biraz konuşmamız gerek."

"Hakkın var," dedi Arthur; "nakil sürecinin işleyişi konusunda ona soracakları vardı. Ama Lauren'ın tartışmak istediği bu değildi."

"Nedir o zaman senin tartışmak istediğin?"

"Arthur, planların beni çok duygulandırıyor, ama beni bağışla, fazlasıyla gerçek dışı, delice ve senin için çok fazla tehlikeli. Enselenirsen hapsi boylarsın; ne adına, Tanrım?"

"Elimiz kolumuz bağlı oturursak senin için çok daha tehlikeli olmayacak mı? Topu topu dört günümüz var Lauren!"

"Olmaz Arthur; bunu yapmana izin vermeye hakkım yok. Özür dilerim."

"Her lafının başında özür dileyen bir kızla arkadaş olmuştum; o kadar abartmıştı ki, susadığı için de özür diler diye dostları, ona bir bardak su teklif etmeye bile korkar olmuşlardı."

"Arthur! Aptal rolü yapma, ne söylemek istediğimi biliyorsun, bu çılgınca bir plan!"

"Çılgınca olan durumun kendisi Lauren! Başka çarem yok."

"Benim için böyle riske girmene izin vermeyeceğim."

"Lauren, bana zaman kaybettireceğine yardım etmelisin; ortadaki senin hayatın."

"Başka bir çaresi olmalı."

Arthur tek bir çare daha görüyordu; o da Lauren'ın annesiyle konuşup ötenaziden vazgeçmesini sağlamak; ama bu seçeneği hayata geçirmek zordu. Birbirlerini daha önce hiç görmemişlerdi; kadından randevu isteyemezdi. Bir yabancıyı evine kabul etmezdi. Arthur, kızının bir yakını olduğunu öne sürebilirdi, ama Lauren bu durumda annesinin kuşkuya kapılacağını düşünüyordu; annesi, Lauren'ın bütün yakınlarını tanırdı. Belki Arthur, sık sık gittiği yerlerden birinde ona rastlayabilirdi. Uygun yeri belirlemek gerekiyordu.

Lauren birkaç saniye düşündü.

"Her sabah marinada köpeği gezdirir," dedi.

"Evet, ama bana da gezdirecek bir köpek gerek."

"Neden?"

"Çünkü ucunda köpek olmayan bir tasmayı elime alıp yürürsem, daha baştan kaybedebilirim."

"Marinada yürüyüşe çıkarsın, olur biter."

Lauren, fikri cazip buldu. Arthur'un yapacağı tek şey, Kali'nin gezinti saatinde marinada yürümek, köpeğe ilgi gösterip onu okşamaktı; geriye yalnızca annesiyle sohbete girişmek kalıyordu. Arthur bunu denemeyi kabul etti; ertesi sabahtan tezi yok, marinaya gidecekti. Sabah erkenden kalkıp üzerine ham pamukludan bir pantolonla bir kazak geçirdi. Gitmeden önce, Lauren'dan ona sıkı sıkı sarılmasını istedi.

"Neler oluyor sana," dedi Lauren çekingen bir edayla.

"Hiçbir şey, anlatacak vaktim yok; köpek için."

Lauren söyleneni yaparak başını Arthur'un omzuna yasladı ve içini çekti. "Mükemmel," dedi Arthur giderken enerjik bir sesle; "gidiyorum, yoksa yetişemeyeceğim." Lauren'a hoşça kal demek için oyalanmadı, şimşek hızıyla evden ayrıldı. Kapı kapanınca Lauren iç geçirerek omuz silkti: "Bana köpeğin yüzü suyu hürmetine sarılıyor."

Arthur gezintisine başlarken, Golden Gate hâlâ bir ipek bulutunun içinde uyuyordu. Kırmızı köprünün yalnızca iki ayağı, çevrelerini saran sisi delip çıkabilmişti. Körfeze hapsolmuş olan deniz sakindi; balık kovalayan sabah martıları geniş daireler çizip duruyor, rıhtımlar boyunca yayılan geniş çimenlikler hâlâ gece serpintilerinin ıslaklığını taşıyordu; rıhtımlara bağlanmış gemiler ise hafif hafif sallanıyorlardı. Her şey sakindi; birkaç erkenci koşucu, nemli ve serin havayı yarıp geçiyorlardı. Birkaç saat içinde kocaman bir güneş Saussalito ve Tiburon tepelerinin üstüne asılıp kalacak, kırmızı köprüyü sislerden kurtaracaktı.

Arthur, kızının tarifine harfi harfine uyan kadını uzaktan fark etti. Kali, birkaç adım önünde pıtı pıtı koşturuyordu. Madam Kline düşüncelere dalmıştı; içindeki acı, bütün ağırlığıyla üzerine çökmüş gibiydi. Köpek

Arthur'un hizasından geçerken, tuhaf bir biçimde zınk diye durdu, kafasını kaldırıp burnunu oynatarak havayı koklamaya koyuldu. Arthur'a yaklaşıp paçalarını kokladı ve hemen ardından inleyerek yere yatıverdi; kuyruğu çılgın gibi havayı dövüyor, hayvan sevinç ve heyecandan titriyordu. Arthur çömelip usulca onu okşamaya başladı. İnlemelerinin şiddetini ve ritmini iyice artıran köpek, heyecanla Arthur'un elini yalıyordu. Lauren'ın annesi büyük bir şaşkınlıkla yanlarına geldi.

"Tanışıyor musunuz," dedi.

"Neden," diye yanıtladı Arthur ayağa kalkarken.

"Genelde çok çekingendir. Yanına kimseyi yaklaştırmaz; ama karşınızda yerlere kapanıyor sanki."

"Bilmem, belki; çok sevdiğim bir arkadaşımın köpeğine inanılmaz benziyor.

"Evet," diye sordu Madam Kline yüreği yerinden fırlayacakmış gibi atarak.

Köpek Arthur'un ayaklarının dibine oturdu ve patisini uzatarak havlamaya başladı.

"Kali!" diye seslendi Lauren'ın annesi, "beyefendiyi rahat bırak." Arthur elini uzatıp kendini tanıttı; kadın bir an duraksadı, ama sonra o da elini uzattı. Köpeğinin davranışına gerçekten çok şaşırmıştı ve bu kadar sırnaştığı için özür diledi.

"Hiç sorun değil, hayvanlara bayılırım; köpeğiniz de çok şirin."

"Ama genelde o kadar yabanidir ki; sizi gerçekten tanıyormuş gibi."

"Köpekleri hep çekmişimdir, sanırım sevildiklerini anlıyorlar. Gerçekten çok sevimli bir şey."

"Tam bir kırmadır; yarı İspanyol, yarı labrador."

"Lauren'ın köpeğine inanılmayacak kadar benziyor."

Madam Kline'ın hafifçe başı döndü, yüzü gerildi.

"İyi misiniz, hanımefendi?" diye sordu Arthur kadının elini tutup.

"Kızımı tanıyor musunuz?"

"Bu Lauren'ın köpeği, siz onun annesi misiniz?"

"Onu tanıyor musunuz?"

"Evet, çok iyi tanırım, oldukça samimiydik."

Lauren'ın annesi, Arthur'u hiç duymamıştı ve Lauren'la nasıl tanıştıklarını merak etti. Arthur mimar olduğunu ve Lauren'a hastanede rastladığını açıkladı. Kesici bir aletin marifeti olan kötü bir yarasını dikmişti o. Birbirlerinden hoşlanmış ve sık sık görüşmeye başlamışlardı. "Ben bazen Acil'e, onunla öğle yemeği yemeye giderdim; bazen de onun işi erken bittiğinde akşam yemeği yerdik."

"Lauren'ın asla öğle yemeği yiyecek vakti olmadı, eve de hep geç gelirdi."

Arthur sessizce başını öne eğdi.

"Neyse; sonuçta Kali sizi gayet iyi tanıyor gibi."

"Olanlardan ötürü üzgünüm, hanımefendi; kazadan beri sık sık hastaneye, onu görmeye gidiyorum."

"Size hiç rastlamadım orada."

Arthur, birlikte biraz yürümeyi önerdi. Kıyı boyunca ilerlediler; Arthur, bir süredir hastaneye gidemediğini öne sürerek, çekine çekine Lauren'ın durumunu sordu. Madam Kline, umutsuz, durağan bir halde olduğunu söyledi. Aldığı karar hakkında tek kelime etmedi, ama kızının durumunu anlatırken, son derece karamsar ifadeler kullandı. Arthur bir süre sesini çıkarmadı, sonra, umudu savunan bir konuşmaya girişti: "Doktorlar koma hakkında hiçbir şey bilmezler..." "Komadaki hastalar bizi duyarlar..." "Yedi yılın sonunda geri dönenler oldu..." "Yaşam en kutsal şeydir; Lauren'ın sağduyuyu altüst ederek yaşamaya devam etmesi, üzerinde düşünülmesi gereken bir işarettir. Hatta Tanrı, 'ölümün ve yaşamın tek sahibi' olarak kabul edilir." Madam Kline ansızın durup gözlerini Arthur'un gözlerine dikti.

"Yoluma tesadüfen çıkmadınız; kimsiniz ve ne istiyorsunuz?"

"Ben yalnızca dolaşıyordum, hanımefendi; bu karşılaşmanın rastlantının eseri olmadığını düşünüyorsanız, nedenini kendi kendinize sormalısınız. Ben seslenmeden yanıma gelsin diye, Lauren'ın köpeğini eğitmedim."

"Benden ne istiyorsunuz? Hem, yaşam ve ölüm hakkındaki keskin cümlelerinizi suratıma çarpacak kadar ne biliyorsunuz? Her Allahın günü oraya gidip onu kımıltısız, kirpiğini bile oynatmadan yatarken görmenin, göğsü inip kalkarken, dünyaya kapılarını kapatmış olan yüzüne bakmanın nasıl bir şey olduğu hakkında hiç bilginiz yok."

Bir öfke patlamasıyla, Arthur'a, sesini duyduğuna dair delice bir umutla Lauren'la konuştuğu günleri ve geceleri, kızı gittiğinden beri artık var olmayan kendi yaşamını, hastaneden telefon edip artık bitti, demelerini nasıl beklediğini anlattı. Lauren'a can vermişti. Çocukken her gün sabahleyin onu uyandırıp giydirmiş, okula götürmüştü; her gece yatağının kenarında ona masal anlatmıştı. Her sevincine, her kederine kulak kesilmişti. "Gençliğe adımını attığında, haksız öfkelerini kabullendim, ilk aşk acılarını paylaştım, geceleyin dersine çalıştırdım, bütün sınavlarını gözden geçirdim. Gerektiğinde görünmez olmayı bildim; yaşarken bile onu nasıl özlediğimi bir anlayabilseniz. Ömrüm boyunca her gün onu düşünerek uyandım, onu düşünerek uyudum..."

Madam Kline kuru kuru hıçkırmaya başlayarak bir an için sustu. Arthur onun omzuna sarılıp özür diledi.

"Artık dayanamıyorum," dedi Madam Kline alçak sesle. "Beni bağışlayın ve gidin artık; sizinle hiç konuşmamalıydım."

Arthur tekrar özür diledi, köpeğin başını okşayıp ağır adımlarla uzaklaştı. Arabasına bindiğinde, dikiz aynasından, Lauren'ın annesinin arkasından baktığını gördü. Eve girdiğinde Lauren bir sehpanın üzerine çıkmış, dengede durmaya çalışıyordu.

"Ne yapıyorsun?"

"İdman yapıyorum."

"Görüyorum."

"Nasıl geçti?"

Lauren'ın annesinin fikrini değiştiremediği için hayal kırıklığına uğramış olan Arthur, karşılaşmalarını ayrıntılarıyla anlattı.

"Şansın çok azdı; annem asla fikir değiştirmez; katır gibi inatçıdır o."

"Bu kadar sert olma; çok acı çekiyor."

"Senden iyi damat olurdu."

"Bu son uyarının derin anlamı nedir?"

"Hiç; tam kaynanaların seveceği tipsin."

"Düşünceni sıradan buluyorum ve sanırım konumuz bu değil."

"Yok, bu konuda haklısın! Daha evlenmeden dul kalırdın."

"Bu nahoş konuşmayla bana ne anlatmaya çalışıyorsun?"

"Hiç, sana hiçbir şey söylemek istemiyorum; neyse, hazır henüz yapabiliyorken, gidip okyanusu seyredeyim."

Lauren ansızın kaybolarak, Arthur'u evin içinde yalnız başına, ne yapacağını bilemez bir halde bıraktı. "Nesi var bunun?" dedi Arthur kendi kendine, alçak sesle. Ardından çalışma masasına geçip bilgisayarını açarak, raporları okumaya başladı. Marinadan ayrılırken, arabanın içinde kararını vermişti. Başka seçenek yoktu ve elini çabuk tutmalıydı. Pazartesi günü, doktorlar Lauren'ı "uyutacaklardı". Planını yürürlüğe koymak için ihtiyaç duyduğu araç gereci listeledi; dosyayı yazdırdıktan sonra da, Paul'ü aramak üzere telefonu eline aldı.

"Çok acele seni görmem gerek."

"Ah, Knewawa'dan döndün demek!"

"Durum çok acil Paul, sana ihtiyacım var."

"Nerede buluşalım?"

"Nerede istersen!"

"Bana gel."

Arthur, yarım saat sonra, Paul'ün evindeydi. Salondaki kanepelere yerleştiler.

"Neyin var?"

"Hiç soru sormadan iyilik yapmana ihtiyacım var. Hastaneden bir beden kaçırmama yardım etmeni istiyorum."

"Ne bu, bir polisiye roman mı? Hayaletten sonra, bir

de ceset mi çıktı başımıza? Böyle devam edersen, sana benimkini vereyim, işine yarar!"

"Sözünü ettiğim, bir ceset değil."

"Ne o zaman; turp gibi bir hasta mı?"

"Ben ciddiyim Paul, üstelik çok acelem var."

"Soru sormayayım mı?"

"Yanıtları anlamakta zorluk çekersin."

"Niye, çok mu aptalım?"

"Çünkü yaşadığım şeye, hiç kimse inanamaz."

"Şansını dene."

"Komadaki bir kadının bedenini kaçırmama yardım etmen gerekiyor; pazartesi günü kadını öldürecekler. Ben de bunu istemiyorum."

"Komadaki bir kadına âşık mı oldun? Bu muydu o hayalet hikâyesi?"

Arthur'un ağzından, anlaşılmaz bir "hı hı" çıktı; Paul derin bir soluk alarak arkasına yaslandı.

"Bu hikâye iki bin dolarlık psikolog seansına patlayacak. İyi düşündün mü, kararlı mısın?"

"Seninle ya da sensiz; ama yapacağım."

"Basit öykülere çok meraklısın!"

"Mecbur değilsin, biliyorsun."

"Evet, biliyorum. Ansızın çıkıp geliyorsun, on beş gündür sesin soluğun çıkmamış, yüzünde bakılacak hal kalmamış; hastaneden birinin bedenini kaçırmak için on yıl kodese tıkılmayı göze almamı istiyorsun; ben de Dalay-Lama'ya dönüşmek için dua edeyim bari; tek şansım bu. Sana neler lazım?"

Arthur planını anlattı ve Paul'ün bulması gereken araç gereçten söz etti; özellikle de üvey babasının garajından bir ambulans alması gerekiyordu.

"Ah, üstelik annemin kocasını, silah zoruyla soyacağım! İyi ki seni tanımışım; yoksa hayatta böyle bir şeyden yoksun kalabilirdim."

"Çok büyük isteklerde bulunduğumun farkındayım."

"Hayır, farkında değilsin! Bunlar ne zamana lazım?"

Ambulans, ertesi gün akşam için gerekiyordu. Gece

on bir sularında işi bitireceklerdi; Paul, yarım saat önce gelip Arthur'u evinden alacaktı. Arthur, sabah erkenden ona telefon edip birtakım ayrıntılar hakkında durum saptaması yapacaktı. Hararetle teşekkür ederek, arkadaşına sıkı sıkı sarıldı. Kafası iyice karışmış olan Paul, onu arabasına kadar geçirdi.

"Tekrar teşekkürler," dedi Arthur, kafasını camdan çıkartarak."

"Dostlar böyle günler içindir; ay sonunda dağdaki bir boz ayının tırnaklarını kesmek için sana ihtiyacım olursa, haber veririm. Haydi, uza; gördüğüm kadarıyla daha yapacak yığınla işin var."

Araba, kavşağı geçtikten sonra gözden kayboldu; Paul, kollarını gökyüzüne doğru kaldırarak Tanrı'ya haykırdı: "Neden ben?" Birkaç saniye, sessizce yıldızları seyretti; herhangi bir yanıt gelmediğinden, omuz silkerek mırıldandı: "Evet, biliyorum! Neden olmasın!"

Arthur günün geri kalanını, o eczane senin, bu dispanser benim dolaşıp arabasının bagajını doldurarak geçirdi. Eve döndüğünde, Lauren'ı yatağının üzerinde uyuklarken buldu. Soluk almaktan çekinerek yanına oturup elini saçlarının üstünde gezdirdi, ama saçlarına dokunmadı. Mırıldandı: "Artık uyuyabiliyorsun. Gerçekten çok güzelsin."

Sonra gene usulca kalkıp salondaki çalışma masasına döndü. Arthur odadan çıkar çıkmaz Lauren tek gözünü açıp muzipçe gülümsedi. Arthur, önceki gece çıkışını aldığı resmî kâğıtları doldurmaya başladı. Bazı satırları boş bıraktı; sonunda hepsini bir şeffaf dosyanın içine yerleştirdi. Üzerine yeniden montunu geçirdikten sonra, arabasına binip hastaneye doğru yola koyuldu. Acil bölümün otoparkına arabayı çekti; kapıyı açık bırakarak giriş bölümüne süzülüverdi. Koridoru görüntüleyen bir kamera vardı, ama Arthur onu fark etmedi. Yemekhane olarak kullanılan büyük bölmeye ulaşıncaya kadar, koridorda yürüdü. Nöbetçi hemşirelerden biri ona seslendi:

"Ne yapıyorsunuz orada?"

Uzun zamandır burada çalışan bir arkadaşına sürpriz yapmaya gelmişti; belki hemşire hanım onu tanırdı, adı Lauren Kline'dı. Hemşire bir an ne söyleyeceğini bilemedi.

"Onu görmeyeli uzun zaman mı oldu?"

"En az altı ay!"

Ayaküstü, Afrika'dan yeni gelmiş bir foto muhabiri olduğunu uydurdu; güya uzaktan kuzini olan Lauren'a bir merhaba demek istiyordu. "Birbirimizi pek severiz. Artık burada çalışmıyor mu yoksa?" Hemşire, soruyu duymazlıktan gelerek Arthur'a danışmadan bilgi alabileceğini söyledi; Lauren'ı burada bulamazdı; üzgündü. Arthur kaygılanmış gibi yaparak bir sorun olup olmadığını sordu. Hemşire, sıkıntısını açıkça belli ederek Arthur'un danışmaya başvurması için ısrar etti.

"Binadan çıkmam gerekiyor mu?"

"Aslında evet, ama büyük bir tur atmak zorunda kalacaksınız..."

Arthur'a bina içinden danışmaya nasıl gidebileceğini anlattı. Arthur, kaygılı havasını koruyarak hemşireye teşekkür etti ve onunla vedalaştı. Hemşireden yakasını kurtarır kurtarmaz, aradığını buluncaya dek, koridor koridor dolaştı. Kapısı aralık duran bir odada, portmantoya asılmış iki beyaz doktor önlüğü gözüne çarptı. Odaya girdi; önlükleri alıp tortop etti ve paltosunun altına sakladı. Önlüklerden birinin cebinde bir stetoskop olduğunu hissetti. Çabucak koridora geri döndü, hemşirenin tarifini izledi ve ana kapıdan binayı terk etti. Binanın çevresini dolaşarak, Acil Servis'in otoparkında duran arabasına ulaşıp eve döndü. Bilgisayar karşısında oturan Lauren, "Sen zırdelinin tekisin!" diye bağırmak için, Arthur'un odaya girmesini bile beklemedi. Arthur yanıt vermeden yaklaşıp önlükleri masanın üzerine fırlattı.

"Sen gerçekten kaçıksın; ambulans da garajdadır Allah bilir..."

"Paul yarın saat on buçukta, ambulansla gelip beni alacak."

"Nereden aldın bunları?"

"Senin hastaneden!"

"Tanrım, nasıl beceriyorsun bütün bu işleri? Kafana bir şey koyduğun zaman, seni engellemek mümkün değil mi? Önlüklerdeki etiketleri göster bana."

Arthur önlükleri silkeleyip büyük olanı üzerine geçirdi; ardından, podyumda defileye çıkan mankenlere öykünerek, kendi çevresinde döndü.

"Nasıl olmuşum?"

"Bronswick'in önlüğünü yürütmüşsün!"

"O da kim?"

"Kalantor bir kardiyolog; hastanede sinirler gerilecek; şimdiden, ne çok yazışma yapılacağını görür gibiyim. Güvenlik şefi iyi bir fırça yiyecek. Memorial'in en hırçın, en kendini beğenmiş doktorudur Bronswick."

"Beni tanıyan biri çıkabilir mi?"

Lauren, Arthur'un içini rahatlattı; çok büyük bir şanssızlık olmazsa, kimse onu tanımazdı; çünkü iki kez ekip değişirdi; bir gece ekibi vardı, bir de hafta sonu ekibi. Lauren'ın ekibinden biriyle karşılaşmanın, Arthur'a en ufak bir zararı olmazdı. Pazar akşamları, orası, başka insanlar, farklı bir atmosferle, bambaşka bir hastane olup çıkardı.

"Bak; bir stetoskopum bile var."

"Boynuna taksana onu!"

Arthur söyleneni yaptı.

"Doktor kıyafetiyle korkunç seksi göründüğünü biliyor musun?" diye sordu Lauren, son derece tatlı ve kadınsı bir sesle.

Arthur'un yüzü pençe pençe kızardı. Lauren onun elini tutup parmaklarını okşadı. Gözlerini Arthur'un yüzüne doğru kaldırarak aynı tatlı sesle:

"Benim için yaptığın her şeye çok teşekkür ederim; şimdiye kadar kimse bana böyle özen göstermedi."

"Ve işte Zorro bunun için burada!"

Lauren kalktı; yüzü Arthur'unkine çok yakındı. Birbirlerinin gözlerinin içine baktılar. Arthur, Lauren'ı kollarına aldı; eliyle ensesini kavrayıp başını omzuna yaslayana kadar eğilmeye zorladı onu.

"Yapacak çok işimiz var," dedi Lauren'a. "Artık işe koyulmalıyım."

9

Paul, sabah onda ambulansı Arthur'un garajına çekip kapıyı çaldı. "Ben hazırım," dedi. Arthur ona bir çanta uzattı.

"Şu önlüğü üzerine geçir; gözlükleri de tak; camları numarasız."

"Takma sakal da var mı?"

"Sana her şeyi yolda anlatacağım; gel, gitmeliyiz; nöbet değişiminde, saat tam on birde orada olmamız gerek. Lauren, sen de bizimle geliyorsun, sana ihtiyacımız olabilir."

"Hayaletinle mi konuşuyorsun?" diye sordu Paul.

"Yanımızda duran, ama senin göremediğin biriyle."

"Olup bitenlerin hepsi bir şaka mı Arthur, yoksa gerçekten sıyırdın mı?"

"Ne o, ne o; anlamak mümkün değil, dolayısıyla açıklamak gereksiz."

"Aslında en iyisi benim şuracıkta bir tablet çikolataya dönüşmem; böylece zaman daha hızlı geçerdi, alüminyum kâğıdın içinde yüreğim bu kadar hoplamazdı da."

"Bu da bir fikir; haydi, çabuk ol."

Biri doktor, öbürü ambulans şoförü kılığında, beraberce garaja yöneldiler.

"Savaştan mı çıktı senin ambulans?"

"Özür dilerim, elimden bu kadarı geldi, yakında sıkı

bir fırça yiyeceğim bu yüzden! Bir benimle Almanca altyazılı olarak konuşmadığın kaldı. Rüya mı görüyorum, ne!"

"Şaka yapıyordum, ambulans gayet güzel işimizi görür."

Paul direksiyona geçti, Arthur yanına, Lauren de ikisinin ortasına oturdu.

"Canavar düdüğüyle lamba da ister misin, doktor?"

"Lütfen biraz ciddi olur musun?"

"Ah, yok; o kadar uzun boylu değil; ortağımla bir olmuş, emanet bir ambulansla hastaneden ceset çalmaya gittiğimi gerçekten kabul etmeye kalkarsam, korkarım ansızın uyanırım, senin plan da suya düşer. Bu nedenle, var gücümle ciddi olmamaya çalışacağım; böylece, her an karabasana dönebilecek bir rüyanın içinde olduğuma inanmaya devam edebilirim. İşin iyi tarafı, bugüne dek pazar akşamlarını hep çok renksiz bulmuş olmam; sayende biraz heyecan yaşıyorum."

Lauren güldü.

"Sence çok mu gülünç?" diye sordu Arthur.

"Şu kendi kendine konuşma huyundan vazgeçer misin artık!"

"Kendi kendime konuşmuyorum."

"Tamam, arka tarafta bir hayalet var! Ama bırak şu herifle fısıldaşmayı, sinirlerim bozuluyor!"

"Kadın!"

"Ne kadını!"

"O bir kadın, üstelik söylediğin her şeyi duyuyor!"

"Hangi otu çektiysen, ben de aynısından istiyorum!"

"Sür!"

"Siz hep böyle misinizdir?" dedi Lauren.

"Genellikle."

"Genellikle, ne?" diye sordu Paul.

"Sana söylemedim."

Paul ansızın frene bastı.

"Sana neler oluyor?"

"Kes şunu! Yemin ederim çatlayacağım artık!"

"Ne var yahu?"

"Ne var yahu?" diye taklit etti onu Paul, suratını buruşturarak. Şu saçma sapan kendi kendine konuşma huyundan söz ediyorum."

"Kendi kendime konuşmuyorum, Paul, Lauren'la konuşuyorum. Bana güvenmeni istiyorum senden."

"Arthur, sen iyice kafayı üşütmüşsün. Bu hikâyeye derhal son vermelisin; senin yardıma ihtiyacın var."

Arthur sesini yükseltti:

"Hiçbir lafı bir kerede anlamıyorsun. Allahın belası, bana güvenmeni istiyorum senden!"

"Madem sana güvenmemi istiyorsun, bana her şeyi anlat o zaman," diye haykırdı Paul. "Çünkü bunaklara benziyorsun, bunakça işler yapıyorsun, kendi kendine konuşuyorsun, üç kuruşluk hayalet hikâyeleri anlatıyorsun, üstelik beni de aptalca bir işin içine sürüklüyorsun!"

"Sür arabayı, yalvarırım; anlatmaya çalışacağım, ama ne olur, sen de anlamaya çalış."

Ambulans kentin içinde ilerlerken Arthur suç ortağına, gene, anlatılması olanaksız olanı anlatıyordu. Banyo dolabından başlayıp o akşam olanlara kadar, her şeyi başından sonuna aktardı.

Bir an için Lauren'ın varlığını unutarak, Paul'e ondan söz etti; bakışlarından, yaşamından, kuşkularından, gücünden, yaptıkları sohbetlerden, paylaştıkları anların yumuşaklığından, kapışmalarından... Paul onun sözünü kesti:

"Kız gerçekten buradaysa feci bok yedin demektir, dostum."

"Nedenmiş o?"

"Çünkü az önce, basbayağı aşkını itiraf ettin."

Paul başını çevirip gözlerini arkadaşına dikti. Ardından, memnuniyet belirten bir gülümsemeyle, konuşmasını sürdürdü:

"Hepsi bir yana, sen kendi hikâyene inanıyorsun."

"Tabii ki inanıyorum, ne var bunda?"

"Az önce kıpkırmızı kesildin. Senin kızardığını hiç görmemiştim." Ardından, kendini beğenmiş bir havayla ekledi: "Az sonra bedenini kaçıracağımız küçük hanım; gerçekten buradaysanız, dostumun abayı fena yaktığını söyleyebilirim; onu şimdiye dek hiç böyle görmedim!"

"Kapa çeneni ve arabayı sür."

"Anlattıklarına inanacağım, çünkü dostumsun ve bana başka bir seçenek tanımıyorsun. Arkadaşlık, bütün delilikleri paylaşmak değil de, nedir? Ah, bak işte, senin hastane!"

"Abott ve Costello,[1]" dedi Lauren sessizliğinden sıyrılarak; ışıl ışıl parlayan bir yüzle.

"Şimdi nereye gideyim?"

"Acil'in girişine park et. Lambaları yak."

Üçü birden arabadan inip danışmaya doğru ilerlediler; bir hemşire onları selamladı.

"Bize ne getirdiniz?" dedi.

"Hiçbir şey, sizden birini almaya geldik," diye yanıt verdi Arthur, otoriter bir sesle.

"Kimi?"

Arthur kendini Doktor Bronswick olarak tanıttı; o akşam nakledilmesi gereken Lauren Kline adındaki hastayı devralmaya gelmişti. Hastabakıcı, hemen nakil belgelerini istedi. Arthur kâğıt tomarını uzattı. Hastabakıcı suratını buruşturdu; tam nöbet değişimi sırasında gelmeseler olmazdı sanki! En az yarım saat sürerdi bu iş; onun nöbetinin bitmesineyse yalnızca beş dakika kalmıştı. Arthur özür diledi; sabahtan beri bir sürü insanla uğraşmışlardı. "Ben de üzgünüm," dedi hemşire. Beşinci kattaki 505 numaralı odaya gitmelerini söyledi. Belgeleri imzalayacak, giderken hepsini ambulansın koltuğuna bırakıp nöbeti devralacak olan arkadaşını da durumdan haberdar edecekti. Bir nakil için bir saat harcanmazdı canım! Arthur, kendini tutamayarak, zaten hiçbir zaman vaktin uygun olmadığını, "ya çok geç, ya çok erken'" olduğunu söyleyiverdi. Hemşire, onlara yolu göstermekle yetindi.

---

1. Ünlü Amerikan, komedi ikilisi. (Ç.N.)

"Ben gidip tekerlekli sandalyeyi alayım," dedi Paul ağız dalaşına son vermek için. "Sizinle yukarıda buluşuruz, doktor!"

Hemşire, yarım ağızla onlara yardım etmeyi önerdi; Arthur teklifi geri çevirerek ondan Lauren'ın dosyasını çıkarıp öteki kâğıtlarla birlikte ambulansa bırakmasını istedi.

"Dosya burada kalacak ve daha sonra postayla yollanacak; bunu bilmeniz gerekirdi," dedi hemşire.

Ansızın bir tereddüde kapılmıştı.

"Biliyorum, hanımefendi," diye yanıt verdi Arthur çarçabuk; "ben yalnızca son durum raporundan söz ediyorum; vital bulgular, kan gazları, NFS, biyokimya değerleri, kan değeri."

"İşin içinden çok güzel sıyrılıyorsun," diye fısıldadı Lauren, "bütün bunları nereden öğrendin?"

"Televizyonda gördüm," diye fısıldadı Arthur.

Söz konusu raporu odada inceleyebilirdi; hemşire, Arthur'a odaya kadar gelmeyi teklif etti. Arthur teşekkür ederek, saati gelince gitmesini söyledi; başının çaresine bakabilirdi. Günlerden pazardı; hemşire, dinlenmeyi hak etmişti. O anda sandalyeyle yetişen Paul, yapışık ikizini kolundan tutup alelacele koridora sürükledi. Üçü birlikte, asansörle beşinci kata çıktılar. Kapılar sahanlığa açılırken, Arthur, Lauren'a seslendi:

"Şimdilik her şey yolunda."

"Evet," diye yanıtladılar Lauren ve Paul bir ağızdan.

"Benimle mi konuşuyordun?" diye sordu Paul.

"İkinizle birden."

Tam o sırada, genç bir stajyer doktor, odanın birinden hışımla fırladı. Tam karşılarında zınk diye durarak Arthur'un önlüğüne baktı ve omzuna yapıştı. "Doktor musunuz?" Arthur şaşaladı.

"Hayır, yani evet, evet; neden sordunuz?"

"Beni izleyin, 508'le başım dertte; Tanrım, tam zamanında geldiniz!"

Tıp öğrencisi, koşarak az önce çıktığı odaya yöneldi.

"Ne yapıyoruz?" diye sordu paniğe kapılmış olan Arthur.

"Bana mı soruyorsun?" diye yanıtladı onu, en az onun kadar korkmuş olan Paul.

"Hayır, Lauren'a!"

"Gidiyoruz, başka çare yok, ben sana yardım ederim," dedi Lauren.

"Gidiyoruz, başka çare yok," diye yineledi Arthur yüksek sesle.

"Ne demek, gidiyoruz? Sen doktor filan değilsin; birilerini öldürmeden şu saçmalığa son versen iyi olacak!"

"Lauren bize yardım edecek."

"Ah, tamam, bize yardım ediyor," dedi Paul kollarını kaldırarak. "İyi ama, neden ben? Neden ben?"

Üçü birden 508 numaralı odaya girdiler. Stajyer doktor yatağın ayakucundaydı; bir hemşire doktoru bekliyordu; öğrenci, panik içinde Arthur'a:

"Kalpte ritim bozukluğu başladı; ağır diyabetli bir hasta; bir türlü durumunu düzeltemiyorum; daha üçüncü sınıftayım."

"Eh, üçüncü sınıfta olmak pek bir işe yaramıyor herhalde," dedi Paul.

Lauren, Arthur'un kulağına fısıldadı:

"Kalp monitöründen çıkan kâğıt şeridini kopar ve benim okuyabileceğim biçimde incele."

"Şu odayı aydınlatın," dedi Arthur otoriter bir havayla.

Yatağın öbür tarafına yönelip elektrokardiyogram çıkışını tek harekette kopardı. Kâğıdı iyice açtı ve öbür tarafa dönüp mırıldandı: "Böyle görebiliyor musun?"

"Bu bir ventriküler aritmi; bu çocuk beş para etmez!"

Arthur, kelime kelime tekrar etti:

"Bu bir ventriküler aritmi, siz beş para etmezsiniz!"

Eliyle alnını sıvazlayan Paul'ün gözleri baygın baygın bakıyordu.

"Ventriküler aritmi (karıncık aritmisi) olduğunu ben de görüyorum doktor; peki, ne yapıyoruz?"

"Hayır, hiçbir şey gördüğünüz yok, beş para etmezsiniz! Ne yapıyoruz?" diye yineledi Arthur.

"Ona, hastaya ne enjekte ettiğini soruyoruz?" dedi Lauren.

"Hastaya ne enjekte ettiniz?"

"Hiçbir şey!"

Hemşire, stajyer yüzünden ne kadar çileden çıktığını ortaya koyan, kibirli bir tavırla konuşmuştu.

"Paniğe kapılmış durumdayız, doktor!"

"Beş para etmezsiniz," diye yineledi Arthur; "pekâlâ, ne yapıyoruz?"

"Lanet olsun; çocuğa ders vermenin zamanı değil; adam elden gidiyor dostum, yani doktor!"

"Saint-Quentin,[1] dosdoğru Saint-Quentin'i boyluyoruz!"

Paul ter ter tepiniyordu.

"Sakin olun dostum," dedi Arthur, Paul'e, ardından hemşireye dönerek: "Onu bağışlayın, henüz çok yeni; ama elimizdeki tek sedyeci buydu."

"İki miligram epinefrin enjekte edilecek, ayrıca diren[2] koyuyoruz; ve işte o zaman ortalık civcivlenecek, hayatım," dedi Lauren.

"İki miligram epinefrin enjekte edilecek," diye bağırdı Arthur.

"Nihayet! Hazırlamıştım bile, doktor," dedi hemşire; "birilerinin işe el koymasını bekliyordum."

"Ardından diren koyuyoruz," diye bildirdi Arthur, yarı kararlı, yarı soran bir tonla. "Diren koymayı biliyor musunuz?" diye sordu stajyere.

"Hemşireye yaptır, sevinçten deliye döner; doktorlar yapmalarına asla izin vermezler," dedi Lauren, "stajyerin yanıtını beklemeden."

"Hiç yapmadım," dedi stajyer.

---

1. Saint-Quentin: California Eyaleti'nde, San Francisco Koyu'nda yer alan, ünlü hapishane. (Ç.N.)
2. Göğse tüp yerleştirmek. (Ç.N.)

"Hanımefendi, direni siz koyacaksınız!"

"Hayır, buyurun doktor; son derece hoşuma giderdi, ama zaman yok; ben sizin için hazırlık yapayım; güveninize teşekkür ederim, bu konuda çok hassasımdır."

Hemşire, iğneyle tüpü hazırlamak için odanın öbür ucuna gitti.

"Şimdi ne halt yiyorum?" diye sordu paniğe kapılan Arthur, boğuk bir sesle.

"Buradan hemen gidiyoruz," diye yanıtladı onu Paul, "ne kalbe ne ciğere ne de başka bir yere giriyorsun; son hız tabanları yağlıyoruz, dostum!"

Lauren söze girdi:

"Hastanın karşısına geçecek, sternumun iki parmak altına nişan alacaksın; sternumun ne olduğunu biliyorsundur umarım! Doğru yerde değilsen ben seni yönlendireceğim, iğneni on beş derece eğip, yavaş yavaş, ama seri bir biçimde saplıyorsun. Başarılı olursan, beyazımsı bir sıvı, ıskalarsan kan akacak. Ve dua et de acemi şansı olsun sende; yoksa gerçekten iş boka sardı demektir; hem bizim hem de şurada yatan adam için."

"Ben bunu yapamam," diye mırıldandı Arthur.

"Başka çaren yok, onun da öyle; bunu yapmazsan öbür dünyayı boylayacak."

"Demin bana hayatım mı dedin, yoksa hayal mi gördüm?"

Lauren gülümsedi: "Haydi; iğneyi daldırmadan önce derin bir soluk al." Yanlarına gelen hemşire, direni Arthur'a verdi. "Plastik uçtan tut; iyi şanslar!" Arthur iğneyi, Lauren'ın gösterdiği yere doğrulttu. Hemşire, pürdikkat onu izliyordu. "Mükemmel," diye mırıldandı Lauren, "o kadar eğme, haydi, tek hamlede işi bitir şimdi." İğne, hastanın göğsüne gömüldü. "Dur; tüpün yanındaki küçük musluğu aç." Arthur, söyleneni yaptı. Koyu bir sıvı, borunun içinden akmaya başladı. "Bravo, kırk yıllık doktor gibiydin," dedi Lauren, "onu kurtardın."

Tam iki kez, bayılmasına ramak kalan Paul, alçak sesle yineleyip duruyordu: "İnanamıyorum." Diyabetli hastanın göğsü, üzerine baskı yapan sıvıdan kurtulunca normal ritmine kavuştu. Hemşire, Arthur'a teşekkür etti. "Ben artık onunla ilgilenirim," dedi. Arthur ile Paul onu selamlayıp yeniden koridora çıktılar. Tam odadan ayrılırlarken, Paul kendini tutamayarak, kafasını oda kapısından içeri uzatıp stajyere bağırdı: "Beş para etmezsiniz!"

Yürürlerken Arthur'a, "Demin ödümü kopardın," dedi.

"O bana yardım etti, bana her şeyi fısıldadı," diye mırıldandı Arthur.

Paul başını salladı: "Uyandığım zaman, şu anda gördüğüm karabasanı anlatmak için sana telefon ettiğimde, gülmekten kırılacaksın; ne kadar gülüp benimle ne kadar dalga geçeceğini söylesem inanmazsın!"

"Gel, Paul, kaybedecek zamanımız yok," diye kesti Arthur.

Üçü birden 505 numaralı odaya girdiler. Arthur elektrik düğmesine basınca, neonlar titreşmeye başladı. Yatağa yaklaştı.

"Bana yardım et," dedi Paul'e.

"Bu, o mu?"

"Hayır, yandaki herif; elbette ki o! Sandalyeyi yatağa yanaştır."

"Hayatın boyunca bu işi mi yaptın?"

"İşte böyle, ellerini dizlerinin altından geçir; seruma da dikkat et. Üç deyince kaldırıyoruz. Üç!"

Lauren'ın bedeni tekerlekli sandalyeye yerleştirildi. Arthur onu battaniyelerle sıkı sıkıya sardı; serum şişesini de yerinden çıkarıp Lauren'ın başının üstündeki çengele astı.

"Evre 1 tamamlandı; şimdi acele etmeden, hızla aşağı iniyoruz."

"Evet, doktor," diye yanıtladı Paul, çatlak bir sesle.

"İkiniz de çok becerikliniz," diye mırıldandı Lauren.

Asansöre yöneldiler. Hemşire koridorun öbür ucundan sesleniyordu; Arthur ağır ağır döndü.

"Buyurun, hanımefendi?

"Artık her şey yolunda; yardıma ihtiyacınız var mı?"
"Hayır, burada da her şey yolunda."
"Tekrar teşekkürler."
"Hiç önemli değil."

Kapılar açılır açılmaz, asansöre daldılar. Arthur ile Paul, aynı anda göğüs geçirdiler.

"Üç top model, Hawaii'de on beş gün tatil, bir Testa Rossa ve bir yelkenli!"

"Ne sayıklıyorsun sen?"

"Ücretimi; bu akşam için bana ödeyeceğin ücreti hesaplıyorum."

Hasta asansöründen çıktıklarında, girişte kimsecikler yoktu; aceleci adımlarla orayı arkalarında bıraktılar. Lauren'ın bedenini ambulansın arkasına yerleştirdikten sonra, kendileri de yerlerine oturdular.

Arthur'un yerinde nakil belgeleri, bir de post-it vardı:

"Yarın beni arayın, nakil dosyasında iki bilgi eksik, Karen (415) 725 00 00 posta 2154. Not: Kolay gelsin."

Ambulans, Memorial Hastanesi'ni terk etti.

"Sonuç olarak, hasta çalmak çok kolay," dedi Paul.

"Çünkü onları umursayan pek kimse yok," diye yanıtladı Arthur.

"Onları anlıyorum. Nereye gidiyoruz?"

"Önce eve, sonra da, Lauren gibi komada olan birini hep birlikte uyandıracağımız bir yere."

Ambulans Market Sokak'a tırmanıp Van Ness'e saptı. Ev sessizdi.

Arthur'un yaptığı plana göre, bedeni Arthur'un arabasına nakletmek üzere, eve dönmeleri gerekiyordu. Paul, emanet arabayı babasının garajına geri götürürken, Arthur Carmel yolculuğu için hazırladığı bütün eşyaları aşağı indirecekti. Tıbbî malzeme özenle sarılıp kocaman General Electric buzdolabının içine depolanmıştı.

Garajın önünde, Paul uzaktan kumandaya bastı; ama otomatik kapı milim kıpırdamadı.

"Kötü polisiyelerde hep böyle olur," dedi Paul.

"Neler oluyor?" diye sordu Arthur.

"Bir şey yok; kötü polisiyelerde, komşu, olduğundan daha maço ve görgüsüz görünmeye çalışarak der ki: 'Bu gürültü de ne böyle!' Bu vakada ise, uzaktan kumandalı kapın açılmıyor; babamın garajından gelme bir ambulans, içinde bir bedenle, bütün komşuların köpeklerini çişe çıkardıkları saatte evinin önüne park etmiş durumda."

"Boku yedik yani!"

"Benim söylediğim de aşağı yukarı buydu, Arthur."

"Bana uzaktan kumandayı ver!"

Paul, omuz silkerek söyleneni yaptı. Arthur sinirli sinirli düğmeye bastı, ama hiçbir yararı olmadı.

"Üstelik, beni geri zekâlı yerine koyuyor."

"Pil ölmüş," diye bildirdi Arthur.

"Elbette ki pil," dedi Paul alaylı alaylı; "bütün dehalar, böyle bir ayrıntı yüzünden enselenirler."

"Ben koşup pil getireceğim; sen de sitenin çevresinde tur at."

"Çekmecende pil bulunsun diye dua etsen iyi olur, dâhi adam!"

"Yanıt verme ve yukarı çık," diye söze karıştı Lauren.

Arthur asansörden inip son hız merdiveni çıktı; fırtına gibi eve daldı ve çekmeceleri altüst etmeye koyuldu. Görünürde bir tane bile pil yoktu. Yazı masasının, komodinin, mutfağın çekmecelerini boşalttı; bu sırada Paul de evlerin çevresinde beşinci kez tur atıyordu.

"Devriyelerin gözüne çarpmazsam, kentteki en şanslı adamım demektir," diye homurdandı Paul, altıncı turuna başlarken; tam o sırada bir polis arabasıyla karşılaştı. "Yok canım; kentin en şanslı adamı değilmişim; öyle olmak çok işime gelirdi oysa!"

Araba, tam önünde durdu; polis memuru camı indirmesini işaret etti; Paul söyleneni yaptı.

"Yolunuzu mu kaybettiniz?"

"Hayır, bir arkadaşımı bekliyorum; eşyalarını almak için evine gitti de; sonra da Daisy'yi garaja götüreceğiz."

"Daisy de kim?" diye sordu polis.

"Ambulans; bu onun son günü; miyadını doldurdu artık; tam on yıldır birlikte çalışıyoruz o ve ben; ayrılmak çok zor, anlıyor musunuz? Bir yığın anı, ömrün koca bir parçası.

Polis, başını salladı. Anlıyordu; Paul'den fazla dolaşmamasını istedi; santrala telefonlar yağmaya başlardı yoksa. Bu semtteki insanlar meraklı ve kaygılı bir yapıdaydılar. "Biliyorum, ben de burada oturuyorum memur bey, arkadaşımı alıp gidiyorum. İyi geceler!" Polis de ona iyi geceler diledi; böylece devriye arabası uzaklaştı. Arabanın içinde sürücü, ekip arkadaşıyla, Paul'ün beklediği birinin olmadığına dair, on dolarına bahse girdi.

"Külüstürünü teslim etmeye içi elvermiyordur. Dile kolay, on yıl; ne olursa olsun acı veriyor olmalı."

"Hah! Malzemelerini değiştirebilmeleri için para vermiyor diye, belediyeyi protesto edenler de bunlar."

"Ama gene de on yıl; insanda bağımlılık yaratır."

"Bağımlılık yaratır, evet..."

Ev, hemen hemen Arthur kadar altüst olmuştu. Ansızın salonun ortasında durarak, bir kurtuluş çaresi düşünmeye koyuldu.

"Televizyonun kumandası," diye mırıldandı Lauren.

Afallayan Arthur, Lauren'a dönerek, kara aletin üzerine atıldı. Kelimenin tam anlamıyla arkadaki kapağı kopararak, içindeki kare pili çarçabuk garaj kapısının kumandasına taktı. Ardından pencereye koşup düğmeye bastı.

Kapı nihayet açıldığında, Paul, ateş püskürerek dokuzuncu turuna başlamak üzereydi. Açıldığından daha hızlı kapanması için dua ederek, hızla garaja daldı. "Gerçekten de sorun pilmiş; amma salak herif şu Arthur!"

O sırada Arthur da garajın merdiveninden iniyordu.

"Tamam mı?"

"Benim açımdan mı, yoksa senin açından mı? Bağırsaklarını deşeceğim senin!"

"Konuşacağına bana yardım et; daha işimiz var."

"Zaten tek yaptığım şey, sana yardım etmek!"

Lauren'ın bedenini, büyük bir özenle taşıyarak arka koltuğa oturttular; üzerini kalın bir battaniyeyle iyice örtüp serum şişesini de iki koltuğun arasına sıkıştırdılar. Kafası kapıya yaslanmıştı; dışarıdan bakan herkes, uyuduğunu sanırdı.

"Bir Tarantino filminde gibiyim; bilirsin, şeyden kurtulan serseri..."

"Sus! Aptalca bir laf edeceksin."

"Ne olmuş, bu akşam zaten gırtlağımıza kadar batmadık mı? Ambulansı sen mi götüreceksin?"

"Hayır; kız senin yanında, kalbini kıracaktın; hepsi bu."

Lauren elini Arthur'un omzuna koydu.

"Birbirinizi haşlamayın, ikiniz de zor bir gün geçirdiniz," dedi yatıştırıcı bir sesle.

"Haklısın, devam edelim."

"Ağzımı açmadığım zaman haklı mı oluyorum," diye homurdandı Paul.

Arthur devam etti:

"Babanın garajına git; on dakika içinde gelip seni alırım; eşyaları toplamak için yukarı çıkıyorum."

Paul ambulansa bindi, bu kez sorun çıkarmadan açılan garaj kapısından tek kelime etmeden çıktı. Union Sokak kavşağında, az önce onu sorguya çekmiş olan devriye arabasını fark etmedi.

"Bir araba daha geçsin, sonra peşine takıl," dedi polis.

Ambulans Van Ness'e doğru döndü; 627 numaralı polis arabası tarafından yakın takibe alınmıştı. On dakika sonra garajın avlusuna girince, polisler yavaşlayarak olağan devriyelerine döndüler. Gizlice izlendiğinden, Paul'ün asla haberi olmadı.

Arthur on beş dakika sonra geldi. Paul sokakta bekliyordu; Saab'ın ön koltuğuna yerleşti.

"San Francisco turu mu yaptın?"

"Lauren olduğu için, arabayı ağır ağır sürdüm."

"Şafak sökerken orada olacak biçimde ayarladın mı?"

"Kesinlikle; ve artık gevşe Paul. Başarmamıza az kaldı. Paha biçilmez bir yardımda bulundun; biliyorum; bilemediğim, bunu nasıl ifade edeceğim; ayrıca kendini tehlikeye de attın, bunun da farkındayım."

"Haydi, sür arabayı; teşekkürlerden nefret ederim."

Araba, 280 güney yolundan kenti terk etti. Çok kısa süre sonra Pacifica'ya sapıp bir numaralı yola çıktılar; yalıyarlar boyunca uzanarak Monterey Koyu'na, Carmel'e giden, bir önceki yaz başında bir sabah, Lauren'ın ihtiyar Triumph'uyla geçmeyi planladığı yoldu bu.

Manzara muhteşemdi. Yalıyarlar, gecenin içinde kara danteller gibiydiler. Henüz tam olarak yükselmemiş ay, yolun çizgilerini görmelerini sağlıyordu. Samuel Barber'in keman konçertosunun ezgileri eşliğinde ilerliyorlardı.

Arthur, direksiyonu Paul'e bırakmış, pencereden dışarıyı seyrediyordu. Yolculuğun sonunda onu başka bir uyanış bekliyordu: uzun zamandır uyuyan anıların uyanışı...

10

Arthur, mimarlık eğitimini San Francisco Üniversitesi'nde görmüştü. Yirmi beş yaşındayken, annesinden kalan küçük daireyi satıp Avrupa'ya, Paris'e giderek, iki yıl Camondo okulunda okumuştu. Mazarine Sokağı'nda tek odalı, küçük bir eve yerleşmiş ve dolu dolu iki yıl geçirmişti. Bir yıl da Floransa'da eğitim gördükten sonra, doğum yeri olan California'ya dönmüştü.

Eli kolu diplomalarla dolu bir halde, kentin ünlü mimar ve tasarımcısı Miller'ın yanında iki yıl staj yaptı, bir yandan da yarım gün MOMA'da[1] çalışıyordu. Müstakbel ortağı olan Paul'le de orada tanıştı; iki yıl sonra da onunla birlikte bir mimarlık bürosu kurdu. Bölgedeki ekonomik gelişmeye bağlı olarak, yirmi kadar çalışanı olan büro yıllar geçtikçe ufak çapta ün kazandı. Paul, "iş bağlıyor", Arthur mobilyalar, binalar, evler ve eşyalar çiziyordu. Her birinin kendi uzmanlık alanı vardı; ve hiçbir şeyin, hiç kimsenin birbirinden birkaç saatten fazla uzak tutamadığı bu iki dostun arasına asla kara kedi girememişti.

İkisini bir araya getiren birçok ortak noktaları vardı. Ortak bir dostluk, yaşama keyfi duygusu ve benzer heyecanlarla yüklü çocuklukları. Benzer eksiklikler.

Arthur da, Paul gibi annesi tarafından yetiştirilmişti.

1 Modern Sanat Müzesi (Ç.N.)

Paul beş yaşındayken, babası bir daha dönmemek üzere ailesini terk etmişti; Arthur ise, babası Avrupa'ya gittiğinde üç yaşındaydı. *"Uçağı gökyüzünde o kadar yükseldi ki, yıldızlara takılıp kaldı."*

İkisi de kent dışında büyümüşlerdi. İkisi de yatılı okulda okumuş, yalnız başlarına, birer erkek olmuşlardı.

Lilian, Arthur'un babasını uzun süre bekledikten sonra, en azından görünüşte yasa girmişti. Arthur, hayatının ilk on yılını kent dışında, okyanus kıyısında, o tadına doyulmaz Carmel Köyü'nün yakınlarında, kendisinin "Lili" adını taktığı annesinin kocaman evinde geçirdi. Sahile kadar uzanan geniş bir bahçenin tepesine tünemiş olan, baştan aşağı ahşap beyaz ev, denize bakıyordu. Lili'nin eski bir dostu olan Antoine, evin müştemilatında yaşıyordu. Başarısızlığa uğramış bir sanatçıydı Antoine; Lili onu konuk etmiş, komşuların deyimiyle "kanatlarının altına almıştı". Lili'yle birlikte bahçeyle, bahçe duvarlarıyla, hemen her yıl boyanan ahşap cephelerle ilgileniyor, akşamları da onunla uzun sohbetlere dalıyordu. Arthur için o bir dost, bir dert ortağı, birkaç yıl önce çocukluğundan silinmiş olan erkek imgesiydi. Arthur, ilkokula Monterey Belediye Okulu'nda başladı. Sabahları Antoine onu okula bırakıyor, akşam dörde doğru da annesi gelip alıyordu. Hayatının en değerli yıllarıydı bunlar. Annesi, aynı zamanda en iyi arkadaşıydı. Lili ona, insanın yüreğinin sevebileceği her şeyi gösterdi. Bazen, sırf güneşin doğuşunu seyretmeyi, başlayan günün seslerini dinlemeyi öğretmek için, onu sabah erkenden kaldırırdı. Ona çiçek kokularını belletti. Yalnızca bir yaprak resmi üzerinden, yaprağın donattığı ağacı tanıtırdı. Arthur'u Carmel'deki evin yanından uzanarak denize dökülen kocaman bahçeye götürür, yer yer "cilaladığı", yer yer bilerek kendi haline bıraktığı doğanın her ayrıntısını keşfetmesini sağlardı. Yeşilin ve kehribar renginin damgasını taşıyan iki mevsimde, Arthur'a, uzun yolculukları sırasında sekoya ağaçlarının doruklarında mola veren kuşların adlarını saydırırdı.

Antoine'ın saygıyla baktığı bostanda, oğluna, sanki bir mucize sonucu büyümüş sebzelerin, "yalnızca hazır olanlarını" toplatırdı. Su kıyısında, sanki başka mevsimlerdeki şiddetlerini bağışlatmak istercesine, *"denizin soluğunu, gerilimini, o günkü ruh halini almak için",* bazı günler kayaları okşayan dalgaları saydırırdı. *"Deniz, bakışlarımızı; toprak, ayaklarımızı taşır,"* derdi. Bulutları rüzgârlara karıştıran bağın yoğunluğuna bakarak nasıl hava tahmini yapılacağını gösterirdi; bu konuda yanıldığı da çok nadirdi. Arthur, bahçesini karış karış tanıyordu; gözü kapalı, hatta geri geri yürüyebilirdi orada. Yabancısı olduğu tek bir köşe yoktu. Yeraltındaki her yuvanın bir adı, orada sonsuza dek uyumaya karar vermiş her hayvanın da bir mezarı vardı. Ama hepsinden önemlisi, annesi Arthur'a gülleri sevmeyi ve budamayı öğretmişti. Gül bahçesi, büyülü bir yer gibiydi. Yüzlerce koku, birbirine karışırdı orada. Lili, Arthur'u oraya götürür, ona çocukların büyük, büyüklerinse yeniden çocuk olmak istedikleri öyküler anlatırdı. Kendisi de çiçeklerden en çok gülü severdi.

Yaz başında bir sabah, gün doğarken Arthur'un odasına girmiş, yatağın üstüne, yanı başına oturup oğlanın buklelerini okşamaya başlamıştı.

"Kalk, Arthur'cuğum; gidiyoruz."

Küçük çocuk annesinin parmaklarını yakalayıp küçücük elinin içinde sıkmış, sonra, yanağını avucuna yaslayarak dönmüştü. Yüzü, o ânın şefkatini eksiksiz yansıtan bir gülümsemeyle aydınlanmıştı.

Lili'nin elinin, Arthur'un belleğinden asla silinmeyecek olan bir kokusu vardı. Tuvalet masasının karşısında, pek çok esansı karıştırarak elde ettiği, her sabah süründüğü kokuydu bu.

Hoş kokuların saklandığı belleğe ilişkin anılardan biri.

"Haydi gel, hayatım; güneşe karşı yürüyüş yapacağız. Beş dakika sonra, aşağıda, mutfakta buluşalım."

Çocuk, pamukludan eski bir pantolon giyip omuzlarına kalın bir kazak atmış, esneyerek geriniyordu. Hiç ses çıkarmadan giyinmişti; annesi ona, şafak vaktinin sükûnetine saygı göstermeyi öğretmişti; kahvaltıdan sonra annesiyle birlikte nereye gideceklerini gayet iyi bilen Arthur, ayağına lastik botlarını geçirmişti. Hazır olunca geniş mutfağa indi.

"Gürültü yapma; Antoine henüz uykuda."

Annesi, Arthur'a kahveyi, kahvenin tadını ama hepsinden önemlisi, kahvenin kokusunu sevmeyi öğretmişti.

"İyi misin, Arthur'cuğum?"

"Evet."

"Öyleyse aç gözlerini ve çevrene iyice bak. Güzel anılar, zamanla silinmemeli. Renkleri ve maddeleri kafana kazı. Büyüyüp bir erkek olduğunda, zevklerinin ve özlemlerinin temelini bunlar oluşturacak."

"Ama ben zaten bir erkeğim!"

"Yetişkin, demek istemiştim."

"Biz çocuklar, o kadar farklı mıyız?"

"Evet! Biz büyüklerin, çocukların bilmediği sıkıntıları, daha açıkçası korkuları vardır."

"Sen neden korkuyorsun?"

Annesi, yetişkinlerin her şeyden korktuğunu anlattı; yaşlanmaktan, ölmekten, yaşamadıkları şeylerden, hastalıktan, hatta bazen çocukların bakışlarından, yargılanmaktan.

"Biz birbirimizle, neden bu kadar iyi anlaşıyoruz, biliyor musun? Çünkü sana yalan söylemiyorum, seninle bir yetişkinmişsin gibi konuşuyorum, çünkü korkmuyorum. Sana güveniyorum. Yetişkinler çevrelerindeki varlıkların tadına varmayı bilmedikleri için korkarlar. Ben sana, bunu öğretiyorum. Burada, binlerce ayrıntıdan oluşan, güzel bir an yaşıyoruz: biz ikimiz, bu masa, sohbetimiz, deminden beri seyrettiğin ellerim, odanın kokusu, çok iyi tanıdığın bu mekân, doğan günün sakinliği."

Ayağa kalkmış, kâseleri alıp emaye evyenin içine koymuştu. Ardından, masayı süngerle silerek ekmek kırıntılarını masanın kenarına tuttuğu avucuna doğru süpürmüştü. Kapının yanında duran hasır sepetin içi misinalarla doluydu; en üstte de beze sarılmış ekmek, peynir ve sosis duruyordu. Lili sepeti kolunun altına alıp Arthur'un elini tuttu.

"Gel canım; geç kalıyoruz."

Beraberce, küçük limana giden yola indiler.

"Şu rengârenk, küçücük kayıklara bak; sanki deniz çiçeklerinden bir demet."

Her zamanki gibi Arthur suya girip sandalı çengelden kurtardı ve kıyıya kadar çekti. Lili sepeti kayığa koydu, sonra kendi de içine bindi.

"Haydi hayatım, çek kürekleri."

Küçük oğlan küreklere asıldıkça, kayık kıyıdan uzaklaştı. Kıyı görüş mesafesinden çıkmadan, Arthur kürekleri sandalın içine aldı. Lili, çoktan misinaları sepetten çıkarıp iğnelere yemleri takmıştı. Her zamanki gibi, oğlu için yalnızca ilk oltayı hazırlayacaktı; ondan sonra Arthur, parmaklarının arasında kıvranarak midesini kaldıran küçük, kırmızı solucanı oltaya kendi başına takacaktı. Mantar makarasını kayığın dibine koyup ayaklarının arasında sabitledikten sonra, misinayı işaretparmağına dolayıp suya fırlattı; ipin ucunda, yemi büyük bir hızla dibe sürükleyecek bir kurşun ağırlık vardı. Doğru yerdeyseler, çok geçmeden misinaya bir kayabalığı vururdu.

İkisi karşılıklı oturmuş, birkaç dakikadır sessizce duruyorlardı; annesi Arthur'a derin derin bakarak, alışılmadık bir sesle sordu: "Arthur, yüzme bilmediğimi bilirsin; suya düşsem ne yapardın?" "Peşinden suya atlardım," diye yanıt verdi çocuk. Lili birden öfkeye kapıldı: "Söylediğin çok aptalca!" Yanıtın sertliği, Arthur'un kanını dondurdu.

"Karaya kadar kürek çekmeye çalışmak; işte bunu yapardın!"

Lili bağırıyordu:

"Önem taşıyan tek şey, senin hayatındır; bunu sakın unutma; biricik armağanınla oynayarak ona zarar vermeyeceğine yemin et bana!"

"Yemin ederim," diye yanıt vermişti korkuya kapılan çocuk.

"Görüyorsun ki," demişti kadın yumuşayarak, "benim boğulmama izin verirdin."

Bunun üzerine küçük Arthur ağlamaya başladı. Lili, işaretparmağının ucuyla oğlunun gözyaşlarını sildi.

"Kimi zaman arzularımız, heveslerimiz ya da dürtülerimiz karşısında güçsüz kalırız ve bu genellikle dayanılmaz bir acı verir. Bu duygu hayatın boyunca seni izleyecek; kimi zaman onu unutacaksın, kimi zaman bir saplantıya dönüşecek. Yaşama sanatının bir parçası, güçsüzlüklerimizle savaşma yeteneğimizle ilişkilidir. Bu dediğim zordur; çünkü güçsüzlük genelde korku doğurur. Tepkilerimizi, aklımızı, sağduyumuzu felce uğratarak zayıflığa davetiye çıkarır. Korkular yaşayacaksın. Onlarla savaş; yerlerini, çok uzun süren tereddütlerle doldurma. Düşün, karar ver ve harekete geç! Tereddüt etme; kendi seçimlerinin arkasında duramamak, belli bir yaşama acısı doğurur. Her soru bir oyuna dönüşebilir, aldığın her karar kendini tanımayı, anlamayı öğretecektir sana.

"Dünyayı, kendi dünyanı yerinden oynat! Önüne serilen şu manzaraya bak; kıyının nasıl ince ince işlendiğini hayranlıkla seyret; dantel gibi, görüyorsun; güneş nasıl da binlerce değişik ışık yaratıyor. Her ağaç, rüzgârın okşayışlarının altında, güneşin hızında titreşiyor. Doğanın bunca ayrıntıyı, bunca yoğunluğu, korkuyla yarattığını sanıyorsun. Bizi insan yapan, dünyanın bize verdiği en güzel şey, paylaşmanın mutluluğudur. Paylaşmayı bilmeyenin duyguları sakattır. Görüyorsun ya, Arthur, birlikte geçirdiğimiz bu sabah belleğine kazınacak. Daha sonra, ben artık burada olmadığımda, bu sabahı yeniden düşüneceksin; bu ânın belli bir hoşluğu olacak, çünkü biz onu paylaştık. Suya düşseydim, beni kurtarmak için arkamdan atlamayacaktın; öylesi aptallıktır. Yapman gereken, kayığa çıkmama yardım etmek için elini uzatmaktır; başaramazsan ve ben boğulursam, vicdanın rahat ederdi. Gereksiz yere ölmemek için, kendini ölüm tehlikesine atmamak gibi iyi bir karar almış, ama beni kurtarmak için her yolu denemiş olurdun böylece."

Arthur kıyıya doğru kürek çekerken, annesi küçük oğlanın başını ellerinin arasına alıp şefkatle alnına bir öpücük kondurdu.

"Seni üzdüm mü?"

"Evet, ben yanında olduğum sürece sen boğulmazsın. Hem gene de suya atlardım; seni taşıyabilecek kadar güçlüyüm."

Lili, neredeyse yaşadığı kadar zarafetle öldü. Öldüğü sabah, küçük çocuk annesinin yatağına yaklaşmıştı:

"Neden?"

Yatağın yanında ayakta duran adam, tek kelime etmeden gözlerini kaldırıp çocuğa baktı.

"Birbirimize o kadar yakındık; neden bana hoşça kal demedi? Ben asla böyle bir şey yapmazdım. Sen, bir büyük olarak, bunun nedenini biliyor musun? Söyle bana, bilmeliyim, herkes hep çocuklara yalan söylüyor; büyükler bizi saf sanıyorlar! Öyleyse, cesaretin varsa sen bana gerçeği söyle; neden böyle, beni uykuda bırakıp gitti?"

Çocukların bakışları bazen insanı o kadar uzak anılara götürür ki, sordukları soruyu yanıtsız bırakmanız olanaksızdır.

Antoine, ellerini Arthur'un omuzlarına koydu.

"Başka türlüsü elinden gelmezdi; ecelin saati yoktur. Annen gece yarısı uyandı; korkunç bir sancısı vardı; gündoğumunu bekledi ve uyanık kalmayı çok istemesine karşın, usulca uykuya daldı."

"O zaman kabahat bende; ben uyuyordum."

"Hayır, elbette ki hayır; olaylara bu gözle bakmamalısın; hoşça kal demeden gitmesinin gerçek nedenini öğrenmek istiyor musun?"

"Evet."

"Annen büyük bir kadındı ve bütün büyük kadınlar,

sevdiklerini kendi hallerinde bırakarak ağırbaşlılıkla gitmeyi bilirler."

Küçük çocuk, Antoine'ın duygulu gözlerinde, o güne dek varlığını yalnızca tahmin ettiği bir paylaşımı bir anda açıkça gördü. Adamın yanağından süzülerek, yeni çıkmaya başlamış sakallarının arasından sızan gözyaşını izledi gözleriyle. Antoine, elinin tersiyle gözlerini sildi.

"Beni ağlarken görüyorsun," dedi, "sen de öyle yapmalısın, gözyaşları üzüntüleri, derin acılardan uzağa taşırlar."

"Daha sonra ağlayacağım," dedi küçük adam; "bu acı beni şimdilik ona bağlıyor, biraz daha sürsün istiyorum. O benim bütün yaşamımdı."

"Hayır, hayır dostum; yaşamın senin önünde, anılarında değil; annenin sana öğrettiği şey de bu; buna saygı göster Arthur; daha düne dek sana ne söylediğini asla unutma: 'Her hayalin bir bedeli vardır.' Onun ölümüyle, daha önce sana verdiği hayallerin diyetini ödüyorsun."

"Hayaller çok pahalı, Antoine; beni yalnız bırak," dedi çocuk.

"Sen onunla baş başasın. Gözlerini kapatınca benim varlığımı unutacaksın; duyguların gücü budur işte. Kendinle baş başasın ve artık önünde uzun bir yol uzanıyor."

"Güzel, değil mi? Ölümden korkacağımı sanırdım, ama onu güzel buluyorum."

Annesinin elini tuttu; yumuşacık, pırıl pırıl teninde beliren mavi damarlar, uzun, karmaşık, renkli yaşam çizgisini oluşturuyordu sanki. Annesinin yüzüne yaklaşıp usulca yanağını okşadıktan sonra, avucunun içine bir öpücük kondurdu.

Hangi erkeğin öpücüğü, bunca sevgiyle yarışabilirdi?

"Seni seviyorum," dedi, "seni bir çocuğun sevebileceği gibi sevdim; artık, son güne dek, benim erkek yüreğimde yaşayacaksın."

"Arthur," dedi Antoine.

"Efendim?"

"Bu mektubu sana yazmıştı; seni yalnız bırakayım."

Tek başına kalınca Arthur zarfı kokladı; üzerine sinmiş olan kokuyu içine çekti; sonra, zarfı açtı.

Benim kocaman Arthurum,
Bu mektubu okurken, yüreğinin derinliklerinde bir yerde, sana oynadığım bu pis oyun yüzünden bana ateş püsküreceğini biliyorum. Arthurum, bu benim son mektubum, aynı zamanda da sevgi vasiyetim.

Ruhum, bana verdiğin bütün mutlulukların kanatlarında göklere yükseliyor. Yaşam harika Arthur; insan bunu ancak, yaşam parmak uçlarından uzaklaşmaya başladığında anlıyor; ama günbegün, yaşamın tadına varılıyor.

Yaşam bazen, her şeyden kuşku duymamıza neden olur; asla teslim olma, canım. Doğduğun günden beri, seni öteki çocuklardan son derece farklı kılan o ışığı gözlerinde görüyorum. Senin düştüğünü ve dişlerini sıkarak kalktığını gördüm; başka hangi çocuk olsa ağlardı oysa. Bu cesaret senin gücün, aynı zamanda da zayıflığın. Buna dikkat et; heyecanlar paylaşılmak içindir; güç ve cesaret, doğru kullanılmadıklarında sahiplerine karşı dönen iki silah gibidirler. Erkeklerin de ağlamaya hakkı vardır Arthur, erkekler de acıyı bilirler.

Bundan böyle, yanında olup çocuksu sorularını yanıtlayamayacağım, çünkü artık küçük bir erkek olmanın vakti geldi. Seni bekleyen bu uzun yolculukta çocuk ruhunu asla yitirme, hayallerini asla unutma; onlar varlığının ateşleyicisi olacaklar; sabahlarının keyfini ve kokusunu oluşturacaklar. Kısa süre sonra, bana duyduğundan çok başka türlü bir sevgiyle tanışacaksın; günü geldiğinde, onu seni sevecek olan kadınla paylaş; en güzel anılar, iki kişilik hayallerden doğar. Yalnızlık, ruhun kuruduğu bir bahçedir; orada yetişen çiçeklerin kokusu yoktur.

Aşkın nefis bir tadı vardır; kendinden verdikçe karşılık göreceğini, sevebilmek için, insanın olduğu gibi olması gerektiğini unutma. Benim koca oğlum, içgüdülerine güven, vicdanına ve heyecanlarına sadık kal, hayatını yaşa, başka hayatın yok. Bundan böyle kendinden ve seveceğin insanlardan sorumlusun. Ağırbaşlı ol, sev; şafağı paylaşırken ikimizi birleştiren o bakışı yitirme. Birlikte gülleri budadığımız, ayı gözlediğimiz, çiçek kokularını öğrendiğimiz, evin seslerini dinleyip anladığımız saatleri hatırla. Bunlar gayet basit, hatta bazen ömrünü doldurmuş şeylerdir; ama kırgın ya da bıkkın insanların, yaşamasını bilenler için sihirli olan bu anların doğasını değiştirmesine izin verme. Bu anların bir adı vardır Arthur, "hayranlık" ve yaşamının hayranlıktan ibaret olup olmaması yalnız senin elinde. Seni bekleyen bu uzun yolculuktan alacağın en büyük tat, budur.

Benim küçük erkeğim, seni terk ediyorum; bu güzeller güzeli toprağa tutun. Seni seviyorum, kocaman oğlum; benim yaşama nedenimdin; beni ne kadar sevdiğini de biliyorum, içim rahat olarak gidiyorum, seninle gurur duyuyorum.

Annen

Küçük çocuk, mektubu katlayıp cebine koydu. Annesinin buz gibi alnına bir öpücük kondurdu. Kitaplığın önünden yürüyerek, parmaklarını ciltlerde gezdirdi. *"Ölen bir anne, yanan bir kitaplıktır,"* derdi annesi. Annesinin öğrettiği gibi kararlı adımlarla yürüyerek odadan çıktı. *"Giden bir erkek, asla geri dönmemelidir."*

Arthur bahçeye çıktı, sabah çiyinden tatlı bir serinlik yayılıyordu; gül ağaçlarının yanına çömeldi.

"O gitti, artık gelip dallarınızı budamayacak,. bir bilebilseydiniz," dedi, "bir anlayabilseydiniz; kollarım külçe gibi."

Rüzgâr petalleri sallayarak, çiçeklerin yanıt vermesini sağladı; Arthur o zaman ve yalnızca o zaman, gül bahçesinde gözyaşlarını koyverdi. Antoine, evin sundurmasında dikilmiş, onu izliyordu.

"Ah Lili, çok erken gittin," diye mırıldandı, "fazla erken gittin. Arthur bundan böyle yalnız; senden başka kim girebilirdi onun dünyasına? Şimdi bulunduğun yerde birtakım güçlere sahipsen, ona bizim dünyamızın kapılarını aç."

Bahçenin en dibinde, bir karga var gücüyle gakladı.

"Ah hayır, Lili, bu olmaz," dedi Antoine; "ben babası değilim."

O gün, Arthur'un yaşamındaki en uzun gün oldu; akşam geç vakit, sundurmanın altında oturmuş, o son derece ağır ânın sessizliğine saygı göstermeye devam ediyordu.

Antoine yanında oturuyordu; ama ikisi de susuyorlardı. İkisi de, çevrelerindeki duvarların anılarına dalmış, gecenin seslerini dinliyorlardı. Küçük adamın kafasında, o zamana dek bilmediği bir ezginin notaları usulca dans etmeye başladı; notalar sözcükleri silmeye başlamıştı, beyaz notalar zarfları, karalar ise fiilleri ve es'ler, artık anlam taşımayan bütün cümleleri.

"Antoine?"

"Efendim, Arthur?"

"Annem bana müziğini verdi."

Ve ardından çocuk, Antoine'ın kollarının arasında uyuyakaldı.

Antoine, omzuna yasladığı Arthur'u uyandırmaktan korkarak dakikalarca soluk bile almadan oturdu. Çocuğun iyice daldığına emin olunca onu kollarına alıp eve girdi. Lili gideli topu topu birkaç saat olmuştu, ama evin havası değişmişti bile. İçeride tarif edilmez bir yankı vardı; bazı kokular, bazı renkler, rahatça yok olabilmek için gizlenmişlerdi sanki.

"Belleklerimize bunları kazımalıyız, bu anları olduğu gibi korumalıyız," diye mırıldanıyordu Antoine, merdivenden çıkarken. Arthur'un odasına gelince, çocuğu yatağın üzerine yatırdı, giysilerini çıkarmadan, üzerini bir battaniyeyle örttü. Küçük oğlanın başını okşadı, sonra parmak uçlarına basarak odayı terk etti.

Lili, gitmeden önce, her şeyi düşünmüştü. Ölümünden birkaç hafta sonra, Antoine büyük evi kapattı; yalnız alt kattaki iki odayı açık bırakarak, ölene dek terk etmemek üzere oraya yerleşti. Arthur'u gara, onu yatılı okula götürecek trenin basamaklarına kadar geçirdi. Arthur yatılı okulda yalnız başına büyüdü. Orada yaşam rahattı; öğretmenler saygı, bazen sevgi uyandıran insanlardı. Lili kuşkusuz onun için en iyi yeri seçmişti. Bu dünyada, görünürde hiçbir şey üzücü değildi. Ama Arthur, oraya annesinin bıraktığı anılarla girdi ve en ufak bir boşluk bırakmamacasına, kafasını onlarla doldurdu. Hiçbir şeyi kötü yaşamamayı öğrendi. Lili'nin öğrettiklerinden, tavırlar, hareketler, sarsılmaz bir mantık çizgisinden şaşmayan düşünceler üretiyordu. Arthur, sakin bir çocuktu; çocuğu izleyen yeniyetme aynı karakter çizgisini korudu, ayrıca sıra dışı bir gözlem gücü geliştirdi. Delikanlılığı da hızlı geçmedi. Normal bir öğrenciydi; ne bir dâhiydi ne de kötüydü; notları hep ortalamanın biraz üzerinde olurdu, çok parlak olduğu tarih hariç; yıl sonu sınavlarını rahat rahat geçerek dereceye girmeden kazandığı Bachelor of Administration'a[1] kadar geldi. Okul yılları bitince, bir haziran akşamı, müdire, Arthur'u çağırdı. Ona, insana ancak kendini toplayacak kadar zaman tanıyan amansız hastalığa yakalanan annesinin, ölmeden iki yıl önce gelip kendisiyle görüştüğünü anlattı. Arthur'un eğitiminin bütün ayrıntılarını ayarlamak için, saatlerce uğraşmıştı. Okul ücreti, reşit olduktan sonrasını bile kapsayacak biçimde ödenmişti. Annesi giderken Müdire Madam Senard'a emanetler bırakmıştı: Arthur'un çocukluğunun geçtiği, Carmel'deki evin anahtarlarıyla, kent içindeki küçük bir dairenin anahtarları. Kentteki ev bir ay öncesine kadar kiradaydı, ama Arthur on sekizine bastığı gün, talimata uygun olarak boşaltılmıştı. Kiralar, ayrıca annesinin ona bıraktığı paralar, Arthur'un adına açılmış olan bir hesaba yatırılmıştı. Bu da, yükseköğrenim görmesine, hatta çok daha fazlasına yetecek, hatırı sayılır bir miktar ediyordu

Arthur, Madam Senard'ın masanın üzerine bıraktığı anahtar demetini aldı. Anahtarlık, ortası çizgili küçük bir gümüş toptu; küçücük bir kilidi de vardı. Arthur kilidi oynatınca, gümüş top açılıverdi; iki kanatta iki minyatür fotoğraf vardı. Bunlardan biri, Arthur'un yedi yaşındaki fotoğrafıydı, öteki ise, Lili'ninki. Arthur, anahtarlığı özenle kapadı.

1. Amerikan lise bitirme sınavı. (Ç.N.)

"Üniversitede ne okumayı düşünüyorsun?" diye sordu müdire.

"Mimarlık, mimar olmak istiyorum."

"Carmel'e dönüp evine kavuşmak istemiyor musun?"

"Hayır, henüz değil, buna daha uzun zaman var."

"Neden?"

"Annem nedenini biliyor, bu bir sır."

Müdire ayağa kalktı, Arthur'a da kalkmasını söyledi. Odanın kapısına yaklaştıklarında, Arthur'u kucaklayarak sıkı sıkı göğsüne bastırdı. Eline bir zarf tutuşturup parmaklarını üzerine kapadı.

"Bu ondan," diye fısıldadı kulağına, "tam bu anda sana vermemi istemişti."

Müdire kapının iki kanadını açar açmaz Arthur dışarı fırlayıp arkasına bile bakmadan, bir eliyle uzun, ağır anahtarları, ötekiyle mektubu sıkarak koridora daldı. Büyük merdivende gözden kaybolunca, müdire kapının iki büyük kanadını arkasından kapadı.

11

Araba, bu uzun gecenin son dakikalarını kat ediyordu; farlar, yalıyarların kıvrımlarına oyulmuş virajlarla, bataklıklar ya da ıssız kumsallarla çevrelenmiş düz yollar arasında sıralanan portakal rengi ve beyaz şeritleri aydınlatıyordu. Lauren uyukluyordu, dikkatini yola vermiş olan Paul, düşüncelere gömülmüş, sessizce araba sürüyordu. Arthur, bu huzurlu andan yararlanarak, evdeki yazı masasından o uzun, iri anahtarları alırken cebine sıkıştırdığı mektubu gizlice çıkardı.

Zarfı açtığında, içinden anılarla yüklü bir koku yayıldı; annesinin, cilasız gümüşten kabaralarla süslü, sarı kristalden küçük sürahinin içinde iki esansla yaptığı karışım. Koku, Arthur'un anılarını uyandırdı. Arthur, mektubu zarftan çıkarıp büyük bir dikkatle katlarını açtı.

Benim kocaman Arthurum,
Bu sözcükleri okuyorsan, sonunda Carmel'in yolunu tutmaya karar verdin demektir. Şimdi kaç yaşında olduğunu çok merak ediyorum.
Elinde, birlikte son derece güzel yıllar geçirdiğimiz evin anahtarları var. Oraya hemen gitmeyeceğini, onu uyandırmaya hazır hale gelmeyi bekleyeceğini biliyordum.
Arthurum, çok yakında, sesini gayet iyi tanıdığım o kapıyı açacaksın. Belli bir özlemle dolu odaları bir bir dolaşacaksın.

Yavaş yavaş panjurları açarak, nasıl da eksikliğini duyacağım güneş ışığını içeri alacaksın. Gül bahçesine dönmelisin; güllere usulca yaklaş. O kadar zaman içinde, ister istemez yeniden yabanileşmiş olacaklar.

Çalışma odama da inecek, oraya yerleşeceksin. Dolabın içinde, küçük, siyah bir valiz bulacaksın; istersen, gücün varsa aç onu. İçinde, çocukluğunun her günü sana yazdığım sayfalarla dolu defterler var.

Yaşamın önünde; onun tek efendisi sensin. "Sevdiğim her şeye" layık ol.

Yukarıdan, seni seviyor, sana göz kulak oluyorum.

Annen Lili

Monterey Koyu'na ulaştıklarında, şafak söküyordu. Gökyüzü, uzun, kıvrımlı şeritler halinde örülmüş, yer yer denizi ufka bağlar gibi gözüken, soluk pembe bir ipekliye bürünüyordu. Arthur yolu gösterdi. Aradan yıllar geçmişti; bu yoldan hiç arabanın ön koltuğunda geçmemişti; ama gene de her kilometre ona tanıdık geliyordu, arkalarında bıraktıkları her bahçe duvarı, her kapı, çocukluk anılarına açılıyordu. Anayoldan sapacakları yere geldiklerinde, eliyle işaret etti. Bir sonraki virajı dönünce, ev görünmeye başlayacaktı. Paul, Arthur'un tarif ettiği gibi ilerledi; kış yağmurlarıyla kamçılanıp yaz sıcaklarıyla kurumuş toprak bir yola geldiler. Bir dönemecin arkasında, yeşil ferforje kapı karşılarına dikiliverdi.

"Geldik," dedi Arthur.

"Anahtarın var mı?"

"Ben kapıyı açacağım, sen eve kadar git, beni de orada bekle; ben yürüyerek geleceğim."

"O da seninle mi geliyor, yoksa arabada mı kalıyor?"

Arthur, pencereye eğilip sözcüklerin üstüne basa basa, arkadaşına,

"Kendisine sorsana," dedi.

"Hayır, sormasam daha iyi."

"Seni yalnız bırakayım, sanırım şu an, öylesi daha iyi," dedi Lauren Arthur'a.

Arthur gülümseyerek Paul'e, "Seninle kalıyor, şanslı herif seni!" dedi.

Araba, arkasında bir toz şeridi bırakarak uzaklaştı. Arthur yalnız kalınca, çevresini saran manzarayı seyretmeye koyuldu. Yer yer birkaç fıstıkçamıyla kızılçamın, sekoyaların, nar ve keçiboynuzu ağaçlarının göze çarptığı, geniş, kırmızı araziler, okyanusa kadar uzanıyor gibiydiler. Toprak, güneşten kızarmış dikenlerle kaplıydı. Yolun kenarındaki küçük taş merdivene yöneldi; yarı yolda, gül bahçesinden kalanların sağ tarafta olduğunu kestirdi. Bahçe çok bakımsızdı; birbirine karışan pek çok koku, her adımda, kokularla ilgili durmak bilmeyen bir anılar dansı başlatıyordu.

Arthur geçerken ağustosböcekleri bir an için sustu; ama ardından seslerini iyice yükselterek şarkılarına yeniden başladılar. Ulu ağaçlar, hafif sabah rüzgârıyla eğiliyordu. Okyanus, kayalıkların üzerine dalgalarını dağıtıyordu. Tam karşısında, uykuya dalmış olan evi gördü; tıpkı hayallerinde kaldığı gibiydi. Düşündüğünden daha küçük geldi ona, cephe biraz zarar görmüştü, ama çatıda hiç hasar yoktu. Panjurlar kapalıydı. Arabayı sundurmanın önüne çekmiş olan Paul, arabadan inmiş, onu bekliyordu.

"İnmen amma uzun sürdü!"

"Yirmi yıldan fazla!"

"Ne yapıyoruz?"

Lauren'ın bedenini, zemin kattaki çalışma odasına yerleştireceklerdi. Arthur anahtarı deliğe sokarak hiç duraksamadan, tam gerektiği gibi, ters yöne çevirdi. Bellek, anlaşılmaz nedenlerden dolayı, her an ortaya çıkarabileceği ânı parçacıkları saklar içinde. Kapı kilidinin sesi bile onu irkiltti. Koridora girdi, girişin solundaki çalışma odasının kapısına yöneldi, odanın öbür ucuna yürüyerek panjurları açtı. Bilinçli olarak, çevresindekilere hiç bakmadı; bu mekânı yeniden keşfetmenin zamanı henüz gelmemişti ve o, içinde bulunduğu ânı doya doya yaşamaya kararlıydı. Kutular çabucak boşaltıldı, beden açılır kapanır kanepeye yerleştirildi, serum, yerine takıldı. Arthur, ispanyoletli pencere kanatlarını yeniden kapadı. Ardından, küçük, kahverengi kutuyu alarak, Paul'e kendisiyle mutfağa gelmesini söyledi: "Kahve yapacağım, sen kutuyu aç, ben de su kaynatayım."

Lavabonun tepesindeki dolabı açarak, içinden, karşılıklı yerleştirilmiş iki simetrik parçadan oluşan, tuhaf görünüşlü, metal bir nesne çıkardı. İki parçayı ters yönlerde çevirerek, aleti sökmeye koyuldu.

"Bu da neyin nesi böyle?" diye sordu Paul.

"Bir İtalyan cezvesi!"

"İtalyan cezvesi mi?"

Arthur ona, cezvenin nasıl çalıştığını anlattı; en iyi tarafı, kâğıt filtreyle kullanılmaması, böylece kahvenin kokusunun daha iyi korunmasıydı. Suyla doldurulan alt bölümle üst bölüm arasındaki küçük huniye, tepeleme üç dört kaşık kahve dökülüyordu. Bu arada alt ve üst parça bura bura sıkıştırılıyor, sonunda cezve ateşe oturtuluyordu. Kaynayan su yükselerek küçük, delikli huninin içindeki kahveyi aşıyor ve üst bölüme ulaşıyordu; bu arada yalnızca incecik bir demir süzgeçten geçiyordu. İşin biricik inceliği, üst bölüme gelen suyun kaynamaması için, cezveyi ateşten zamanında çekmekti; çünkü oradaki artık su değil, kahveydi ve "kaynamış kahve, heba olmuş" demekti. Açıklamaları bittiğinde, Paul bir ıslık çaldı:

"Söylesene, bu evde kahve yapmak için iki dil bilen mühendis olmak mı gerekiyor?"

"Çok daha fazlası gerekiyor, dostum; yetenek gerek, bu gerçek bir törendir!"

Paul, arkadaşının son söylediklerine yanıt olarak kuşkuyla dudak büküp kahve paketini ona uzattı. Arthur eğilip lavabonun altındaki tüpü, ardından fırının solundaki musluğu açtı ve çakmağı ateşledi.

"Sence hâlâ gaz var mıdır?"

"Antoine asla mutfakta boş tüp bırakmazdı; ayrıca bahse girerim, garajda en azından iki tane daha dolu tüp vardır."

Paul'ün eli kendiliğinden kapının yanındaki elektrik düğmesine gitti. Sarı bir ışık odaya yayıldı.

"Evde elektriğin yanmasını nasıl sağladın?"

"Önceki gün, elektriği açsınlar diye şirkete telefon ettim; içini rahatlatacaksa, su için de aynı şeyi yaptım; ama kapa şimdi onu; ampullerin tozunu almak gerek, yoksa ısınır ısınmaz patlarlar."

"Bütün bunları nerede öğrendin sen; İtalyan kahvesi yapmayı, patlamasınlar diye ampulleri temizlemeyi..."

"Burada dostum; bu odada; öğrendiğim daha bir yığın şey var."

"Kahve ne oldu peki?"

Arthur, tahta masanın üstüne iki fincan koyup kaynar içeceği içlerine boşalttı.

"İçmeden önce bekle," dedi.

"Neden?"

"Çünkü ağzını yakarsın, hem ayrıca önce kokusunu içine çekmelisin. Kokunun burun deliklerine dolmasına izin ver."

"Kahvenle canımı sıkıyorsun artık dostum, burun deliklerime hiçbir şeyin dolduğu yok! Yok yok, rüya görüyorum. *Kokunun burun deliklerine dolmasına izin ver;* nereden buluyorsun bu lafları?"

Paul fincanı dudaklarına götürdü ve hemen ardından, içtiği azıcık kahveyi geri tükürdü. Lauren, Arthur'un arkasına geçip onu kollarına aldı. Başını omzuna yaslayarak, kulağına mırıldandı:

"Burayı seviyorum, burada kendimi iyi hissediyorum, çok yatıştırıcı bir yer."

"Neredeydin?"

"Siz kahve üzerine felsefe yaparken, ben de evi ve çevresini gezdim."

"Nasıl buldun?"

"Onunla mı konuşuyorsun?" diye sözünü kesti Paul sinirli bir edayla.

Arthur, Paul'ün sorusuna hiç kulak asmadan Lauren'a, "Sevdin mi?" diye sordu.

"Zor olacak," diye yanıtladı Lauren; "ama bana açman gereken sırlar var; bu yer sırlarla dolu; her duvarda, her mobilyada hissedebiliyorum onları."

"Canını sıkıyorsam, burada değilmişim gibi davranırsın, olur biter," diye söze karıştı arkadaşı.

Lauren sevimsiz davranmak istemezdi ama, Arthur'un kulağına, onunla yalnız kalmaktan çok hoşlanacağını fısıldadı. Arthur'la evi gezmek için sabırsızlanıyordu; onunla konuşmayı çok istediğini de ekledi. Arthur, konunun ne olduğunu merak etti; Lauren, "Burası; geçmiş," diye yanıt verdi.

Paul, Arthur'un onunla konuşma lütfunda bulunmasını bekliyordu; ama görünüşe bakılırsa, o gene görünmez arkadaşıyla sohbete dalmıştı; araya girmeye karar verdi:

"Pekâlâ; bana hâlâ ihtiyacın var mı; yoksa San Francisco'ya gideceğim de; büroda işler var; ayrıca Fantoma'yla[1] sohbetlerin içime fenalık getiriyor."

"Bu kadar dar kafalı olmasan, ne olur?"

"Pardon? Yanlış duydum herhalde. Bir pazar akşamı, çalıntı bir ambulansla, hastanenin birinden insan kaçırmana yardım eden, ayrıca evinden dört saat uzaklıkta İtalyan kahvesi içen, bütün gece gözünü kırpmamış bir adama, bu kadar dar kafalı olma, diyorsun ha? Bu ne cüret!"

"Söylemek istediğim bu değildi."

Paul, Arthur'un ne söylemek istediğini bilmiyordu, ama birbirlerine girmeden önce evine dönmeyi yeğliyordu: "Çünkü farkında mısın, kapışmamıza az kaldı; şimdiye dek harcadığımız çabalar göz önüne alındığında, yazık olur." Arthur, arkadaşının yeniden yola çıkamayacak kadar yorgun olmasından korkuyordu. Paul onu rahatlattı; az önce içtiği "İtalyan kahvesi" sayesinde (sözcüğü, alaylı bir tavırla vurguladı), yorgunluk gözkapaklarına çökene kadar en az yirmi dört saat, yakıt ikmali yapmadan daya-

---

1. Pirre Sourestre ve Marcel Allain'in 1912-1914 yılları arasında yazdığı bir serüven serisinin kahramanı. (Y.N.)

nabilirdi. Arthur alayı duymazlıktan geldi. Paul ise, dostunu bu terk edilmiş evde, arabasız bırakacağı için kaygılanıyordu.

"Garajda eski model bir Ford steyşın var."

"Senin Ford'un tekerleri en son ne zaman döndü?"

"Uzun zaman önce!"

"Hareket edecek mi peki, Ford steyşın?"

"Kesinlikle; aküyü değiştirirsem çalışır."

"Kesinlikleymiş! Onca şeyden sonra, burada yarı yolda kalsan bile, başının çaresine bakmanın bir yolunu bulursun; bu gecelik yeterince fedakârlık yaptım."

Arthur, Paul'ü arabanın yanına kadar geçirdi.

"Benim için daha fazla kaygılanma, yeterince kaygılandın zaten."

"Tabii ki senin için kaygılanıyorum. Normal bir zamanda seni bu evde yalnız bırakır, hayaletleri düşünerek korkardım; ama sen, kendi hayaletini yanında getiriyorsun!"

"Kaybol!"

Paul motoru çalıştırdı; gitmeden önce camı indirdi.

"Her şeyin yolunda gideceğine emin misin?"

"Eminim.

"Peki; öyleyse ben de gidiyorum."

"Paul?"

"Efendim?"

"Yaptıkların için teşekkürler."

"Önemli değil."

"Hayır, çok önemli; hiçbir şey anlamadan, yalnızca doğruluk ve dostluk adına benim için pek çok tehlikeye atıldın; ve bu çok önemli, biliyorum."

"Bildiğini biliyorum. Haydi, ben gidiyorum, yoksa gözyaşlarına boğulacağız. Kendine dikkat et ve beni bürodan ara."

Karşılıklı sözler verildi ve Saab, tepenin ardında hızla gözden kayboldu. Lauren, evin önündeki sete çıktı.

"Evet," dedi, "çevreyi dolaşıyor muyuz?"

"Önce içeriyi mi, dışarıyı mı..."

"Öncelikle, neredeyiz biz?"

"Lili'nin evindesin."

"Lili kim?"

"Lili benim annemdi, çocukluğumun yarısını burada geçirdim ben."

"Gideli uzun zaman oldu mu?"

"Çok uzun zaman."

"Daha sonra buraya hiç gelmedin mi?"

"Asla."

"Neden?"

"İçeri gir! Bunu daha sonra, gezinmemiz bitince konuşuruz."

"Neden?" diye ısrar etti Lauren.

"Önceki hayatında bir katır olduğunu unutmuşum. Öyle işte!"

"Burayı yeniden açmana ben mi neden oldum?"

"Hayatımdaki tek hayalet sen değilsin," dedi Arthur tatlı bir sesle.

"Burada olmak, ağırına gidiyor."

"Doğru ifade bu değil; bu benim için önemli," diyelim.

"Bunu benim için mi yapıyorsun?"

"Bunu yaptım, çünkü denemenin zamanı gelmişti."

"Neyi denemenin?"

"Küçük, siyah valizi açmayı."

"Şu küçük, siyah valizi bana anlatır mısın lütfen?"

"Anılar."

"Burada çok anın mı var?"

"Anılarımın tamamına yakını burada. Burası benim evimdi."

"Ya buradan sonrası?"

"Sonra, her şeyin bir an önce geçmesi için çalıştım, sonra yalnız başıma çok büyüdüm."

"Annenin ölümü ani mi oldu?"

"Hayır, kanserden öldü; hastalığını biliyordu, ama ölüm bana çok hızlı geldi. Gel benimle, sana bahçeyi gezdireceğim."

Beraberce evin önündeki sekiye çıktılar; Arthur Lauren'ı, bahçenin yanında uzanan okyanusa kadar götürdü. Kayaların başladığı yere çöktüler.

"Onunla burada oturup ne uzun saatler geçirirdik, bir bilsen; dalgaların doruklarını sayarak bahse tutuşurduk. Sık sık gelip güneşin batışını seyrederdik. Buradaki pek çok insan, gösteride hazır bulunmak için akşamları yarım saatliğine kumsala gelir. Güneş her gün başka türlü batar. Okyanusun, havanın sıcaklığından ve daha pek çok nedenden dolayı, gökyüzünün rengi hep değişir. Kentlerde insanların belli bir saatte haberleri seyretmek için eve gitmesi gibi, burada da insanlar güneşin batışını seyretmek için dışarı dökülürler; bu bir törendir."

"Burada uzun zaman mı yaşadın?"

"Küçük bir çocuktum, o gittiğinde on yaşındaydım."

"Bu akşam, güneşin batışını seyrettireceksin bana!"

"Burada, bu bir görevdir," dedi Arthur gülümseyerek.

Arkalarında bıraktıkları ev, sabah ışıklarının altında parlamaya başlıyordu. Deniz tarafındaki cephenin boyaları harap olmuştu; ama genel olarak ev, yıllara iyi göğüs germişti. Dışarıdan bakıldığında, kimse onun bu kadar uzun zamandır uykuda olduğuna inanmazdı.

"İyi dayanmış," dedi Lauren.

"Antoine, ev işine çok düşkündü. Bahçıvandı; ufak tefek tamirattan anlardı; balık tutardı; dadılık yapardı; eve bekçilik ederdi; o, annemin kanatlarının altına aldığı, burada karaya vurmuş bir yazardı. Müştemilatta yaşardı. Babamın uçak kazasından önce, bizimkilerin arkadaşıydı. Sanırım anneme hep âşıktı; hatta babam henüz yanımızdayken bile. Sonunda, ama çok sonraları annemle sevgili olduklarından kuşkulanıyorum. Annem onu yaşamında taşıdı, o da annemi yasında. İkisi pek az konuşurlardı; en azından ben uyanıkken; ama inanılmaz bir bağ vardı aralarında. Bakışarak anlaşırlardı. Ortak sessizliklerinde, yaşamlarındaki şiddetin yarattığı bütün yaraları sardılar. Bu iki varlığın arasında, şaşırtıcı bir dinginlik vardı. Sanki ikisi de, bir daha öfkeyi ya da isyanı tanımamayı kutsal bir görev olarak kabul etmişlerdi."

"Ona ne oldu?"

Antoine, Lauren'ın bedenini yerleştirdikleri o çalışma odasına kapanarak, Lili'den sonra on yıl daha yaşamış, hayatının son günlerini evin bakımıyla geçirmişti. Lili ona para bırakmıştı; her şeyi, hatta tahmin edilemeyecek şeyleri bile önceden görmek, onun özelliğiydi. Antoine, bu konuda ona benziyordu. Bir kış başında, hastanede öldü. Güneşli ve serin bir sabah, çok yorgun uyanmış. Kapının menteşelerini yağlarken, göğsüne sinsi bir ağrı saplanmıştı. Ansızın yetersiz gelen havaya kavuşmak için, ağaçların arasında yürümüş. Artık dayanamayarak yere kapaklandığında, ilkbaharda ve yazın, altında öğlen uykusuna yattığı ihtiyar çam, dallarını üzerine germiş. Acıdan zor kıpırdayarak, eve kadar sürünmüş ve komşuları yardıma çağırmış. Monterey Acil Servisi'ne götürülmüş, ertesi pazartesi, gözlerini kapamış. Sanki gidişini hazırlamıştı. Antoine'ın ölümü üzerine, ailenin işleriyle ilgilenen noter, Arthur'la bağlantı kurarak, ona evi ne yapacaklarını sormuştu.

Eve gittiğinde, ağzının şaşkınlıktan bir karış açık kaldığını söyledi. "Antoine, rahatsızlandığı gün, sanki yolculuğa çıkıyormuş gibi her şeyi derleyip toplamış."

"Aklındaki bu olmasın?"

"Antoine mı; yolculuğa çıkmak mı? Hayır; alışveriş yapmak üzere Carmel'e yollamak için bile, onunla birkaç gün öncesinden pazarlık yapmak gerekirdi. Hayır, sanırım yaşlı fillere özgü o içgüdüyle ecelinin geldiğini hissetti ya da belki de artık bıkmıştı ve kendini bıraktı."

Arthur, görüşünü açıklamak için, bir keresinde ölümle ilgili bir soru sorduğunda, annesinin verdiği yanıtı aktardı. Büyüklerin ölümden korkup korkmadığını merak etmişti; annesi, kelimesi kelimesine hatırladığı şu yanıtı vermişti ona: *"Güzel bir gün geçirdiğinde, sabah erkenden kalkıp benimle balığa geldiğinde, koştuğunda, Antoine'la gül bahçesinde çalıştığında, akşam iyice yorulmuş olursun; böylece, yatağa gitmekten nefret eden sen, bir an önce uyumak için yorganın altına gömülmekten mutluluk duyarsın. Böyle akşamlar, uyumaktan korkmazsın.*

Hayat, *biraz böyle günlere benzer. İnsan hayata erken atılmışsa, bir gün dinleneceğini düşündükçe belli bir huzur duyar. Belki de zaman geçtikçe bedenlerimiz, bazı şeyleri bize daha zor kabul ettirdiğinden. Her şey gitgide daha güç ve yorucu bir hale gelir; o zaman sonsuza dek uyuma düşüncesi, eskisi kadar korkutmamaya başlar."*

"Annemin hastalığı başlamıştı bile ve sanırım, neden söz ettiğini biliyordu."

"Sen ona ne yanıt verdin?"

"Koluna yapışıp, ona *yorgun* olup olmadığını sordum. Gülümsedi. Neyse; bütün bu sözler, Antoine'ın bunalımlı anlamda, yaşamaktan yorulduğunu sanmadığımı anlatmak için; sanırım, bir tür bilgeliğe ulaşmıştı."

"Filler gibi," dedi Lauren alçak sesle.

Eve doğru yürüdüler ve Arthur, gül bahçesine girmeye hazır olduğunu hissederek anayoldan saptı.

"İşte, krallığın merkezine doğru gidiyoruz; gül bahçesine!"

"Neden gül bahçesi diyorsun?"

Orası "mekân"dı! Lili güllerine deli olurdu. Arthur, onun bir tek bu konu yüzünden Antoine'la ağız dalaşına girdiğini görmüştü. "Annem her çiçeği ayrı tanırdı; ona fark ettirmeden tek bir çiçek koparamazdın. Kataloglardan fidanlar ısmarlar, dünyanın dört bir yanından gelme türleri yetiştirmekle gururlanırdı; hele tanıtım yazısında, çiçeğin sevdiği iklim koşullarının, buradakilerden çok farklı olduğu söyleniyorsa. Bahçıvanları yalancı çıkarıp fidanları büyütmeyi başaracağı konusunda, bahislere tutuşurdu."

"O kadar çok tür var mıydı?"

Arthur yüz otuz beşe kadar saymıştı. Bardaktan boşanırcasına yağmur yağdığı bir gece, gece yarısı uyanan annesiyle Antoine garaja koşup oradan, en az on metre genişliğinde ve otuz metre uzunluğunda bir örtü almışlardı. Antoine, alelacele örtünün üç köşesini uzun kazıklara bağlamıştı; ardından, biri bir tabureye, öteki bir tenis hakemi iskemlesine tünemiş, kollarını kaldırarak beraberce dördüncü köşeyi tutmuşlardı. Gecenin bir bölümünü bu halde, yağmur suyuyla dolup fazla ağırlaştığı anda bu dev şemsiyeyi silkeleyerek geçirmişlerdi. Fırtına üç saatten fazla sürmüştü. "Evde yangın çıksa, eminim bu kadar heyecanlanmazlardı. Ertesi gün görecektin onları; iki sefil insan, derdi gören. Ama gül bahçesi kurtulmuştu."

"Bak," dedi Lauren bahçeye girince, "bir sürü gül var!"

"Evet, yabangülleri, bunlara ne güneş dokunur ne yağmur; gül toplamak istiyorsan, eline eldiven geçirmen gerek; çok dikenli olur bunlar."

Günün önemli bir bölümünü, evin yanındaki bahçeyi tekrar tekrar keşfederek geçirdiler. Arthur ağaçları, kimilerinin kabuğunda bıraktığı tırnak izlerini gösterdi. Bir fıstıkçamının arkasında, Lauren'a köprücük kemiğini kırdığı yeri gösterdi.

"Nasıl becerdin?"

"Olgunlaşmıştım, pat diye düştüm ağaçtan!"

Ve gün, göz açıp kapayıncaya dek geçti. Tam saatinde yeniden okyanus kıyısına gittiler; kayalara oturup dünyanın dört bir yanından insanları çeken o gösteriyi, hayranlıkla seyrettiler. Lauren kollarını kocaman açarak haykırdı: "Michelangelo bu akşam tam formunda!" Arthur ona bakıp gülümsedi. Gece hızla çöktü. Arthur ile Lauren, eve sığındılar. Arthur, Lauren'ın bedenine "bakım yaptı". Hafif bir yemek yedikten sonra, oturdukları küçük salondaki şömineyi yaktı.

"Peki ya, şu kara valiz neyin nesi?"

"Senden de hiçbir şey saklanmıyor."

"Hayır, kulağımı dört açıyorum, hepsi bu."

"Annemin valiziydi; bütün mektuplarını, bütün anılarını onun içine koyardı. Aslında, sanıyorum, bu valizde onun yaşamının özü vardı."

"'Sanıyorum' da ne demek?"

"Bu valiz büyük bir gizemdi. Bütün ev Arthur'undu; valizin durduğu dolap hariç. O dolabı açmak kesinlikle yasaktı. "Ve emin ol, o riski göze almazdım!"

"Nerede valiz?"

"Yandaki odada."

"Daha sonra gelip valizi açmadın mı? İnanamıyorum!"

Annesinin bütün ömrü içinde olmalıydı; Arthur o ânın gelişini hızlandırmayı hiç istememiş, içindekini anlayabilmek için, valizi açma riskini alabilecek kadar büyümesi gerektiğini düşünmüştü. Lauren'ın kuşkuyla alnını kırıştırması üzerine, itiraf etti: "Peki, tamam; gerçek şu ki, içimde hep bir korku vardı."

"Neden?"

"Bilemiyorum, kafamda ondan kalan hayali değiştireceği, beni acıya boğacağı korkusu."

"Git getir onu!"

Arthur yerinden kıpırdamadı. Lauren, gidip valizi alması için diretti, korkması için bir neden yoktu. Lili bütün ömrünü bir valize doldurduysa bu, günün birinde oğlunun, onun kim olduğunu bilmesi içindi. Oğlunu, bir imgenin anısıyla yaşasın diye sevmemişti o: "Sevmenin tehlikeli yanı, iyi tarafları olduğu kadar kusurları da sevmektedir; bunlar bölünmez bir bütün oluştururlar. Nedir seni korkutan; anneni yargılamak mı? Sende bir yargıç yüreği yok. Valizin içindekileri bilmezlikten gelemezsin, annenin yasasını çiğniyorsun... Onunla ilgili her şeyi bilesin diye bıraktı valizi sana; zamansızlık yüzünden yarım kalan şeyi tamamlamak için; yalnızca bir çocuk olarak değil, bir erkeğin gözleri ve yüreğiyle de onu gerçekten tanıman için!"

Arthur birkaç saniye, Lauren'ın söylediklerini düşündü. Gözlerini ondan ayırmadan kalktı, yandaki odaya gidip o ünlü dolabı açtı. Karşısındaki rafın üzerinde duran küçük, siyah valizi bir süre seyretti; sonra, yıpranmış sapını kavrayıp bütün bir geçmişi bugüne taşıdı. Küçük salona geri döndü, Lauren'ın yanına bağdaş kurup oturdu; bir deniz korsanının hazinesini bulmuş iki çocuk gibi bakıştılar. Arthur derin bir soluk aldıktan sonra valizin iki kilidini yana kaydırdı; böylece kapak açıldı. Valiz ağzına kadar boy boy zarfla doluydu; içlerinde mektuplar, fotoğraflar, birtakım küçük nesneler vardı; bir keresinde Arthur'un anneler günü için yaptığı, tuzlu hamurdan küçük bir uçak, oyun hamurundan bir küllük; bunu Noel hediyesi olarak yapmıştı; nereden geldiği belirsiz denizkabuklarından bir kolye, Arthur'un bebekliğinde kullandıkları gümüş kaşık ve bebeklik patikleri. Tam Ali Baba'daki Kırk Haramilerin mağarası. Valizin üstünde, güzelce katlanıp bir süs iğnesiyle tutturulmuş bir mektup vardı. Lili, büyük harflerle ARTHUR yazmıştı üzerine. Arthur zarfı alıp açtı.

Arthurum,
İşte artık evindesin. Zamanla bütün yaralar kabuk bağlar, geriye birtakım izler kalsa bile. Bütün anılarımı; seninle olanları, senden öncekileri, henüz çocuk olduğun için sana anlatamadığım her şeyi bu valizin içinde bulacaksın. Anneni başka bir gözle yeniden keşfedecek, pek çok şey öğreneceksin; ben senin annendim; korkularım, kuşkularım, başarısızlıklarım, pişmanlıklarım ve zaferlerimle bir kadındım da. Sana bol bol öğüt verirken, ben de yanılgılara uğradım, hatta bu sık sık başıma geldi. Anne babalar, bir gün rollerinin bize kalacağını anlamadan, ömrümüz boyunca aşmaya çabaladığımız dağlardır.

Biliyor musun, hayatta çocuk yetiştirmekten daha karmaşık bir iş yok. Bütün ömrünü, doğru bildiklerini vermekle geçiriyorsun, bir yandan da sürekli yanılgıya düştüğünün farkındasın. Ama pek çok anne baba için, zaman zaman ellerinde olmadan bencilliğe kapılsalar da, var olan tek şey sevgidir. Yaşam da kutsal bir görev değildir. Bu küçük valizi kapattığım gün, seni hayal kırıklığına uğratmaktan korktum. Ben sana, ilkgençlik çağına ulaşıp beni yargılayacak kadar zaman bırakmadım. Bu mektubu kaç yaşında okuyacağını bilmiyorum. Seni otuz yaşında, belki biraz üstünde yakışıklı bir erkek olarak hayal ediyorum. Tanrım; bu yılları senin yanında geçirmeyi nasıl da isterdim. Sabahleyin gözlerini açtığında seni göremeyeceğimi, bana seslendiğinde sesini duyamayacağımı düşününce, bilsen içimde nasıl bir eksiklik hissediyorum... Bu düşünce, beni senden uzaklara sürükleyen acıdan daha fazla canımı yakıyor.

    Antoine'a hep âşıktım ama bu aşkı yaşamadım. Çünkü korktum, babandan korktum, onu incitmekten korktum, kurduklarımı yıkmaktan korktum, yanıldığımı kendime itiraf etmekten korktum. Kurulu düzenden korktum, yeniden başlamaktan, yürümemesinden, bütün bunların bir düş olmasından korktum. Aşkımı yaşamamak, bir kâbustu. Gece gündüz onu düşünüyor, ardından onu kendime yasaklıyordum. Baban öldükten sonra korku devam etti, aldatma korkusu; senin için korktum. Her şey koca bir yalandı. Antoine beni, bütün kadınların, hayatlarında bir kez olsun sevilmeyi düşledikleri kadar sevdi. Ve ben, görülmemiş bir korkaklıkla, onu karşılıksız bıraktım. Zayıflıklarımı hoş görüyor, bu üç kuruşluk melodramdan hoşlanıyordum; ömrümün olanca hızıyla geçtiğinin, benimse onun yanından geçtiğimin farkında değildim. Baban iyi bir adamdı ama Antoine benim gözümde eşsizdi; kimse bana onun gibi bakmazdı, kimse benimle onun gibi konuşmazdı; yanındayken başıma kötü bir şey gelmezdi; kendimi güvende hissediyordum. Bütün heveslerimi, bütün arzularımı anlar, onları gidermek için hiç durmadan didinirdi. Bütün yaşamı uyum, şefkat, vermeyi bilmek üzerine kuruluydu; bense varlık nedenimi savaşlarda buluyor, kendimden vermeyi, karşılık görmeyi bilmiyordum. Korkuyordum, kendimi bu mutluluğun olanaksız olduğuna, hayatın bu kadar tatlı olmadığına inanmaya zorluyordum. Bir gece onunla seviştik, sen beş yaşındaydın. Hamile kaldım, çocuğu içimde tutmadım, bunu ona asla söylemedim ama anladığına eminim. Benimle ilgili her şeyi tahmin ederdi.

    Bugün durum biraz daha iyi, belki de başıma gelenler yüzünden; ama kendimle barışık olsam, hastalık bu kadar ilerlemezdi, diye de düşündüğüm oluyor. Bütün bu yılları, yalanlarımın gölgesinde yaşadık; yaşama karşı ikiyüzlü davranmıştım, o da beni bağışlamadı. Daha şimdiden annen hakkında bildiklerin çoğaldı, bütün bunları sana söyleyip söylememekte kararsız kaldım, gene senin yargından korktum ama sana en kötü yalanın, insanın kendi kendine söylediği yalan olduğunu öğretmedim mi? Seninle paylaşmayı istediğim çok şey vardı ama zamanımız olmadı. Antoine, benim yüzümden, benim bilgisizliğim yüzünden seni yetiştirmedi. Hasta olduğumu öğrendiğimde, geriye dönmek için artık çok geçti. Sana bıraktığım bu çıfıt çarşısının içinde bir yığın şey bulacaksın; sana, bana, Antoine'a ait fotoğraflar, Antoine'ın mektupları; onları okuma, bana aitler; burada olmalarının nedeni, onlardan ayrılmaya gönlümün bir türlü elvermemesi. Babanın fotoğraflarının neden olmadığını soracak olursan; kendime karşı öfke duyduğum bir gece hepsini yaktım...

Elimden gelenin en iyisini yaptım aşkım; benim gibi bir kadının iyi yönleri ve kusurlarıyla yapabileceğinin en iyisini yaptım; ama bil ki sen benim bütün yaşamım, yaşama nedenimdin, başıma gelen en önemli, en güzel şeydin. Bir gün, çocuk sahibi olmanın verdiği eşsiz duyguyu tatman için dua ediyorum, pek çok şeyi anlayacaksın o zaman.

En büyük kıvancım, sonsuza dek annen olmaktır.

Seni seviyorum.

Lili

Arthur mektubu katlayıp yeniden valize koydu. Lauren onun ağladığını görünce, yanına yaklaşıp işaretparmağıyla gözyaşlarını sildi. Arthur şaşkınlıkla gözlerini kaldırdı ve duyduğu bütün acı, Lauren'ın bakışlarındaki şefkatle silindi. Lauren'ın parmağı yüzünü okşayarak çenesine doğru süzülmeye başladı. Arthur da eliyle yanağına dokundu, Lauren'ı ensesinden tutarak yüzünü yüzüne yaklaştırdı. Dudakları birbirine değecek gibi olduğunda, Lauren geri çekildi.

"Benim için bunları neden yapıyorsun, Arthur?"

"Çünkü sizi seviyorum ve bu sizi ilgilendirmez."

Lauren'ı elinden tutup evin dışına çıkardı.

"Nereye gidiyoruz?" diye sordu Lauren.

"Okyanus'a."

"Hayır, burada," dedi Lauren, "şimdi."

Arthur'un karşısına dikilip gömleğinin düğmelerini çözdü.

"Ama nasıl yapıyorsun bunu, sen hiç..."
"Soru sorma, bilmiyorum."

Gömleği Arthur'un omuzlarından sıyırıp elleriyle sırtını okşadı. Arthur ne yapacağını bilemiyordu, insan bir hayaleti nasıl soyardı? Lauren gülümseyerek gözlerini kapadı; ânında çıplak kalmıştı.

"Herhangi bir elbise modelini kafamdan geçirmemle onu üzerimde bulmam bir oluyordu, bundan ne kadar yararlandığımı bir bilsen..."

Evin saçaklığının altında, Arthur'a sıkıca sarıldı ve onu öptü.

Lauren'ın ruhu, erkek bedeninin içine sızdı, bir güneş tutulmasının büyüsüyle, bir kucaklaşma ânında Arthur'un bedenine girdi... Valiz açılmıştı.

12

Müfettiş Pilguez saat on birde hastaneye ulaştı. Güvenlik sorumlusu, sabah altıda nöbeti devralır devralmaz polisi aramıştı. Komadaki bir hasta hastaneden yok olmuştu; bir kaçırma olayı söz konusuydu.

Pilguez işe geldiğinde, masasının üstünde notu bulmuş, içinden, böyle olayların niye hep onu bulduğunu geçirerek omuz silktikten sonra, santrala gelen çağrıları yönlendiren Nathalia'nın yanına gidip kıyametleri koparmış, sövüp saymıştı.

"Sana ne yaptım ki, bir pazartesi sabahı bana böyle bir iş veriyorsun, güzelim?"

"Hafta başında daha iyi tıraş olabilirdin," diye yanıt vermişti kız, suçluluk dolu, kocaman bir gülümsemeyle.

"Çok ilginç bir cevap; umarım döner sandalyeni seviyorsundur; bana daha uzun süre onu terk edecekmişsin gibi gelmiyor da..."

"Sen bir sevecenlik anıtısın, George!"

"Evet, kesinlikle öyle ve işte bu, tepeme pisleyecek güvercinleri seçme şansını veriyor bana!"

Ve arkasını dönüp gitmişti. Kötü bir hafta başlıyordu; üstelik, iki gün önce biten başka bir kötü haftanın üstüne.

Pilguez'e göre, iyi bir hafta, polislerin yalnızca komşu kavgalarında ya da Medenî Kanun'un ihlali durumunda çağrılacakları günlerden oluşurdu. Asayiş'in varlığı başlı başına bir saçmalıktı; bu, kentte adam öldüren, ona buna tecavüz eden, hırsızlık yapan ve şimdi de hastanelerden komadaki insanları kaçıran sürüyle kaçık olduğu anlamına geliyordu. Bazen, meslekte geçirdiği otuz yılın sonunda görmediği şey kalmadığını düşünüyordu; ama insanoğlunun deliliğinin sınırları, her hafta genişliyordu.

"Nathalia," diye bağırdı odasından.

"Efendim, George," diye yanıtladı onu görev dağılımı sorumlusu. "Kötü bir hafta sonu mu geçirdin?"

"Bana aşağıdan benye alır mısın?"

Gözlerini emniyetin not defterine dikmiş, tükenmezkalemini ısırıp duran Nathalia, başıyla, hayır, dedi. "Nathalia!" diye haykırdı Pilguez bir kez daha. Nathalia, gece raporlarının verilerini, gereken yere kaydediyordu. Sayfa küçücük kutulara ayrılmıştı; üstelik alaylı bir edayla "üstüm" dediği Yedinci Bölüm'ün şefi manyağın tekiydi, bu yüzden Nathalia, mikroskobik harfler kullanarak yazıları çizgilerin dışına taşırmamaya çalışıyordu. Kafasını bile kaldırmadan Pilguez'e yanıt verdi: "Evet George, bu akşam emekliye ayrılacağını söyle bana." Pilguez bir sıçrayışta onun karşısına dikildi.

"Bu çok haince!"

"Kendine öfkeni çıkarabileceğin oyuncaklar alsana!"

"Hayır, öfkemi senden çıkaracağım, maaşının yüzde ellisini bunun için ödüyorlar sana."

"Benyelerini suratına yapıştıracağım, bunu biliyor musun, ördeğim benim?"

"Biz piliciz, ördek değil!"

"Sen hariç; sen uçmayı bile beceremeyen bir ördeksin, ördek gibi paytak paytak yürüyorsun. Haydi, git çalış, beni de rahat bırak."

"Çok güzelsin, Nathalia.

"Elbette ki öyle; keyfin ne kadar yerindeyse sen de o kadar güzel oluyorsun."

"Haydi, büyükanne yeleğini geçir üstüne, seni aşağıya kahve içmeye götüreceğim."

"Ya görev dağılımını kim yapacak?"

"Dur, kıpırdama; sana hemen göstereyim."

Pilguez arkasını dönüp hızlı adımlarla, odanın öbür tarafında dosyaları sınıflandırmakla uğraşan genç stajyere doğru yürüdü; onu kolundan kavrayıp girişteki büroya kadar geniş salonda sürükledi.

"İşte böyle dostum; şu kollu, döner sandalyeye iyice yapış; çünkü hanımefendi terfi ettiler: Artık kendilerinin, daha rahat bir koltukları var. Sandalyeyi döndürebilirsin; ama aynı yönde iki tam turdan fazlasına izin yok; çalınca telefonu açıyor, 'İyi günler, Emniyet Merkezi, Asayiş; dinliyorum efendim,' diyorsun; dinliyor, şu kâğıtlara not alıyor, biz gelinceye kadar çişe bile gitmiyorsun. Biri sana Nathalia'nın nerede olduğunu sorarsa ansızın kadınlık hallerinin tuttuğunu, onun da, eczaneye doğru koşturduğunu söylersin. Ne dersin; kapasiten yeter mi bunları yapmaya?"

"Sizinle kahve içmeye gitmemek için, tuvaletleri temizlemeye bile razıyım, Müfettiş!"

George karşılık vermeden, bu kez de Nathalia'yı kolundan yakalayıp merdivene sürükledi.

"Yeleğin, büyükannene kim bilir ne kadar yakışıyordu," dedi gülümseyerek.

"Seni emekliye ayırdıklarında, işyerinde ne biçim canım sıkılacak, George!"

Sokağın köşesinde, ellili yıllardan kalma, kırmızı neonlu bir dükkân tabelası, cızırdayıp duruyordu. "The Finzy Bar" sözcüğünün ışıklı harfleri, eski püskü meyhanenin camekânına soluk bir yansıma gönderiyordu. Finzy, görkemli günleri ardında bırakmıştı. Bu kullanılmayacak hale gelmiş mekândan geriye, yalnızca duvarları ve tavanı sararmış, pencere etekleri eski püskü tahtalarla kaplı, yerleri binlerce sarhoş ayağın, bir akşam vakti tanışanların adımlarının altında yıpranmış parkelerle döşeli bir iskelet kalmıştı. Karşısındaki kaldırımdan bakıldığında, Finzy bir Hooper tablosuna benziyordu. Pilguez ile Nathalia karşıya geçtiler; eski, ahşap tezgâhın karşısına yerleşip iki keyif kahvesi ısmarladılar.

"Hafta sonun bu kadar kötü mü geçti, benim koca ayıcığım?"

"Sorma güzelim, hafta sonunda canım nasıl sıkılıyor, bir bilsen! Deli danalar gibi dönüp duruyorum."

"Pazar günü seninle *branç* yapamadım diye mi yoksa?"

Pilguez başıyla, evet, dedi.

"Müzeye filan gitsene, dışarı çık biraz!"

"Müzeye gittiğimde, iki dakikada yankesicileri mimliyorum, ondan sonra da soluğu büroda alıyorum."

"Sinemaya git."

"Karanlıkta uyku bastırıyor.

"Öyleyse git dolaş!"

"Güzel; olabilir; en iyisi gezmeye çıkayım, böylece kaldırımlarda salak salak dolaşan bir herif gibi gözükmem. Ne yapıyorsun? Hiç, geziniyorum! Hafta sonundan söz ediyoruz. Yeni manitayla durum nasıl?"

"Muhteşem değil, ama idare ediyor."

"Erkeklerin hatası nedir, biliyor musun?" diye sordu George.

"Hayır, neymiş hataları?"

"Erkeklerin senin gibi bir kızla canları sıkılmamalı; on beş yaş genç olsam, balo listene yazılırdım!"

"Ama sen, sandığından on beş yaş gençsin, George."

"Bunu bir davet olarak kabul edebilir miyim?"

"Bunu bir iltifat olarak al, o kadarı da hiç fena sayılmaz. Haydi, ben çalışacağım, sen de hastaneye git; paniğe kapılmış gibiydiler."

George, Başhemşire Jarkowizski'yle görüştü. Kadın, doğru dürüst tıraş olmamış, yuvarlak hatlı, ama zarif görünüşlü adamı tepeden tırnağa süzdü.

"Korkunç bir şey," dedi. "Başımıza hiç böyle bir şey gelmemişti."

Aynı ses tonuyla, hastane kurulu başkanının şaşkına döndüğünü ve öğleden sonra onu görmek istediğini ekledi. O akşam, yöneticileri olaydan haberdar etmesi gerekiyordu. "Müfettiş, hastamızı bulacak mısınız?"

"Bütün olup bitenleri başından başlayarak anlatırsanız, belki."

Jarkowizski, kaçırılmanın büyük olasılıkla nöbet değişimi sırasında meydana geldiğini söyledi. Akşam hemşiresine henüz ulaşamamışlardı; ama gece hemşiresi, gece saat iki civarında kontrole çıktığında, hastanın yerinde olmadığını kesin bir dille belirtmişti. Kadın, hastanın öldüğünü, bir ölen olduğunda yatağını yirmi dört saat boş bırakmaya dayanan gelenek gereği, yatağına henüz başka hasta yatırılmadığını sanmıştı. Jarkowizski teftişe çıkar çıkmaz dramatik olayı fark etmiş ve alarm vermişti.

"Belki de komadan çıkmıştır; otelinden de bıkmışsa dolaşmaya gitmiştir; uzun zamandır yatıyorsa bunda haklı sayılır."

"Mizah duygunuzu çok beğendim, annesini de bundan mahrum bırakmamalısınız; kendisi şu anda servis şeflerimizden birinin odasında, her an buraya gelebilir."

"Evet, tabii," diye yanıtladı Pilguez gözlerini kaçırarak. "Olay bir kaçırmaysa kime ne fayda sağlar bu?"

"Bunun ne önemi var," diye yanıtladı hemşire kızgın bir sesle; sanki zaman kaybetmekle meşgullermiş gibi."

"Biliyorsunuz," dedi Pilguez gözlerini ona dikerek; "ne kadar tuhaf gözükürse gözüksün, suçların yüzde doksanının bir nedeni vardır. Yani, kuramsal olarak, insan sırf muzırlık olsun diye, bir pazar akşamı gelip hastaneden hasta kaçırmaz. Bu arada, onun başka bir servise nakledilmediğine emin misiniz?"

"Eminim; danışmada nakil belgeleri var; ambulansla götürülmüş."

"Şirket hangisi," diye sordu Pilguez kurşunkalemini çıkarırken.

"Şirket yok."

Kadın, sabah hastaneye geldiğinde, bir kaçırma olayı aklının köşesinden bile geçmiyordu. 505'te bir yatağın boşaldığını duyar duymaz, soluğu danışmada almıştı. "Benim haberim olmadan hasta nakledilmesini aklım almıyordu, ama bilirsiniz, günümüzde üstlere saygı mı kaldı; neyse; konumuz bu değil." Danışmadaki görevli belgeleri ona verir vermez, bir dolap döndüğünü "derhal anlamıştı". Bir kâğıt eksikti; mavi kâğıtta doldurulmamış yerler vardı. "O sersemin nasıl kandırıldığını çok merak ediyorum..." Pilguez, "sersemin" kim olduğunu öğrenmek istedi.

Adı Emmanuelle'di, bir önceki akşam girişte nöbetçiydi... "Buna izin veren o."

Başhemşire'nin sözleri George'u çoktan sersemletmişti; ayrıca kadın olay sırasında hastanede bulunmadığından, gece görev başında olan bütün personelin adını adresini aldıktan sonra selam verip yanından ayrıldı.

Arabadan Nathalia'ya telefon edip bütün bu insanlara, işe gitmeden önce Emniyet'e uğramalarını söylemesini istedi.

Gün sonunda herkesi dinlemişti; ve artık, pazarı pazartesiye bağlayan gece, laf aramızda epey sevimsiz biri olan gerçek bir doktordan yürüttüğü önlüğü giymiş sahte bir doktorun, yanında sahte nakil belgeleri olan bir ambulansçıyla hastaneye geldiğini biliyordu. İki sahtekâr, derin komadaki hasta Matmazel Lauren Kline'ı tereyağından kıl çeker gibi kaçırmışlardı. Stajyer doktorlardan birinin sonradan verdiği ifade, Pilguez'in raporunda değişiklikler yapmasına neden oldu. Sahte denilen doktor, gerçek bir doktor olabilirdi; stajyer doktorun yardımına koşmuş ve ona büyük yardımda bulunmuştu. Bu beklenmedik olaya tanık olan hemşire, direni koyarken gösterdiği rahatlığa bakarak, onun cerrah olduğu ya da en azından Acil Servis'te çalıştığı izlenimine kapıldığını söylüyordu. Pilguez sıradan bir hemşirenin diren koyup koyamayacağını sorduğunda, hemşirelerin bu işlerin eğitimini aldığı, ama ne olursa olsun, aldığı kararlara, stajyere verdiği bilgilere, hareketlerindeki ustalığa bakıldığında, adamın doktor olması olasılığının ağır bastığı yanıtını aldı.

"Olay hakkında elinde neler var?" diye sordu çıkmak üzere olan Nathalia.

"Durum pek iyi değil. Hastaneye gelip komadaki bir kadını kaçıran bir doktor. Profesyonel bir iş, sahte ambulans, hileli kâğıtlar."

"Ne düşünüyorsun?"

"Belki organ kaçakçılığı. Bedeni çalıp gizli bir laboratuvarda ameliyat ediyorlar, kendilerini ilgilendiren parçaları çıkarıyorlar; karaciğer, böbrek, yürek, ciğer; hepsini topluca, pek titiz olmayan, paraya da ihtiyacı olan kliniklere bir servet karşılığında satıyorlar."

Pilguez, Nathalia'dan, elle tutulur bir cerrahi servisi olan ve mali zorluk çeken bütün özel kurumların listesine ulaşmayı denemesini istedi.

"Saat akşamın sekiz buçuğu dostum, eve gitmeyi çok istiyorum; bu iş yarına kalsa olmaz mı; senin klinikler bu gece iflas etmezler, öyle değil mi?"

"Bak işte; ne kadar da değişken bir insansın; daha bu sabah beni balo listene yazıyordun; akşam olunca benimle harika bir gece geçirmeyi reddediyorsun. Sana ihtiyacım var Nathalia, bana yardım eder misin?"

"Sen dalavercinin tekisin George; bu sabah sesin başkaydı."

"Evet ama, artık akşam oldu, bana yardım edecek misin? Çıkar şu büyükanne yeleğini de bana yardıma gel."

"Görüyor musun, böyle şirin bir soruya kim karşı koyabilir? İyi bir gece geçir."

"Nathalia!"

"Efendim George!"

"Muhteşemsin!"

"George, yüreğimin kapıları kilitli."

"Gözüm o kadar yüksekte değil, hayatım!"

"Sen mi söylüyorsun bunu?"

"Hayır!"

"Ben de öyle düşünmüştüm."

"İyi; haydi, evine git, ben başımın çaresine bakarım."

Nathalia kapıya doğru yürürken arkasına döndü:

"Altından kalkabileceğine emin misin?"

"Elbette, sen git kedinle ilgilen!"

"Kedilere alerjim var."

"Öyleyse kal da bana yardım et."

"İyi geceler, George."

Nathalia, elini korkuluğun üzerinde kaydırarak merdivenden indi.

Gececiler, Emniyet'in alt katına doluşmaya başlamışlardı; Pilguez katta tek başına kalınca bilgisayarının ekranını açıp arama motoruna bağlandı. Klavyede, "klinik" sözcüğünü yazdı ve aramanın bitmesini beklerken bir sigara yaktı. Birkaç dakika sonra, yazıcı altmış kadar kâğıdı basmaya başlamıştı. Pilguez, asık suratla kâğıt yığınını toplayıp masasına koydu. "İşte bu kadar! Sefillik çekenleri belirlemek için de yapılacak tek şey, yüz kadar bölgesel bankayla ilişkiye geçip son on ay içinde onlardan kredi çeken özel kurumların listesini istemek." Yüksek sesle konuşmuştu; girişin karanlığından, Nathalia'nın soru soran sesi yükseldi:

"Neden son on ay?"

"Çünkü buna polis içgüdüsü derler. Neden geri döndün?"

"Çünkü buna kadın içgüdüsü derler."

"Çok kibar bir davranış."

"Her şey, beni sonra nereye yemeğe götüreceğine bağlı. İpucu yakaladın mı?"

İpucu, Pilguez'e göre fazlasıyla kolaydı. Nathalia'dan bölge karakollarının evrak kayıt bölümlerini arayıp kayıt defterlerinde, pazar akşamı bir ambulans hakkında tutulmuş bir rapora rastlanıp rastlanmadığını sormasını istedi. "Şans, her an kapıyı çalabilir," dedi. Nathalia telefon açtı. Hattın öbür ucundaki nöbetçi polis bilgisayara baktı, ama bu konu hakkında herhangi bir rapor tutulmamıştı. Nathalia araştırmayı bütün bölgeye yaymasını istedi, ama bilgisayar gene sessiz kaldı. Nöbetçi polis üzgündü, ama pazarı pazartesiye bağlayan gece, yasaya aykırı davranışta bulunan, herhangi bir kontrolden geçen bir yardım aracı olmamıştı. Nathalia, bu konu hakkındaki bütün yeni haberleri kendisine iletmesini istedikten sonra, telefonu kapattı.

"Üzgünüm, ellerinde hiçbir şey yok."

"Peki; o zaman seni yemeğe götüreyim, çünkü bankalar bu akşam bize hiçbir bilgi vermeyecekler."

Perry's'e gidip sokağa bakan salona oturdular.

George, dalgın dalgın camdan dışarıyı seyrediyor, bir taraftan da yarım kulakla Nathalia'yı dinliyordu.

"Birbirimizi ne kadar zamandır tanıyoruz, George?"

"Bunlar, asla sorulmaması gereken sorulardır, güzelim."

"Nedenmiş o?"

"İnsan sevince, hesap tutmaz!"

"Ne kadar oldu?"

"Bana hoşgörülü davranmana yetecek kadar uzun, bana katlanamamana neden olmayacak kadar kısa bir süre!"

"Hayır; çok daha fazla zaman oldu!"

"Kliniklerden iş çıkmadı. Sebepte ısrar ediyorum; insan kaçırmaktan ne çıkar sağlanabilir?"

"Anneyi gördün mü?"

"Hayır, yarın sabah göreceğim."

"Belki de o yapmıştır; hastaneye gitmek canına tak etmiştir."

"Saçmalama; anneler yapmaz, bu çok tehlikeli."

"Belki de artık bitmesini istiyordu, demek istiyorum. Her Allah'ın günü, gidip çocuğunu o halde görmek. Bazen her şeyin noktalanmasını, ölüm düşüncesini kabul etmeyi yeğliyordur insan."

"Bir annenin öz kızını öldürmek için böyle bir tezgâh kuracağını aklın alıyor mu?"

"Hayır, haklısın; deli işi bu."

"Nedeni anlayamazsak, işi çözemeyeceğiz."

"İpucu olarak elinde hâlâ klinikler var."

"Bunun içinden çıkılmaz bir durum olduğunu düşünüyorum; burnum koku almıyor."

"Neden böyle söylüyorsun? Bu akşam kalıp seninle çalışmamı istiyordun!"

"Benimle bu akşam yemeğe çıkmanı istiyordum! Çünkü durum fazlasıyla açık. Bunu bir daha asla yapamayacaklar, bölgedeki bütün hastaneler gözlerini dört açacaklar ve bir tek bedenin parası için bu riski almaya değmez bence; bir böbrek kaç para eder?"

"İki böbrek, bir karaciğer, bir dalak, bir yürek; hepsi yaklaşık yüz elli bin dolar eder."

"Kasaptakinden daha pahalı; vay canına!"

"İğrençsin."

"Bu da yerine oturmuyor; para sıkıntısı çeken bir klinik için yüz elli bin dolar devede kulak kalır. Burada hikâye para değil."

"Belki de bir kullanılabilirlik hikâyesidir."

Görüşünü açıkladı: Bazı insanlar için, organların işe yararlığı ve ücretin uygunluğu bir ölüm kalım meselesi olabilirdi. İhtiyaç duydukları böbrek veya karaciğeri zamanında edinemedikleri için ölenler vardı. Maddi durumu yerinde olan biri, çocuklarından birini ya da kendi canını kurtarabilmek uğruna, derin komada olan bir hastanın kaçırılması için para vermiş olabilirdi. Pilguez, bu görüşü karmaşık, ama inandırıcı buluyordu. Nathalia, kuramında karmaşık bir taraf göremiyordu; Pilguez'e öyle geliyordu. Böyle bir görüş, şüpheli yelpazesini oldukça genişletiyordu; artık bir suçlu aramak zorunda değildiler. Hayatta kalmak ya da çocuklarından birinin yaşamını kurtarmak için, pek çok insan, tıbben ölü kabul edilmiş birini ortadan kaldırmaya kalkışabilirdi. Olayın mimarı, eylemin amacını göz önüne alarak kendini cinayet suçundan aklayabilirdi.

"Sence, ne kadar klinik varsa gezip organ bağışı bekleyen, cebi dolu bir hasta mı aramalıyız?" diye sordu Nathalia.

"Umarım hayır, çünkü bu samanlıkta iğne aramak olur."

Tam o sırada Nathalia'nın cep telefonu çaldı; kadın, özür dileyerek cevap verdi; dikkatle dinledi, masa örtüsüne notlar aldı ve karşısındakine defalarca teşekkür etti.

"Kimdi?"

"Evrak kayıttaki nöbetçi, demin aradığım adam."

"Ne anlatıyor?"

Evrak memuru, gece devriyelerine mesaj geçmeyi akıl etmişti; deftere kaydedilmemiş olsa bile, şüpheli bir ambulansa rastlayan bir ekip olup olmadığından emin olmak için.

"Sonuç?"

"İyi bir fikirmiş bu; çünkü devriyelerden biri, dün akşam, Filbert, Union Sokak, Green Sokak bloklarında dönüp duran, Nuh nebiden kalma bir ambulansı durdurmuş, sonra da gizlice izlemiş."

"İyi kokular alıyorum. Ne demişler?"

"Ambulans şoförünü izlediklerini, adamın on yıllık dürüst ve onurlu bir meslek hayatından sonra emekliye ayrıldığını söylediğini, ambulansçının arabasına gönül bağıyla bağlı olduğunu, bu yüzden onu son kez garaja götürürken ayaklarının geri geri gittiğini düşünmüşler."

"Ambulansın modeli ne?"

"71 Ford."

Pilguez hızla akıldan hesapladı. Önceki akşam, on yıllık bir hizmet süresinden sonra ıskartaya çıkarılan Ford, 71 modelse, hizmete sokulmadan önce on altı yıl boyunca, üzerinde selofanıyla bekletilmiş demekti. Şoför, polisleri gargaraya getirmişti. Pilguez bir ipucu yakalamıştı.

"Daha güzel haberlerim de var," diye ekledi meslektaşı.

"Nedir o?"

"Ambulansı götürdüğü garaja kadar peşinden gitmişler. Ellerinde adres var."

"Biliyor musun Nathalia, iyi ki birlikte değiliz."

"Durup dururken nereden çıktı bu?"

"Çünkü o kadarına ibne şansı derler."

"Biliyor musun, George? Sen tam bir salaksın. Oraya hemen gitmek ister misin?"

"Hayır, yarın sabah gideceğim; garaj şimdi kapalıdır; üstelik arama iznim olmadan parmağımı bile kıpırdatamam. Hem oraya fazla göze batmadan gitmeyi yeğlerim. Derdim ambulansı değil, onu kullanan herifleri sıkıştırmak. Kuşları ürkütmektense, oraya turist gibi gitmek daha iyi."

Pilguez hesabı ödedi; ardından birlikte kaldırıma çıktılar. Ambulansın çevrildiği yer, yemek yedikleri yerdeki bir kavşaktaydı; George, belli bir görüntüyü ararcasına sokağın köşesine baktı.

"Ne isterdim, biliyor musun?" dedi Nathalia.

"Hayır, ama bana söyleyeceksin."

"Gelip benim evde uyumanı; bu akşam canım yalnız başıma uyumak istemiyor."

"Fazla diş fırçan var mı?"

"Senin diş fırçan var ya bende!"

"Sana takılmayı çok seviyorum, birlikte eğlendiğim tek insan sensin. Gel, gidelim, ben de bu akşam sende kalmak istiyordum. Bunu yapmayalı uzun zaman oldu."

"Geçen perşembeydi."

"Ben de bunu kastetmiştim."

Bir buçuk saat sonra ışığı kapattıklarında, George bu bilmeceyi çözeceğine kesinlikle emindi; tahminlerinin yüzde ellisi hep doğru çıkardı.

Salı günü verimli geçti. Madam Kline'la görüştükten sonra onun hakkındaki tüm kuşkuları silinmişti; kadına bizzat doktorların işi bitirmeyi önerdiklerini öğrenmişti. Yasalar, iki yıldan beri bu gibi durumlara göz yumuyordu. Madam Kline canla başla yardım etmeye çalışmıştı; kesinlikle altüst olmuş durumdaydı ve Pilguez dürüst insanları, yalnızca görünüşte acı çekenlerden ayırt etmeyi bilirdi. Madam Kline, böyle bir eylemi tezgâhlayabilecek birine hiç benzemiyordu. Pilguez garajda, suç aracını buldu. İçeri girdiğinde şaşırmıştı; yardım araçlarının onarımı üzerine uzmanlaşmış olan bu atölyede yalnızca elden geçirilmek isteyen arabalar vardı; içeride turist gibi dolaşmak olanaksızdı. Burada kırk tamir işçisi ve bir düzine kadar ustabaşı çalışıyordu. Sonuç olarak, elli kadar potansiyel şüpheli. Patron kuşkucu bir edayla müfettişin anlattıklarını dinlerken, suçu işleyenlerin neden arabayı ortadan kaldırmak yerine uslu uslu garaja geri getirdiklerini merak etmişti. Pilguez ona, arabanın çalınması durumunda polisin alarma geçeceği, böylece öteki olayla da bağlantı kurulacağı yanıtını verdi. Garajda çalışan işçilerden biri dümenin içindeydi ve "emanet"ten kimsenin haberdar olmayacağını ummuştu.

Geriye, bu işe bulaşan işçinin kim olduğunu bulmak kalıyordu. Müdüre bakılırsa öyle biri yoktu; kilitte zorlama izi gözükmüyordu; garaja geceleyin girebilmek için gereken anahtar da kimsede yoktu. Pilguez atölye şefine, "emanetçilerin" hangi sebeple böyle eski model bir araba seçmiş olabileceklerini sordu. Ona kalırsa bu, içeriden birinin "işe" yardaklık ettiğini kanıtlıyordu. Gün içinde birinin anahtarı çaktırmadan araklayıp bastırmasının mümkün olup olmadığı yolundaki sorusuna, müdür olumlu yanıt verdi: "Olabilir, öğlen saatinde; ana kapı kapatıldığı zaman." Bu durumda herkes zan altındaydı. Pilguez personelin dosyalarını istedi, yığının en tepesine de, son iki yıl içinde garajı terk etmiş olan işçilerinkileri koydu. Öğleden sonra saat iki sularında emniyete döndü. Nathalia öğlen yemeğinden henüz dönmemişti; Pilguez masasının üstüne koyduğu elli yedi kahverengi naylonu derinlemesine incelemeye girişti. Nathalia, saat üçe doğru yeni bir saç modeliyle geldi; iş arkadaşının alaylarını göğüslemeye hazırdı:

"Kes sesini George, aptalca bir şey söyleyeceksin," dedi içeri girerken, daha çantasını masasına koymadan."

Pilguez gözlerini kâğıtlardan kaldırarak onu tepeden tırnağa süzdü; yüzünde hafif bir gülümseme belirdi. Nathalia, ağzını açınasına bile izin vermeden yanına yaklaşıp tek bir söz bile etmemesi için işaretparmağını dudaklarına dayadı: "Saç modelimden çok daha fazla ilgini çekecek bir şey var; saçım hakkında hiçbir yorumda bulunmaman koşuluyla söyleyebilirim ancak; anlaştık mı?" Pilguez ağzında tıkaç varmış gibi davranarak, pazarlık koşullarını kabul ettiği anlamında bir homurtu koyverdi. Nathalia parmağını çekti.

"Ufaklığın annesi aradı, soruşturman için önemli bir

ayrıntıyı hatırlamış, onu aramanı istiyor. Şu anda evinde ve telefonunu bekliyor."

"İyi ama, saç modeline bayılıyorum ben, sana çok yakışıyor."

Nathalia gülümsedi, sonra masasına döndü. Madam Kline telefonda Pilguez'e, marinada rastlantı sonucu karşılaştığı, ötenazi hakkında nutuk çeken delikanlıyı anlattı.

Madam Kline, elini kestiği için gittiği Acil Servis'te Lauren'la tanışmış olan bu mimarla karşılaşmasını, ayrıntılarıyla aktardı. Adam, kızıyla sık sık yemeğe çıktığını ileri sürmüştü. Gerçi köpek delikanlıyı tanıyor gibi davranmıştı ama Madam Kline'a kalırsa, kızının ona bu adamdan hiç söz etmemiş olması olanaksızdı; hele de tanışıklıkları, delikanlının söylediği gibi, iki yıl öncesine dayanıyorsa. Bu son ayrıntı, soruşturmaya kesinlikle ışık tutacaktı. "İşe bak!" diye mırıldanmıştı polis tam bu anda. "Özet olarak," diye bağlamıştı sözü, "iki yıl önce elini kesip kızınıza tedavi olan ve rastlantı sonucu kısa bir karşılaşmada ötenaziye karşı olduğunu belirttiği için kuşku duymamız gerektiğini düşündüğünüz bir mimarı aramamı mı istiyorsunuz?" "Bu size önemli bir ipucu gibi gelmiyor mu?" diye sormuştu kadın. "Hayır, pek sayılmaz," diye karşılık veren Pilguez telefonu kapadı.

"Ne olmuş?" diye sordu Nathalia.

"Gene de, orta uzunluktaki saçların da hiç fena değildi.

"Tamam, boş yere sevinmişim..."

Pilguez yeniden dosyalarına gömüldü ama hiçbiri sır vermiyordu. Sinirlenerek telefona sarıldı, almacı kulağı ile omzunun arasına sıkıştırarak hastanenin santralını çevirdi. Santraldaki kız, dokuzuncu çalışta yanıt verdi.

"Eh, insan siz varken ölmese iyi olur!"

"Hayır, bunun için doğrudan morgu arıyorsunuz," yanıtını yapıştırdı danışma görevlisi.

Pilguez kendini tanıttıktan sonra, bilgisayar sisteminin Acil'e gelen hastaları, mesleklerine ve yaralarına göre araştırmaya uygun olup olmadığını sordu. "Bu hangi dönem hakkında araştırma yaptığınıza bağlı," diye yanıt verdi kız. Ardından, zaten tıp ahlakı gereği, hele de telefonla, böyle bir bilgi veremeyeceğini belirtti. Pilguez telefonu çat diye kızın suratına kapadı, yağmurluğunu sırtına geçirip kapıya yöneldi. Merdivenlerden hızla inerek otoparka çıktı ve koşar adım arabasına yöneldi. Sövüp sayarak kentin öbür ucuna kadar gitti; arabanın tepesindeki polis lambası dönüyor, siren hiç durmadan çalıyordu. On dakikaya kalmadan Memorial Hastanesi'ne ulaşarak danışmanın karşısına dikildi.

"Pazarı pazartesiye bağlayan gece hastanenizden çalınan, komalık genç bir kadını bulmamı istediniz; ya bana yardım edip beş para etmez doktor sırlarınızla canımı sıkmazsınız ya da ben bildiğim gibi yaparım."

"Sizin için ne yapabilirim?" diye sordu kapıda beliren Jarkowizski.

"Bilgisayarlarınızın, sizin kayıp şahıs tarafından tedavi edilmiş yaralı bir mimarı bulup bulamayacağını söyleyebilirsiniz."

"Ne kadarlık bir zaman aralığı içinde?"

"Yaklaşık iki yıllık."

Kadın bilgisayara eğilip birkaç tuşa bastı.

"Girişlere bakarak mimarı arayacağız," dedi. "Birkaç dakikamızı alır."

"Bekliyorum."

Ekran altı dakika sonra hükmünü bildirdi. Son iki yıl içinde, benzer bir lezyon nedeniyle tedavi edilmiş bir mimar yoktu.

"Emin misiniz?"

Kadın emindi, sigortalar ve iş kazaları hakkındaki istatistikler yüzünden "meslek" bölümü zorunlu olarak dolduruluyordu. Pilguez teşekkür edip hemen emniyete döndü. Yolda giderken, bu hikâyeden tedirginlik duymaya başlamıştı. Soruşturmasıyla ilgili olaylar zincirinin ilk halkasını eline geçirdiğini hissettiği anda, göz açıp kapayana dek olanca dikkatini üzerine çeken, ona bütün öteki ipuçlarını unutturan bir tedirginlikti bu. Cep telefonundan Nathalia'yı aradı.

"Ambulansın görüldüğü bloklarda oturan mimar olup olmadığına bak. Hatta bekliyorum."

"Union, Filbert ve Green blokları mıydı?"

"Bir de Webster; ama bitişikteki iki sokağı da araştır."

"Seni ararım," dedi Nathalia ve telefonu kapattı.

Arama sonucunda üç mimarlık bürosu, ayrıca bir mimarın yaşadığı bir ev bulmuşlardı; ev, ilk araştırılan bölgedeydi. Bürolardan biri yan sokaktaydı, öteki ikisi iki sokak ötede. Pilguez işyerine döner dönmez üç büroyu arayıp çalışanların sayısını öğrendi. Toplam yirmi yedi kişi. Özetle, saat on sekiz otuz dolaylarında, artık elinde yaklaşık seksen şüpheli vardı; içlerinden biri belki kendisi ya da yakınlarından biri için organ bekliyordu. Birkaç saniye düşündükten sonra, Nathalia'ya döndü.

"Bugünlerde fazladan bir stajyerimiz var mı?"

"Bizim asla fazla personelimiz olmaz ki! Yoksa eve mantıklı saatlerde döner, böyle kız kuruları gibi yaşamazdım."

"Kendine kötülük ediyorsun, hayatım; benim için o bölgede oturan adamın evinin önüne bir stajyer dik; eve girerken bir fotoğrafını çekmeyi denesin."

Ertesi gün Pilguez stajyerin eli boş döndüğünü öğrendi; adam evine dönmemişti.

"Bingo," demişti Pilguez, genç stajyer müfettişe; "bu akşam o herifle ilgili her tür bilgiyi önüme yığıyorsun; kaç yaşında, ibne mi değil mi, uyuşturucu kullanıyor mu, köpeği, kedisi, papağanı var mı, şu anda nerede, ne okumuş, askere gitmiş mi, ne gibi tuhaf alışkanlıkları var? İstersen orduyu ara, istersen FBI'yı; umurumda bile değil; ama her şeyi öğrenmek istiyorum."

"Ben ibneyim, Müfettiş," diye yanıt vermişti genç stajyer gururlu bir edayla; "ama bu, benden istediğiniz işi yapmama engel değil."

Müfettiş günün geri kalanını, asık suratla elindeki ipuçlarını birleştirmeye çalışarak geçirdi; ama hiçbir umut ışığı yoktu. Ambulans şans eseri belirlenmişti ama, garaj personelinin dosyalarında şüphe uyandıran hiçbir şey göze çarpmıyordu; bu da bir sürü konuyu aydınlatmak, bir yığın insanı sorguya çekmek anlamına geliyordu. Sadece kaçırma olayının olduğu gece, ambulansın çevresinde dönüp durduğu bloklarda oturuyor ya da çalışıyorlar diye, altmıştan fazla mimarın sorgulanması gerekecekti.

Belki de içlerinden biri, kurbanın köpeğini okşadığı ve ötenaziye karşı olduğunu dile getirdiği için şüpheli durumuna düşecekti; Pilguez'in kendi kendine itiraf ettiği gibi, bunlar da tam olarak bir kaçırma nedeni sayılmazdı. Kendi sözleriyle aktarmak gerekirse, "baştan sona boktan bir soruşturma"ydı bu.

Çarşamba sabahı, güneş, incecik bir sis perdesinin ardından Carmel'in üzerinde yükseldi. Lauren erken kalkmıştı. Arthur'u uyandırmamak için odadan çıkmış, ona bir kahvaltı olsun hazırlayamadığı için, kendi kendine hayıflanıp duruyordu. Gene de, iyice düşününce bu yanılgılar karmaşasında, Arthur'un ona dokunabilmesine, onu hissedebilmesine, sapına kadar yaşayan bir kadınmış gibi sevebilmesine şükretti. Asla anlayamadığı ve artık anlamaya çalışmayacağı olaylar birbirini izliyordu. Bir keresinde babasının ona söyledikleri aklına geldi:

"Olanaksız diye bir şey yoktur; yalnızca aklımızın sınırları, bazı şeyleri anlaşılmaz olarak tanımlar. Yeni bir düşünce biçimini kabul etmek için, çoğunlukla pek çok denklemi çözmek gerekir. Bu, zamanla ve beynimizin sınırlarıyla ilgili bir sorundur. Kalp naklinin, üç yüz elli tonluk bir uçağın uçurulmasının, Ay'da yürünmesinin temelinde, herhalde çok fazla çaba, ama özellikle hayal gücü olmalı. Buna dayanarak, o çokbilmiş bilim adamlarımız, beyin naklinin, ışık hızında hareket etmenin, insan klonlamanın olanaksız olduğunu söylediklerinde, kendi kendime, kendi sınırları hakkında, her şeyin mümkün olduğunu, tek sorunun zaman, bir şeyin nasıl mümkün olacağını anlamaya yetecek

kadar zaman olduğunu hayal edebilmek konusunda hiçbir şey öğrenmemiş olduklarını düşünüyorum."

Yaşadığı, görüp geçirdiği her şey mantıksız, anlatılamaz, bilimsel eğitimini temelinden sarsan türdendi, ama gerçekti. Ve iki gündür, yaşarken, bedeniyle ruhu birlikteyken bile bilmediği heyecanları ve duyumları hissederek, bir erkekle sevişiyordu. Ufkun üstüne yükselen o dev ateş topunu seyrederken onun için en önemli olan, bunun sürmesiydi.

Arthur da arkasından kalkıp yatakta onu aradı; ardından üzerine bir bornoz geçirip kapının önüne çıktı. Karmakarışık olan saçlarını parmaklarıyla tarayarak düzeltmeye çalıştı. Kayalıkların üstünde Lauren'a yetişerek geldiğini sezdirmeden ona sarılıverdi.

"Çok etkileyici," dedi.

"Biliyor musun; düşünüyorum da, madem geleceği göremiyoruz, o halde eski defterleri kapatıp bugünü yaşayabiliriz. Kahve ister misin?"

"Sanırım bu bir zorunluluk. Hem sonra, kayalığın ucunda yüzen denizayılarını görmeye götüreceğim seni."

"Gerçek denizayılarından mı söz ediyorsun?"

"Ayrıca foklar, pelikanlar ve... daha önce buraya kadar gelmemiş miydin hiç?"

"Bir kez denedim, ama başaramadım."

"Başarı görecelidir; olaylara ne taraftan baktığına bağlı. Hem sonra, hani eski defterleri kapayıp bugünü yaşayacaktık?"

Aynı çarşamba günü, stajyer polis, hazırladığı kalın dosyayı güm diye Pilguez'in masasına bıraktı.

"Sonuç?" diye sordu Pilguez dosyaya bakmadan.

"Hem hayal kırıklığına uğrayacak hem de çok sevineceksiniz."

Öfke sınırlarını zorlayan sabırsızlığını göstermek için, Pilguez kravatının düğümüne hafif hafif vurdu: "Bir-ki, bir-ki; tamamdır dostum, mikrofonum çalışıyor, seni dinliyorum!" Stajyer, notlarını okudu: Mimarın kesinlikle şüpheli bir tarafı yoktu. Sıradan insan örneğiydi; uyuşturucu kullanmıyor, komşularıyla iyi geçiniyordu; sabıkası da yoktu elbette. California'da okumuş, bir süre Avrupa'da kaldıktan sonra ülkeye geri dönüp doğduğu kente yerleşmişti. Hiçbir siyasal partinin ya da tarikatın üyesi, hiçbir davanın yandaşı değildi. Vergilerini, cezalarını ödüyordu; üstelik sarhoş dolaşmaktan ya da hız sınırını aşmaktan bile olsa, gözaltına alınmışlığı yoktu. "Özetle, sıkıcı herifin teki."

"Beni çok sevindirecek olan ne?"

"İbne bile değil!"

"Tanrım; kes şunu; ibnelerle hiçbir alıp veremediğim yok! Raporunda başka ne var?"

"Eski adresi, bir fotoğrafı; biraz eski; trafik kayıt servisinden aldım, dört yıllık; bu yılın sonunda ehliyetini yenilemesi gerekiyor; *Architectural Digest*'te yayımlanmış bir makalesi, diplomalarının fotokopileri, banka hesapları ve sahip olduğu mülkler."

"Bunları elde etmeyi nasıl becerdin?"

"Vergi dairesinde çalışan bir arkadaşım var. Sizin mimar öksüz; Monterey Koyu'nda, annesinden kalma evi var."

"Sence oraya, tatil için mi gitti?"

"Şu anda orada; zaten sizi heyecanlandırabilecek tek şey, o kulübe."

"Neden?"

"Çünkü o evin telefonu yok; ıssız bir ev için bu bana biraz tuhaf geldi; telefon kesileli on yıldan fazla olmuş ve asla yeniden bağlanmamış. Buna karşılık, mimar geçen cuma elektriği de, suyu da açtırmış. Çok uzun zamandan beri, ilk kez geçen hafta sonunda, o eve gitmiş. Ama bu bir suç değil."

"Eh, görüyorsun işte; bu son haber hoşuma gitti!"

"Demek öyle!"

"İyi iş çıkardın; kafan hep böyle ters işliyorsa kesin iyi bir polis olacaksın."

"Söyleyen siz olduğunuzdan, bunu bir iltifat olarak kabul etmeliyim."

"Öyle yapabilirsin," diye söze karıştı Nathalia.

"Fotoğrafı alıp anne Kline'a git ve bu mimarın, marinadaki, ötenaziden hoşlanmayan adam olup olmadığını sor; Madam Kline teşhis edebilirse önemli bir ipucu yakaladık demektir."

Stajyer emniyeti terk etti, George Pilguez de Arthur'un dosyasına gömüldü. Perşembe sabahı verimli geçti. Erken saatlerde, stajyer, Madam Kline'ın fotoğraftaki kişiyi kesin olarak teşhis ettiğini haber verdi. Ama asıl haber Pilguez tam Nathalia'yı yemeğe götürecekken ortaya çıkıverdi; aslında bu, uzun zamandır müfettişin gözünün önündeydi, ama o, bir türlü bağlantıyı kuramamıştı. Kaçırılan genç kadının adresi ile, genç mimarınki aynıydı. Bunca işaret varken, mimarın olayın dışında olduğu düşünülemezdi.

"Mutlu olmalısın; soruşturman ilerleyecek gibi mi? Ne bu surat?" diye sordu Nathalia diyet kolasını yudumlayarak.

"Nedenini çözemiyorum. O adam dengesiz birine benzemiyor. Sırf arkadaşlarını eğlendirmek için, durup dururken hastaneden komalık hasta çalmazsın. Bunun için, gerçek bir nedenin olmalı. Hem hastanedekilerin söylediklerine bakılırsa, o diğreni koymak için epey deneyimli olmak gerekirmiş."

"Diğren değil, diren. Acaba kızın sevgilisi miydi?"

Madame Kline kesin bir dille böyle bir şey olmadığını söylemişti. Kızı ile o adamın birbirlerini tanımadıklarından, hemen hemen kesinlikle emindi.

"Sakın evden dolayı bir bağlantı olmasın," diye ekledi Nathalia.

"O da değil," dedi Müfettiş; adam orada kiracıydı ve emlakçıya bakılırsa, o evi tamamen rastlantı sonucu tutmuştu. Filbert'teki başka bir ev için anlaşmak üzereyken, emlakçıda çalışanlardan acar biri, "kısa süre önce portföylerine eklenmiş olan" bu evi ona mutlaka göstermek istemiş... tam imzayı atmadan önce. "Bilirsin; doğru yatırımlar yaparak müşterilerinde güven uyandırmak isteyen, biraz züppe satıcılardan."

"Yani evin seçilişinin özel bir nedeni yok."

"Hayır, yalnızca bir rastlantı söz konusu."

"Bu durumda, gerçekten o mu?"

"Hayır, kesin konuşamayız," dedi Müfettiş kısaca; ayrı ayrı ele alındıklarında, ellerindeki bilgilerin hiçbiri, adamın işin içinde olduğunu kanıtlamıyordu. Ama bulmacanın parçalarının dizilişi, insanın kafasını karıştırıyordu. Bütün bunlar bir yana, ortada bir neden olmadığı sürece, Pilguez'in eli kolu bağlıydı. "Birkaç ay önce, bu hafta başında kaçırılan bir kadının evini kiraladı diye, insanları suçlayamayız. Sonuç olarak, sözümü dinleyecek bir savcı bulmakta zorlanacağım." Nathalia adamı sorguya çekip "lamba altında öttürmesini" önerdi. Yaşlı polis sırıttı.

"Soruşturmanın nasıl başlayacağını gözümün önüne getirebiliyorum. Beyefendi, pazarı pazartesiye bağlayan gece kaçırılmış olan genç bir kadının evini tuttunuz. Kaçırma olayından bir önceki cuma, yazlığınızın suyunu ve elektriğini açtırdınız. Neden? Ve tam bu anda, herif dimdik gözünün içine bakıp soruyu doğru anladığından emin olmadığını söylüyor. Artık sana, elindeki tek ipucunun kendisi olduğunu ve onun bu suçu işlemiş olmasının seni çok rahatlatacağını açık açık söylemek kalıyor."

"İki gün izin al ve adamı gözetle!"

"Savcılık talebi olmadan, toplayacağım hiçbir bilgi dikkate alınmaz."

"Kadının bedenini geri getirirsen ve hâlâ yaşıyor olursa başka!"

"Sence o mu yaptı?"

"Önsezilerine inanıyorum, işaretlere inanıyorum ve sanırım, elinde bir suçlu olduğu halde, henüz onu nasıl kafesleyeceğini bilmezken böyle surat asıyorsun. George, en önemlisi kızı bulmak; komada bile olsa, o bir rehine; hesabı öde, sonra da o eve git!"

Pilguez kalktı, Nathalia'nın alnına bir öpücük kondurdu, masanın üzerine iki banknot bıraktı ve hızlı adımlarla sokağa çıktı.

Üç saatlik Carmel Yolu boyunca, hiç durmadan bir neden aradı; ardından, avına ürkütmeden, dikkatini uyandırmadan nasıl yaklaşacağını düşündü.

13

Ev yavaş yavaş yeniden canlanıyordu. Çocukların çizgilerin dışına taşırmamaya çalışarak boyadıkları resimlerdeki gibi, Arthur ve Lauren her odaya girip panjurları açıyor, örtüleri kaldırıp mobilyaları cilalıyor, tozlarını alıyor, dolapları birer birer açıyorlardı. Ve evin ufak tefek anıları, yavaş yavaş bugünün saniyelerine dönüşüyorlardı. Yaşam yeniden kuruluyordu. O perşembe hava kapalıydı; okyanus, bahçenin altında karşısına dikilerek ilerlemesine engel olan kayaları paramparça etmek ister gibiydi. Gün sonunda Lauren verandanın altına kurulup gösteriyi izlemeye koyuldu. Rengi griye dönmüş olan su, diken yumaklarıyla karışmış yosun yığınlarını sürüklüyordu. Gökyüzü önce menekşe rengine bürünmüş, sonra kararmıştı. Lauren mutluydu; doğanın öfkesini kusmaya karar verdiği zamanları seviyordu. Arthur küçük salonu, kitaplığı ve annesinin çalışma odasını sonunda düzene sokmuştu. Ertesi gün, üst kattaki üç odayı düzeltmeye girişeceklerdi.

Arthur cepheyi kaplayan büyük camın kenarındaki yastıklara oturup Lauren'a baktı.

"Öğlen yemeğinden beri tam dokuz kez elbise değiştirdiğinin farkında mısın?"

"Biliyorum; senin aldığın dergi yüzünden oluyor bu; bir türlü karar veremiyorum, bütün elbiseler çok güzel geliyor."

"Alışveriş yöntemin, dünyadaki bütün kadınların aklını başından alır."
"Dur bakalım; derginin içindeki ilanı görmedin!"
"Ne yazıyor ilanda?"
"Hiçbir şey yazmıyor; yalnızca özel bir kadın çamaşırı var."

Arthur, bir erkeğe sunulabilecek en şehvetli defileyi seyretti. Daha sonra, sevişmenin ardından gelen o yumuşaklıkla, beden ve ruh yatışmış olarak, karanlıkta birbirlerine sokulup okyanusu seyrettiler. Sonunda, kayalara vuran dalgaların sesini dinleyerek, uykuya daldılar.

Pilguez, gece çökerken Carmel Valley Inn Oteli'ne yerleşti. Resepsiyoncu, denize bakan büyük bir odanın anahtarlarını eline tutuşturdu. Oda, koya yukarıdan bakan parkın tepesindeki bir bungalovun içindeydi; Pilguez, odaya varmak için yeniden arabaya binmek zorunda kaldı. İlk şimşekler çaktığında, daha çantasını boşaltamamıştı; birden, yalnızca üç buçuk saat uzaklıkta yaşadığı halde, gelip bu sahneyi görmek için, o güne dek hiç zaman ayırmamış olduğunu anlayıverdi. Bu farklı dakikada Nathalia'yı aramak geldi içinden; bu ânı yalnız başına yaşamamak, onunla paylaşmak için; telefonu eline alıp soluğunu koyverdi; sonra, numarayı çevirmeden almacı yerine bıraktı.

Odaya yemek istedi; bir film bulup karşısına yerleşti; derken, saat daha on olmadan, uykuya yenik düştü.

Güneş günün ilk saatlerinde, bütün bulutları korkutacak, arkalarına bile bakmadan gitmelerini sağlayacak kadar ışık saçabilmişti. Evin çevresinde nemli bir şafak sökuyordu. Arthur uyandığında, verandada uzanmış yatarken buldu kendini. Lauren, mışıl mışıl uyuyordu. Uyumak onun için yeni bir şeydi. Aylar boyunca uyumamıştı; bu yüzden de günler bitmek bilmemişti. George bahçenin tepesine, kapıyı çevreleyen çalılığın arkasına gizlenmiş, elinde uzun menzilli bir dürbünle bahçeyi gözetliyordu; dürbün, yirmi yıllık emeğinin karşılığı olarak armağan edilmişti ona. Saat on bire doğru, Arthur'un parkın tepesine, kendisine doğru geldiğini gördü. Şüpheli şahıs, gül bahçesinin sağından sapıp garaj kapısını açtı.

Arthur içeriye girdiğinde, toz toprak içindeki bir örtüyle burun buruna geldi. Örtüyü kaldırınca, 1961 model bir Ford steyşın ortaya çıktı. Kılıfın altında, koleksiyonluk bir araba gibi duruyordu. Arthur, Antoine'ın tuhaf alışkanlıklarını düşünerek gülümsedi. Arabanın çevresinde dolaşıp sol arka kapıyı açtı. Burun delikleri, deri kokusuyla doldu. Arka koltuğa yayılıp önce kapıyı kapattı, ardından gözlerini; bir kış akşamı, Union Meydanı'nda Macy's'in önünde olanları hatırladı. Yağmurluklu adam gözünün önüne geldi; az kalsın lazer tabancasıyla vuracakken, annesinin safça sevecenliği sayesinde son anda kurtulan adam: Lili, kendini silahın önüne atmıştı. Çakmak biçimindeki atom parçalayıcısı, hâlâ dolu olmalıydı. 1965 yılında, elektrikli treniyle kalorifer borularına sıkışıp kalan Noel Baba'yı düşündü bir an.

Kulağına çalışan motorun homurtusu geliyordu; pencereyi açıp kafasını uzattığında, saçlarının, anılarına doğru esen rüzgârla havalandığını hissetti; kolunu bükerek elini bir uçak gibi dışarı uzattı; sağa sola oynattıkça, uçağın kimi zaman garajın çatısına doğru yükseldiğini, kimi zaman pike uçuşuna geçtiğini hissediyordu.

Gözlerini yeniden açtığında, direksiyona yapıştırılmış kısa bir not gördü.

"Arthur, *arabayı yürütmek istersen, aküyü doldurmak için gerekli şarj aleti sağdaki rafta duruyor. Kontağı açmadan önce, benzinin gelmesi için gaza iki kez bas. Araba anahtarı çevirir çevirmez hareket ederse şaşırma; ne de olsa 1961 Ford. Tekerlekleri şişirecek olursan kompresör, kutusunun içinde, şarj aletinin altında. Seni öpüyorum. Antoine.*"

Arthur, arabadan inip kapıyı kapattı; sonra, rafa yöneldi. Garajın bir köşesinde duran kayığı da o zaman gördü. Kayığın yanına gidip parmaklarının ucuyla okşadı. Tahta sıranın altında bir olta buldu; kendi oltasıydı bu; bir mantar makaranın çevresine dolanmış, ucunda paslanmış bir olta iğnesi olan, yeşil misina. Heyecandan dizlerinin bağı çözüldü. Sonra yeniden ayaklanıp şarj aletini aldı, ihtiyar Ford'un kaputunu açarak aküyü şarj etmek üzere soketleri yerine taktı. Sürgülü kapıları ardına kadar açık bırakarak garajdan uzaklaştı.

George defterini açmış, birtakım notlar alıyordu. Şüpheli şahıstan hiç gözlerini ayırmıyordu. Adamın çardağın altına oturuşunu, yemek yiyişini ve sofrayı toplayışını seyretti. Arthur iç avludaki minderlerde pineklemeye çekilince, o da bir sandviç molası verdi. Yeniden garaja gitmeye kalktığında Arthur'u izledi; önce kompresörün, sonra daha net olarak, iki öksürükten sonra çalışan V6'nın sesi kulağına doldu. Sundurmanın yanına kadar gelen arabayı gözleriyle selamladıktan sonra, gözetlemeye ara vermeye karar vererek, bu tuhaf adam hakkında biraz bilgi toplamak üzere köye indi. Akşam sekize doğru odasına dönüp Nathalia'ya telefon etti.

"Ne var ne yok?" diye sordu Nathalia; "nasıl gidiyor?"

"Hiç iyi gitmiyor. Anormal hiçbir şey yok. Yani hemen hemen. Adam yalnız; bütün gün bir yığın iş yapıyor, mobilya tamir ediyor ya da cilalıyor, öğlenleri ve akşamları yemek molası veriyor. Esnafı sorguya çektim. Ev, yıllar önce ölmüş olan annesine aitmiş. Bahçıvan ise, ölene kadar kulübede yaşamış. Görüyorsun ya, pek bir ilerleme yok. Keyfi çektiği zaman, annesinin evini yeniden açma hakkına sahip.

"Niye 'hemen hemen' dedin o zaman?"

"Çünkü tuhaf alışkanlıkları var, kendi kendine konuşuyor, masada iki kişi varmış gibi davranıyor, bazen denize baka baka, on dakika boyunca kolunu havada tutuyor. Dün akşam, iç avluda kendi kendine sarıldı."

"O nasıl oluyor?"

"Bir kadınla çılgınca öpüşüyormuş gibiydi; tek sorun, tek başına olması!"

"Belki de, anılarını kendi tarzında yeniden yaşıyordur..."

"Suçlu adayımda, çok fazla 'belki' var!"

"Bu ipucuna hâlâ güveniyor musun?"

"Bilmiyorum güzelim; ama her koşulda, davranışlarında bir tuhaflık var."

"Nedir o?"

"Suçlu olamayacak kadar sakin."

"Yani, hâlâ inanıyorsun suçlu olduğuna."

"Kendime iki gün daha tanıyorum, sonra geri döneceğim. Yarın, şüphelinin inine bir baskın düzenleyeceğim."

"Kendine dikkat et!"

Pilguez, dalgın bir edayla, telefonu kapadı.

Arthur, parmak uçlarıyla, uzun piyanonun klavyesini okşuyordu. Aletin eski armonisinden eser kalmamış olmasına karşın, akordu iyice bozulmuş birkaç notayı es geçerek de olsa, Werther'in *Le clair de it lune*'unu yeniden çalmaya koyulmuştu. Lili'nin en sevdiği parçaydı bu. Çalarken, bir yandan da Lauren'la konuşuyordu; Lauren, en sevdiği biçimde pencere kenarına oturmuştu: Bir bacağını öne uzatmış, ötekini altına almış, sırtını duvara vermişti.

"Yarın öteberi almak için kente ineceğim; gitmeden önce kapıyı kilitleyeceğim. Ev neredeyse tamtakır."

"Arthur, ne zamana kadar bütün yaşamını bir kenara atmayı sürdüreceksin?"

"Bu konuyu şimdi tartışmaya mecbur muyuz?"

"Belki de yıllar boyunca bu halde kalacağım ve senin nasıl bir işin içine girdiğini gerçekten anlayıp anlamadığını merak ediyorum. Bir işin, arkadaşların, sorumlulukların, bir dünyan var."

"Benim dünyam ne ki? Bütün köyler benim. Benim dünyam filan yok Lauren; buraya geleli daha bir hafta bile olmadı ve iki yıldır tatil yapmadım; bana biraz zaman tanı."

Lauren'ı uyutmak istercesine, kucağına aldı.

"Hayır, senin bir dünyan var. Her birimiz bir evrene sahibiz. İki varlığın birlikte yaşaması için, birbirlerini sevmeleri yetmez; birbirlerine uygun olmaları, doğru zamanda karşılaşmaları gerekir. Bizim durumumuzda ise pek öyle değil."

"Seni sevdiğimi söylemiş miydim?" diye sordu Arthur çekingen bir havayla.

"Aşkına dair kanıtlar ortaya koydun," dedi Lauren; "böylesi çok daha iyi."

Lauren rastlantılara inanmazdı. Neden Arthur, dünya yüzünde konuşabildiği, iletişim kurabildiği tek kişiydi? Neden bu kadar iyi anlaşıyorlardı, neden Lauren, Arthur'un, onun hakkındaki her şeyi kestirebildiğini hissediyordu?

"Neden benden bu kadar az şey alırken bana her şeyini veriyorsun?"

"Çünkü hızla, bir anda buradasın, varsın, çünkü seninle geçen her an ömre bedel. Dün bitti, yarın henüz yok; önemli olan bugün, şimdi."

Lauren'ın ölmesini engellemek için, elinden geleni yapmaktan başka çaresi olmadığını da ekledi...

Ama Lauren, tam da "henüz yok" olandan korkuyordu. Arthur, onu rahatlatmak için, bir sonraki günün, onun isteğine göre biçimleneceğini söyledi. Kendinden vereceklerine ve başkalarından almayı kabul edeceklerine göre yaşayacaktı. "Yarın, herkes için bir gizem ve bu gizem insanda heves ve gülme isteği uyandırmalı; korku ve ret değil." Lauren'ın gözkapağına bir öpücük kondurdu; elini avucunun içine alıp sırtına sarıldı. Gecenin koyu karanlığı üzerlerine çöktü.

Arthur parkın tepesindeki toz bulutlarını fark ettiğinde, ihtiyar Ford'un arka bagajını düzenlemeye çalışıyordu. Pilguez, bozuk yoldan aşağı iniyordu; arabasını sundurmanın önünde durdurdu. Selam verirken, Arthur'un eli kolu doluydu.

"İyi günler, sizin için ne yapabilirim?" diye sordu Arthur.

"Monterey'den geliyorum; emlakçı bu ev için boş demişti; buralarda satılık bir yer arıyorum; bu yüzden görmeye gelmiştim; ama anlaşılan ev satılmış; geç kaldım."

Arthur evin ne satın alındığını ne de zaten satılık olduğunu söyledi; burası annesinin eviydi, kendisi de kısa bir süre önce evi yeniden kullanmaya başlamıştı. Sıcaktan bayılacak hale geldiğinden, Pilguez'e bir limonata ikram etmek istedi, ama yaşlı polis öneriyi geri çevirdi, Arthur'u tutmak istemiyordu. Arthur ısrarla verandaya oturmaya davet etti onu; beş dakika içinde gelecekti. Ford'un bagaj kapağını kapayıp içeri girdi; az sonra, iki bardak ve büyük bir şişe limonata koyduğu tepsiyle geri döndü.

"Güzel bir ev," dedi Pilguez, "bölgede bunun gibisi pek yoktur herhalde?"

"Bilmiyorum, yıllardan beri buraya gelmiyordum."

"Birdenbire geri dönmenize ne sebep oldu?"

"Sanırım artık zamanı gelmişti; ben burada büyüdüm ve annem öldüğünden beri, buraya geri dönecek gücü asla bulamamıştım ve birden, kendiliğinden oluverdi."

"Hiçbir özel neden yokken mi?"

Arthur rahatsızlık duyuyordu; bu yabancı adam ona fazlasıyla özel sorular soruyordu; sanki bilip de açığa vurmak istemediği bir şeyler varmış gibiydi. Bu işte bir bit yeniği olduğunu sezdi. Lauren'la bir ilgisi olabileceği aklına gelmedi; daha çok, müstakbel kurbanlarıyla ilişki kurmaya çalışan müteahhitlerden birine çattığını düşündü.

"Ne olursa olsun," diye bağladı sözünü, "evden asla ayrılmam!"

"Yerden göğe kadar haklısınız; aileden kalma ev satılmaz; hatta bence, satarsa günaha girmiş olur insan."

Arthur'un kafasında birtakım kuşkular uyanmıştı; Pilguez geri çekilme zamanının geldiğini anladı. Arthur'u alışverişinden alıkoymamalıydı, hem zaten kendisinin de "başka bir ev bulmak için" köye inmesi gerekiyordu. Arthur'a gösterdiği sıcaklık ve limonata için hararetle teşekkür etti. Birlikte ayağa kalktılar, Pilguez arabasına binip motoru çalıştırdı; Arthur'a eliyle selam verdikten sonra gözden kayboldu.

"Ne istiyormuş?" diye sordu Lauren; sundurmanın altında belirmişti.

"Sözde bu evi satın almak."

"Bu hoşuma gitmedi."

"Benim de öyle; ama nedenini bilemiyorum."

"Sence polis olabilir mi?"

"Hayır, bence biz paranoyağız; bana kalırsa izimizi bulabilmeleri mümkün değil. Adam, araziyi yoklamaya gelmiş olan bir müteahhit ya da emlakçı olmalı. Kaygılanma; kalıyor musun, geliyor musun?"

"Geliyorum," dedi Lauren.

Onlar gittikten yirmi dakika sonra, Pilguez bu kez yürüyerek, tepeden aşağıya indi.

Evin önüne geldiğinde giriş kapısının kilitli olduğunu tespit ederek, zemin katın çevresinde dolaştı. Pencerelerin hepsi, panjurlarınsa yalnız biri kapalıydı. Panjurları kapalı tek bir oda; bu kadarı, yaşlı polisin birtakım sonuçlara varmasına yetti. Orada daha fazla oyalanmadan, çabucak arabasına döndü. Cep telefonunu alıp Nathalia'nın numarasını çevirdi. Bağlantı kurulunca, Pilguez Nathalia'ya, elinde ne kanıt ne de ipucu bulunduğunu, ama içgüdülerine dayanarak Arthur'un suçlu olduğunu bildiğini söyledi. Nathalia Pilguez'in kavrayışından hiç kuşku duymuyordu; ancak Pilguez'in elinde soruşturma izni yoktu; geçerli bir nedeni yokken insanların rahatını kaçıramazdı. Pilguez, bilmecenin anahtarının, kaçırma olayının gerekçesinde bulunduğuna emindi. Ve bu gerekçe, dışarıdan gayet dengeli gözüken, paraya pek ihtiyacı olmayan bir adamın, bu çapta bir tehlikeye atılmasına neden olacak kadar önemli olmalıydı. Ne var ki Pilguez, çözüme giden yolu bulamıyordu. Bütün klasik gerekçeler düşünülmüştü; ama hiçbiri bu duruma uymuyordu. Aklına blöf yapmak geldi: gerçeği bulmak için yalan söylemek; şüpheliyi afallatıp kuşkuları doğrulayacak ya da boşa çıkaracak bir tepki, bir tavır göstermesini sağlamaya çalışmak. Motoru çalıştırıp bahçeye girdi ve arabayı sundurmanın önüne park etti.

Arthur ile Lauren, bir saat sonra geldiler. Arthur Ford'dan iner inmez, gözlerini dosdoğru Pilguez'in gözlerine dikti; Pilguez ona yöneldi.

"İki sözüm var," dedi Arthur; "birincisi, satılık değil ve olmayacak; ikincisi, burası özel mülk!"

"Biliyorum ve satılık olup olmaması zerre kadar umurumda değil; kendimi tanıtmamın zamanı geldi."

Konuşurken, bir yandan da polis kimliğini gösteriyordu. Arthur'a yaklaştı ve burnunun dibine kadar sokularak, "Sizinle konuşmalıyım," dedi.

"Sanırım şu anda yaptığınız da bu!"

"Uzun uzun."

"Zamanım var!"

"İçeri girebilir miyiz?"

"Hayır, izniniz yoksa olmaz!"

"Böyle oynamakla hata ediyorsunuz!"

"Bana yalan söylemekle hata ettiniz; sizi ağırladım, size içecek ikram ettim!"

"Hiç olmazsa sundurmanın altına oturabilir miyiz?"

"Olur, öne geçin!"

Beraberce kayığın üstüne oturdular. Basamakların önünde dikilen Lauren, dehşete kapılmıştı. Arthur duruma hâkim olduğunu, kaygılanacak bir şey olmadığını göstermek, içini rahatlatmak için ona göz kırptı.

"Sizin için ne yapabilirim?" diye sordu polise.

"Gerekçenizi anlatın, gerekçe konusunda çuvallıyorum."

"Ne gerekçesi?"

"Size çok açık davranacağım; siz olduğunuzu biliyorum."

"Size biraz saf gözükmek tehlikesini göze alarak söyleyebilirim ki, doğru, ben benim; doğduğum günden beri benim; hiç şizofreniye yakalanmadım. Siz neden söz ediyorsunuz?"

Pilguez onunla Lauren Kline'ın bedeni hakkında konuşmak istiyordu; pazarı pazartesiye bağlayan gece, suç ortağının yardımıyla, eski bir ambulansla Memorial Hastanesi'nden çaldığını düşündüğü beden hakkında. Arthur'a, ambulansın bir araba tamircisinde ele geçirildiğini haber verdi. Belirlediği taktiğe uygun olarak, bedenin burada, bu evin içinde, tam olarak panjurları kapalı odada bulunduğuna emin olduğunu öne sürüyordu. "Anlamadığım tek şey, bunu neden yaptığınız ve bu, kafamı kurcalıyor." Emeklilik kapıya dayanmıştı ve meslek hayatını bir bilmeceyle kapatmayı hak etmediğini düşünüyordu. Bu meselenin bütün girdi çıktısını keşfetmek istiyordu. Onu ilgilendiren tek şey, Arthur'u bunu yapmaya iten nedendi. "Sizi parmaklıkların arkasına atmak, zerre kadar umurumda değil. Hayatım boyunca insanları kodese tıktım; onlar da birkaç yıl sonra çıkıp bıraktıkları yerden devam ettiler. Böyle bir suç için en fazla beş yıl yatarsınız; bundan bana ne; tek istediğim anlamak." Arthur, polisin anlattıklarının tek kelimesini bile anlamamış gibi davrandı.

"Şu beden ve ambulans hikâyesi de neyin nesi?"

"Mümkün olduğu kadar az vaktinizi almaya çalışacağım, arama izni olmadan, panjurları kapalı odayı gezmemi kabul eder misiniz?"

"Hayır!"

"Madem saklayacak hiçbir şeyiniz yok, neden hayır?"

"Sözünü ettiğiniz o oda, annemin çalışma ve yatak odasıydı ve o öldüğü günden beri kilitli duruyor. Henüz açma cesaretini kendimde bulamadığım tek yer orası; panjurlar da bu yüzden kapalı. O odanın kapısı kapanalı yirmi yıldan fazla oldu; şu pek tuhaf öykünüze bir son uydurmanızı engelleyecek bile olsa, içeri ancak hazır olduğumda, yalnız başıma gireceğim. Umarım kendimi, yeterince açık ifade edebilmişimdir."

"Anlaşıldı; sizi yalnız bırakmaktan başka çarem yok."

"Evet, kesinlikle doğru, beni yalnız bırakın; bagajı boşaltmam gerek."

Pilguez ayağa kalkıp arabasına yöneldi; tam kapıyı

açacakken birden dönüp gözlerini Arthur'un gözlerine dikti; bir anlık bir kararsızlıktan sonra, blöfü sonuna kadar sürdürmeye karar verdi:

"'O odaya, anladığıma göre, yalnız başınıza girmek istiyorsanız, bunu bu akşam yapın. Çünkü çok inatçıyımdır, yarın akşama doğru elimde arama izniyle geleceğim, böylece siz de yalnız kalamayacaksınız. Bedeni bu akşam başka yere götürebilirsiniz elbette; ama kedi-fare oyununda ben sizden çok daha iyiyimdir; otuz yıldır bu mesleğin içindeyim; hayatınız kâbusa döner. Parmaklığın üstüne kartımı bırakıyorum; üzerinde cep telefonum da var; bana söyleyecek bir şeyleriniz olabilir diye."

"Arama izni alamayacaksınız!"

"Herkesin işi kendine; iyi akşamlar."

Ve hışımla evi terk etti. Arthur, elleri belinde, yüreği deli gibi çarparak birkaç dakika boyunca olduğu yere çivilenip kaldı. Çok geçmeden Lauren, düşüncelerini böldü.

14

"Doğruyu söyleyip onunla pazarlığa oturmak gerek!"

"Elimizi çabuk tutup bedenini başka yere götürmeliyiz."

"Hayır, istemiyorum, yeter artık! Adam bir yerlerde pusuya yatmış olmalı, seni suçüstü yakalayacak. Yeter Arthur, bu senin yaşamın; duydun mu, beş yıl hapis yatma tehlikesi içindesin!"

Arthur hissediyordu; polis blöf yapıyordu; elinde hiçbir kanıt yoktu; izni asla alamazdı. Kendi kurtulma planını anlattı: Gece çökünce, evin ön tarafından çıkıp bedeni sandala yerleştireceklerdi. "Kıyıyı izleyip seni birkaç günlüğüne bir mağaraya koyacağız." Polis evde arama yaparsa, boşa zahmet etmiş olacaktı; özür dileyecek ve düşüncesinden caymak zorunda kalacaktı.

"Yakanı bırakmayacak, çünkü o bir polis ve inatçı biri," diye yanıtladı Lauren. "Ona soruşturmasında zaman kazandırırsan, bilmecenin anahtarını ortaya sürerek pazarlık edersen, bu işten sıyrılma şansın hâlâ var. Ne yapacaksan şimdi yap; sonra çok geç olacak."

"Söz konusu olan senin yaşamın, bu yüzden bedenini bu gece taşıyacağız."

"Arthur, mantıklı olmalısın, bu sonu belirsiz bir kaçış ve çok tehlikeli."

Arthur, aynı sözleri tekrarlayarak arkasını döndü: "Bu

akşam denize açılacağız." Ardından, arabanın bagajını boşalttı. Gün çok ağır geçti. Çok az konuştular, neredeyse göz göze bile gelmediler. Akşamleyin, Lauren Arthur'un karşısına dikilip ona sarıldı. Arthur onu usulca öptü: "Seni almalarına izin veremem, anlıyor musun?" Lauren anlıyor, ama Arthur'a, yaşamını tehlikeye atması için izin vermeye bir türlü içi elvermiyordu.

Arthur, geceyi bekleyip bahçeye bakan camlı kapıdan dışarı çıktı. Kayalıklara kadar yürüdüğünde, denizin, planlarını suya düşürdüğünü gördü. Kıyıya çarpıp patlayan iri dalgalar, planını olanaksız hale getiriyordu. Çarpacak ilk dalgada, kayık paramparça olurdu. Okyanus, zincirinden boşanmıştı; rüzgâr da artmış, dalgaların dansını hızlandırıyordu. Yere çömelip kafasını ellerinin arasına aldı.

Lauren hiç ses çıkarmadan yanına gelmişti; kolunu omuzlarına sararak o da Arthur gibi çömeldi.

"Eve gidelim," dedi, "üşüteceksin."

"Ben..."

"Hiçbir şey söyleme, bunu bir işaret olarak kabul et, bu gece hiç canımızı sıkmayalım; yarın bir çare bulursun, hem belki şafak vakti hava düzelir."

Ama Arthur, açıktan esen rüzgârın, en az üç gün sürecek bir fırtınanın habercisi olduğunu biliyordu. Öfkesi kabarmış bir denizin, bir gecede sakinleştiği görülmemişti. Mutfakta yemek yedikten sonra, salondaki şömineyi yaktılar. Pek konuşmuyorlardı. Arthur kafasını zorluyordu, ama bir türlü başka bir çare bulamıyordu. Dışarıda rüzgâr, ağaçları kökünden sökercesine eğecek kadar güçlenmişti; yağmur pencere camlarını titretiyordu; okyanus, kayalık kaleye karşı acımasız bir saldırı başlatmıştı.

"Eskiden doğanın zincirinden boşanmış halini severdim, ama bu akşam *Twister*'in[1] fragmanını seyrediyoruz sanki."

---

1 Kasırgalar hakkındaki bir filmin adı. (Ç.N.)

"Bu akşam çok üzgün görünüyorsun Arthurcuğum ama üzülmemelisin. Birbirimizi terk ediyor değiliz. Bana hep yarını düşünmememi söylersin; henüz bize ait olan şu ânı değerlendirelim"

"Artık bunu yapamıyorum, bir sonrakini düşünmeden, ânı yaşayamıyorum. Sen nasıl beceriyorsun?"

"Şu an geçen dakikaları düşünüyorum; bunlar sonsuz dakikalar."

Bu kez Lauren, Arthur'a bir öykü anlatmaya karar vermişti; seni oyalayacak bir oyun, dedi. Ödülünü az sonra açıklayacağı bir yarışmayı kazandığını hayal etmesini istedi ondan. Her sabah bir banka, onun adına 86 bin 400 dolarlık bir alacak hesabı açacaktı. Ama her oyun gibi, bu oyunun da kuralları vardı; iki kural:

"Birinci kural, gün içinde harcamadığın paralar akşama elinden alınıyor, hile yapıp paranı başka bir hesaba aktaramazsın; serbest olan tek şey, parayı harcamak; her sabah kalktığında, banka senin için bir günlüğüne 86 bin 400 dolarlık bir hesap açmış olacak. İkinci kural: Banka, önceden haber vermeden oyunu durdurabilir; herhangi bir zamanda, sana oyunun bittiğini, hesabı kapattığını ve başka hesap açılmayacağını söyleyebilir. Ne yapardın?"

Arthur tam olarak anlayamamıştı.

"Çok basit aslında; bu bir oyun, her sabah uyandığında sana 86 bin 400 dolar veriyorlar; tek koşul, gün içinde parayı harcaman; kullanmadığın para, sen uyurken geri alınıyor; ama Tanrı'nın bu lütfu ya da bu oyun her an bitebilir, anlıyor musun? Sonuç olarak, soru şu: Eğer böyle bir iyilikle karşılaşsan, ne yapardın?"

Arthur hiç düşünmeden her doları kendi keyfi için ve sevdiklerine armağanlar almak için harcayacağını söyledi. Bu "sihirli banka"nın vereceği her kuruşu, kendi yaşamına, çevresindekilerin yaşamına mutluluk getirmek için kullanırdı. "Hatta tanımadığım insanların yaşamına; çünkü kendim ve yakınlarım için günde 86 bin 400 dolar harcayabileceğimi sanmıyorum, ama sözü nereye getirmek istiyorsun sen?" Lauren yanıt verdi: "Hepimiz bu sihirli bankaya sahibiz; sihirli banka, zaman! Uç uca eklenen saniyelerden oluşan bereket boynuzu!"

"Her sabah uyandığımızda, günlük 86 bin 400 saniyelik kredi açılıyor bize; akşam yatağa yattığımızda yarına hiçbir şey kalmıyor, gün içinde yaşanmayan kaçmış, dün bitmiş oluyor. Her sabah bu büyü yeniden başlıyor, hesabımıza yeniden yaşamın 86 bin 400 saniyesi yatırılıyor ve şu değişmez kuralla oynuyoruz: Banka, önceden uyarmadan, istediği zaman hesabımızı kapatabilir: Yaşam her an bitebilir. Öyleyse, günlük 86 bin 400 saniyemizi ne yapıyoruz? Yaşamın saniyeleri, dolarlardan çok daha önemli değil mi?"

Kazadan beri, zamanın ne kadar değerli ve saygıya layık olduğunu pek az kişinin bildiğini, her geçen gün daha iyi görüyordu. Arthur'a, öyküden çıkan sonuçları aktardı: "Yaşamın bir yılının ne olduğunu mu merak ediyorsun: Bu soruyu, yıl sonu sınavında başarısız olmuş bir öğrenciye sor. Yaşamın bir ayı: Bu konuda, erken doğum yapmış, bebeğini sağ salim kollarına almak için, kuvözden çıkmasını bekleyen bir anneyle konuş. Bir hafta: Ailesine bakmak için bir fabrikada ya da maden ocağında çalışan bir adama sor. Bir gün: Kavuşacakları günden başka bir şey düşünmez olmuş âşıklara sor. Bir saat: Asansörde mahsur kalmış bir klostrofobiğe sor. Bir saniye: Bir araba kazasından kıl payı kurtulmuş bir adamın yüzündeki ifadeye bak ve saniyenin milyonda birini, olimpiyatlarda, uğrunda ömrünü verdiği altın madalya yerine, gümüş madalya almış atlete sor. Yaşam büyülüdür Arthur ve bunu, işin içyüzünü iyi bilen biri olarak söylüyorum, çünkü kazadan beri, her ânın tadını çıkarıyorum. Senden rica ediyorum, bize kalan her saniyeden yararlanalım."

Arthur onu kollarına alıp kulağına fısıldadı: "Seninle geçen her saniye, öteki bütün saniyelerden daha önemli." Gecenin kalanını, şöminenin karşısında sarmaş dolaş geçirdiler. Sabahın ilk saatlerinde uykuya yenik düştüler; fırtına dinmemiş, tam tersine sertleşmişti. Saat ona doğru, Arthur'un cep telefonunun çalmasıyla uyandılar; arayan Pilguez'di; Arthur'dan onu evine kabul etmesini rica ediyordu, onunla konuşması gerekiyordu; bir önceki günkü tavrından ötürü özür diledi. Adamın ona tuzak mı kurduğunu, yoksa içten mi davrandığını anlayamayan Arthur, bir an kararsız kaldı. Bardaktan boşanırcasına yağan yağmur yüzünden dışarıda kalamayacaklarını düşündü; belki Pilguez bundan yararlanarak eve girmeye çalışacaktı. Uzun boylu düşünmeden, onu mutfakta kahvaltı etmeye davet etti. Belki de ondan daha güçlü, daha kurnaz davranmış olmak için. Lauren hiçbir yorumda bulunmadı; yüzünde, Arthur'un fark etmediği melankolik bir gülümseme belirdi.

Polis müfettişi iki saat sonra geldi. Arthur ona kapıyı açarken, şiddetli bir rüzgâr seli koridora akın etti; öyle ki Arthur, ancak Pilguez'in yardımıyla kapıyla başa çıkabildi.
"Bu bir kasırga," diye bağırdı Pilguez.
"Buraya hava durumunu konuşmak için gelmediğinize eminim."
Lauren, mutfağa kadar peşlerinden gitti. Pilguez, trençkotunu bir sandalyeye atıp masaya geçti. Sofraya iki kişilik servis açılmıştı; öğlen yemeğinde ızgara tavuklu salata, ardından mantarlı omlet yiyeceklerdi. Yemeğin yanında, bir Napa Valley Cabernet şarabı vardı.
"Beni böyle karşılamanız büyük incelik; size bu kadar sıkıntı vermek istemezdim."
"Müfettiş, beni rahatsız eden, abuk sabuk masallarınızla canımı sıkmayı kendinize iş edinmeniz."
"Söylediğiniz gibi masalsalar, daha fazla canınızı sıkmama gerek kalmaz. Neyse; siz mimar mısınız?"
"Biliyorsunuz zaten!"
"Mimarlığın hangi alanıyla ilgileniyorsunuz?"
"Ata mirasını restore etmeye karşı büyük merakım var."
"Yani?"

"Eski binalara yeniden can vermeye, taşı bugünün yaşamına uyacak biçimde yeniden yontarak korumaya."

Pilguez turnayı gözünden vurmuştu: Arthur'u sevdiği bir konuya sürüklemeyi başarmıştı. Ama Pilguez, Arthur' un da bir o kadar merak uyandırıcı biri olduğunu keşfetti; böylece yaşlı müfettiş kendi kurduğu tuzağa düştü. Arthur'un ilgisini uyandıracak bir konu, onunla iletişim kurmasını sağlayacak bir yol bulmaya çalışırken şüphelendiği adamın anlattıklarına kapıldı.

Arthur, eski mimariden geleneksel mimariye, oradan modern ve çağdaş mimariye kadar uzanarak taşın tarihi hakkında ona gerçek bir ders verdi. Yaşlı polis büyülenmiş gibiydi; art arda sorular soruyor, Arthur hepsini birer birer yanıtlıyordu. Zamanın nasıl geçtiğini anlayamadan, iki saatten fazla sohbet ettiler. Pilguez kendi kentinin büyük depremden sonra yeniden kuruluşunu, her gün gördüğü yapıların tarihini, yaşadığımız kentlerle sokakların doğuşunu anlatan eğlenceli öyküleri öğrendi.

Kahve üstüne kahve içiyorlardı; Lauren, şaşkınlık içinde, Arthur ile Müfettiş arasında tuhaf bir bağın kuruluşuna tanık oluyordu.

Golden Gate'in doğuşu hakkındaki bir öykünün ardından, Pilguez, elini Arthur'un elinin üstüne koyarak sözünü kesti ve ansızın konuyu değiştirdi. Onunla erkek erkeğe, polis kimliğini bir kenara bırakarak konuşmak istiyordu. Anlamak istiyordu; kendini, içgüdüsünün asla yanıltmadığı yaşlı bir polis olarak tarif etti. O kadının bedeninin, koridorun ucundaki o kapısı kapalı odada saklandığını hissediyor, biliyordu. Ne var ki, bu kaçırma olayının nedenlerini çözemiyordu bir türlü. Arthur'u, her babanın sahip olmak isteyeceği bir oğul gibi görüyordu; sağlıklı, kültürlü, heyecan verici biriydi ona göre; böyle bir insan, bir çuval inciri berbat etmek pahasına, komadaki bir kadının bedenini neden çalsındı?

"Yazık, birbirimizden gerçekten hoşlandığımızı sanmıştım," dedi Arthur ayağa kalkarak.

"Doğru, ama bunun durumla ilgisi yok ya da tam tersine çok ilgisi var. Gerçekten iyi nedenlerinizin olduğuna eminim, size yardımcı olmayı teklif ediyorum."

Arthur'a sapına kadar dürüst davranacaktı; öncelikle o akşam arama izni filan alamayacağını itiraf etti; elinde yeterli kanıt yoktu. San Francisco'ya gidip yargıcı görmesi, onunla pazarlık etmesi, onu ikna etmesi gerekecekti, ama başaracaktı. Bu, üç dört gününü alırdı; Arthur'un bedeni başka yere taşımasına yeterdi bu süre; öte yandan Müfettiş kesin bir dille, bunun büyük bir hata olacağını belirtti. Arthur'un gerekçelerini bilmiyordu, ama yaşamının sonu olurdu bu. Hâlâ ona yardım edebilirdi; Arthur'un konuşmayı kabul etmesi ve bu gizemin anahtarını vermesi koşuluyla ona yardım elini uzatıyordu da. Arthur'un saniyesinde yapıştırdığı yanıt, hafif alaycıydı. Müfettişin mert tutumu ve yüce gönüllülüğü Arthur'u gerçekten duygulandırmıştı; bununla birlikte, iki saatlik sohbetle ona bu kadar yakınlık duymasına şaşırmıştı. Konuğunu anlayamadığını öne sürdü. Müfettiş kalkıp evine geliyor, Arthur onu ağırlıyor, karnını doyuruyor, o ise elinde ne kanıt ne de sebep varken Arthur'a saçma sapan bir suç yüklüyordu.

"Hayır, dikkafalılık eden sizsiniz," diye yanıtladı Pilguez.

"Diyelim ki suçlu benim; bir bilmeceyi daha açıklığa kavuşturmanın dışında, bana yardım etmek için ne sebebiniz var?"

Yaşlı polis dürüstçe yanıt verdi. Meslek hayatında epey görüp geçirmişti; yüzlerce saçma sapan neden, iğrenç cinayetler; ama suçluların ortak bir noktası vardı: suçlu olmanın getirdiği bir ortaklık, sapık, manyak, zararlı insanlar olmanın... Ama görünüşe bakılırsa Arthur başkaydı. Müfettiş ömrünü kaçıkları parmaklıkların arkasına koyarak geçirdikten sonra, kader kurbanı olmuş iyi bir adamı oradan kurtarabilirse, "bir kez olsun, olayın iyi tarafında yer aldığını hissedeceğini" söyleyerek sözü bağladı.

"Büyük incelik, bunu içtenlikle söylüyorum; sizinle yemek yemek çok hoşuma gitti ama tarif ettiğiniz gibi bir durumun içinde değilim. Size, gidin, demiyorum; ama yapacak işlerim var, belki gene görüşme fırsatı buluruz."

Pilguez, üzgün bir edayla, tamam anlamında başını salladıktan sonra, yağmurluğunu alıp kalktı. Konuşma sırasında hep büfenin üstünde oturan Lauren yere sıçrayıp peşlerinden, girişteki koridora daldı.

Pilguez, çalışma odasının kapısının önünde durup kapının koluna baktı.

"Anılar kutusu ne oldu; açtınız mı onu?"

"Hayır, henüz değil," diye yanıt verdi Arthur.

"Bazen geçmişe dalmak zordur, çok güç, çok cesaret ister."

"Evet, biliyorum, benim de aradığım bu."

"Aldanmadığımı biliyorum, delikanlı; içgüdüm beni asla yanıltmadı."

Tam Arthur ona kibarca gitmesini söyleyecekken, sanki biri içeriden çeviriyormuşçasına, kapının kolu dönmeye başladı ve kapı açıldı. Arthur şaşkınlık içinde arkasına döndü. Lauren pervazın altında durmuş hüzünle ona gülümsüyordu.

"Bunu neden yaptın?" diye mırıldandı soluğu kesilen Arthur.

"Çünkü seni seviyorum."

Pilguez durduğu yerden, kolunda serumuyla yatakta yatan bedeni hemen gördü. "Tanrı'ya şükürler olsun, yaşıyor." Arthur'u kapıda bırakıp içeri girdi, yatağa yaklaşıp bedenin yanına çömeldi. Lauren, Arthur'u kollarının arasına alarak şefkatle yanağından öptü.

"Yapamazdın, ömrünün kalanını benim için mahvetmeni istemiyorum; özgürce yaşamanı istiyorum, mutluluğunu istiyorum.

"Ama benim mutluluğum sensin."

Lauren parmağını dudaklarına götürdü.

"Hayır, böyle değil, bu koşullarda değil."

"Kiminle konuşuyorsunuz?" diye sordu yaşlı polis, son derece dostça bir sesle.

"Onunla."

"Yardımcı olmamı istiyorsanız, artık bana anlatmalısınız."

Arthur, gözlerinde büyük bir acıyla, Lauren'a baktı.

"Ona bütün gerçeği anlatmalısın; ister inansın, ister inanmasın, sen hep doğruyu söyle."

"Gelin," dedi Arthur Pilguez'e; "salona gidelim, her şeyi anlatacağım."

İki adam büyük kanepeye oturdular; ardından Arthur, evindeki banyo dolabına saklanmış yabancı bir kadının ona şu sözleri söylediği ilk akşamdan başlayarak, bütün hikâyeyi baştan sona anlattı: *"Söyleyeceklerimi anlamak kolay değil; kabul etmekse olanaksız, ama öykümü dinlemeye, bana güvenmeye razı olursanız, belki sonunda bana inanırsınız ve bu çok önemli, çünkü, farkında değilsiniz ama, dünya yüzünde bu sırrı paylaşabileceğim biricik insan, sizsiniz."*

Pilguez, hiç sözünü kesmeden Arthur'u dinledi. Arthur, akşamın geç saatlerinde anlatacaklarını bitirdikten sonra, koltuktan kalkıp dinleyicisini tepeden tırnağa süzdü.

"Görüyorsunuz ya, böyle bir hikâyeyle, koleksiyonunuza bir deli daha eklenmiş oldu, Müfettiş!"

"Kız yakınımızda mı?" diye sordu Pilguez.

"Tam karşınızdaki koltuğa oturmuş, size bakıyor."

Pilguez başını sallayarak, kısa sakalını ovuşturdu.

"Tabii," dedi, "tabii."

"Şimdi ne yapacaksınız?" diye sordu Arthur.

Ona inanacaktı! Arthur nedenini merak ediyorsa, çok basitti. Çünkü insanın Arthur gibi, tehlikeye atılmayı göze alarak böyle bir hikâye uydurabilmesi için, deli değil, zırdeli olması gerekirdi. Sofrada, Müfettiş'in otuz yıldır hizmet verdiği kentin tarihinden söz eden adamın ise, deliye benzer bir tarafı yoktu. "Bütün bunları yapmanız için, anlattıklarınızın kelimesi kelimesine doğru olması gerekir. Tanrı'ya pek inancım yoktur ama insan ruhuna inanırım, hem sonra meslek hayatımın sonuna geldim; her şey bir yana, size inanmak istiyorum."

"Öyleyse, ne yapacaksınız?"

"Onu arabamla, bir yerine zarar gelmeden hastaneye götürebilir miyim?"

"Evet, götürebilirsiniz," dedi Arthur, acı dolu bir sesle."

Pilguez, söz verdiği gibi, anlaşmaya sadık kalacaktı. Arthur'u bu kötü durumdan kurtaracaktı.

"Ama ben ondan ayrılmak istemiyorum, ona ötenazi yapmalarını istemiyorum!"

Bu başka bir savaştı. "Yapabileceklerim sınırlı, dostum!" Zaten bu bedeni geri götürerek kendini tehlikeye atacaktı; kurbanı bulduğu halde suçluyu saptayamamış olmasına iyi bir bahane bulmak için, önünde üç saatlik bir yol ve bir gece vardı. Kız hayatta olduğundan ve hiçbir kötü muamele görmediğinden, dosyayı rafa kaldırtabileceğini düşünüyordu. Bundan ötesi için, elinden hiçbir şey gelmezdi. "Ama bu kadarı bile fazla, öyle değil mi?"

"Biliyorum," diyerek teşekkür etti Arthur.

"Bu gece ikinizi yalnız bırakacağım, yarın sabah sekiz gibi gelirim; geldiğimde yolculuk için bütün hazırlıkları yapmış olun."

"Bunu neden yapıyorsunuz?"

"Size söyledim, size sempatim ve saygım var. Anlattıklarınızın gerçek mi, yoksa hayal gücünüzün ürünü mü olduğunu asla öğrenemeyeceğim. Ama ne olursa olsun, kendi mantığınız doğrultusunda, onun yararına hareket ettiniz; insanın, ortada bir meşru müdafaa olduğuna bile inanası geliyor; kimileri de tehlikedeki birine yardımcı olmak, derlerdi buna; benimse umurumda bile değil. Cesaret, iyi ya da daha iyi için çalışanların, harekete geçmek zamanı geldiğinde, hesapsız davrananlarındır. Haydi, yeter bu kadar çene çalmak; kalan zamanın tadını çıkarın."

Polis ayağa kalktı, Arthur ve Lauren onu izlediler. Evin kapısını açtıklarında, dışarıda sert bir rüzgâr esiyordu.

"Yarın görüşürüz," dedi Pilguez.

"Yarın görüşürüz," diye yanıt verdi Arthur, elleri ceplerinde.

Pilguez fırtınanın içinde gözden kayboldu.

Gece gözünü bile kırpmayan Arthur, sabah erkenden

çalışma odasına gitti. Lauren'ın bedenini hazırladı, ardından odasına çıkıp valizini topladı, evin panjurlarını kapattı, gazı ve elektriği kesti. Birlikte San Francisco'daki eve dönmeleri gerekiyordu. Lauren, bedeninden uzun süre ayrı kalınca, müthiş bir yorgunluk duyuyordu. Gece boyunca bu konuyu tartışmış ve böyle olması gerektiğine karar vermişlerdi. Pilguez bedeni götürürken, onlar da eve dönmek üzere yola çıkacaklardı.

Müfettiş, söylediği saatte geldi. On beş dakika içinde Lauren battaniyelere sarılıp polisin arabasının arka koltuğuna yerleştirildi. Saat dokuzda, ev bomboş kalmış, kapıları kapatılmış, iki araba kente doğru yola koyulmuştu. Pilguez öğlene doğru hastaneye ulaştı; Arthur ile Lauren de hemen hemen aynı saatte eve vardılar.

15

Pilguez sözünü tuttu. Yolcusunu, kılına zarar gelmemiş olarak Acil Servis'e bıraktı. Lauren'ın bedeni bir saate kalmadan, kaçırıldığı odaya geri götürüldü. Müfettiş hemen Emniyet'e gidip dosdoğru şefin odasına yöneldi. İki adamın konuştukları sır olarak kaldı; konuşma iki uzun saat sürdü; Pilguez odadan çıkar çıkmaz, kolunun altında kalın bir dosyayla Nathalia'nın yanına gitti. Klasörü masasının üstüne bıraktı ve dosdoğru gözlerinin içine bakarak belgeleri süresiz olarak rafa kaldırmasını söyledi.

Arthur ile Lauren, Green Sokak'taki eve yerleştiler; akşamüstlerini marinada geçiriyor, deniz kıyısında yürüyorlardı. Ötenazinin uygulanacağına ilişkin hiçbir işaret olmaması, bir umut ışığı doğurmuştu. Olup bitenlerden sonra, Lauren'ın annesi belki de niyetinden vazgeçmişti. Perry's'te akşam yemeği yedikten sonra, televizyonda film seyretmek için, saat ona doğru eve döndüler.

Yaşam, olağan akışına kavuştu; öyle ki, günler ilerledikçe kafalarını o kadar kurcalayan durumu, gün içinde giderek unutmaya başlamışlardı.

Arthur zaman zaman büroya gidiyor, kâğıtları imzalamak için şöyle bir görünüyordu. Günün kalanını Lauren'la geçiriyordu; birlikte sinemaya gidiyor, Golden Gate Park'ın yollarında saatlerce yürüyorlardı. Bir hafta sonu,

Arthur'un bir arkadaşının Tiburon'daki evine gittiler; evin sahibi, kendisi Asya'ya yolculuğa çıktığı zamanlarda, anahtarı Arthur'a veriyordu. Başka bir haftanın ilk günlerini, körfezde yelkenliyle açılmaya ayırarak, küçük koyları gezdiler.

Sırayla kentteki müzikholleri dolaşıyor, konserleri, bale ve tiyatro gösterilerini kaçırmıyorlardı. Saatler, her olasılığa açık, uzun, uyuşuk tatiller gibiydiler. Bir kez olsun yarını düşünmeden, yarını gizleyerek, şimdiki ânı yaşamak. O anda olup bitenden başka hiçbir şeye kafa yormamak. Kendi deyimleriyle, saniyeler kuramı. Karşılaştıkları insanlar, kendi kendine konuştuğu ya da bir kolu havada yürüdüğü için, Arthur'a deli diyorlardı. Gittikleri lokantalarda, garsonlar, masada yalnız başına otururken ansızın eğilerek, görünmeyen birine ait bir eli tutup öper gibi yapan, tatlı bir sesle konuşan ya da kapının önünde, var olmayan birinin geçmesi için kenara çekilen bu adama alışmışlardı. Kimileri onun aklını yitirdiğini, kimileriyse, ölmüş karısının anısıyla yaşayan bir dul olduğunu düşünüyorlardı. Arthur artık bunlara önem vermiyor, Lauren'la yaşadığı aşkı düğüm düğüm dokuyan anların tadını çıkarıyordu. Birkaç hafta içinde birbirlerinin yardımcısı, sevgilisi, hayat arkadaşı olmuşlardı. Paul'ün kaygıları geçmişti; arkadaşının yaşadığı krizi bir biçimde kabullenmişti. Kaçırma olayının kötü sonuçlar doğurmadığını görünce rahatlamıştı; bir gün ortağının aklının başına geleceğine, olayların normale döneceğine inanarak büro işlerini üstüne almıştı. Acelesi yoktu. Önemli olan, kardeşim dediği kişinin daha iyi, hatta yalnızca iyi olmasıydı; nasıl bir âlemde yaşarsa yaşasın.

Rahatlarını kaçıran hiçbir şey meydana gelmeden, tam üç ay akıp gitti. Bir salı akşamı oldu olanlar. Evde sakin bir akşam geçirdikten sonra yatmışlardı. Bir süre yatakta oynaştıktan sonra, Lauren sayfaları çeviremediği için birlikte okudukları bir romanın son satırlarını paylaşmışlardı. Gece geç vakit, koyun koyna uyumuşlardı.

Sabahın altısına doğru Lauren ansızın yatakta dikilerek, Arthur'un adını haykırdı. Sıçrayarak uyanan Arthur'un gözleri fal taşı gibi açıldı. Lauren bağdaş kurup oturmuştu; yüzü solmuş, saydamlaşmıştı.

"Ne oldu?" diye sordu Arthur kaygı dolu bir sesle.

"Çabuk beni kollarına al, yalvarırım..."

Arthur hemen Lauren'ın isteğini yerine getirdi; sorusunu yineleyemeden, Lauren, parmaklarını yeni çıkmış sakalın gölgesiyle kaplı yanağında gezdirmeye başladı; yüzünü okşayarak çenesine doğru indi; sonsuz bir şefkatle boynuna sarıldı. Gözleri dolu doluydu; sonunda, konuşmaya başladı:

"Zamanı geldi aşkım, beni öldürüyorlar, yok oluyorum."

"Hayır," dedi Arthur ona daha sıkı sarılarak.

"Tanrım, nasıl da zor geliyor senden ayrılmak; seninle yaşamım, hiç başlamamış olsa, sonsuza dek sürse keşke..."

"Gidemezsin, gitmemelisin, onlara karşı koy, yalvarırım!"

"Tek kelime söyleme, beni dinle; vaktimin çok azaldığını hissediyorum. Hayalimde olmayan şeyleri verdin bana; seninle yaşamadan önce, aşkın insana bunca sade güzellikler kazandırabileceğini düşünemezdim. Birlikte geçirdiğimiz tek bir saniye, senden önce yaşadıklarımın hepsinden daha değerli. Seni sonsuza dek ne kadar çok seveceğimi bilmeni istiyorum; nereye yelken açtığımı bilmiyorum, ama başka bir dünya varsa, yaşamıma getirdiğin olanca güç ve neşeyle, orada da seni sevmeye devam edeceğim."

"Gitmeni istemiyorum!"

"Şşş, hiçbir şey söyleme, beni dinle."

Lauren konuştukça, görüntüsü saydamlaşıyordu. Teni ağır ağır suyun berraklığına kavuşuyordu. Arthur, kollarının yavaş yavaş büyüyen bir boşluğu sardığını hissediyordu; Lauren gitgide siliniyordu sanki.

"Gözlerimde gülüşlerinin rengi var," diye yeniden konuşmaya başladı Lauren. "Bütün o gülüşlere, o şefkate teşekkürler. Ben gittiğimde yaşamanı, olağan yaşamına dönmeni istiyorum."

"Artık sensiz yapamam."

"Hayır, gönlündekini kendine saklama, onu başka bir kadına vermelisin; yoksa heba olur gider."

"Gitme, yalvarırım. Savaş!"

"Yapamam, elimde değil. Canım yanmıyor; yalnızca uzaklaştığını hissediyorum; sesin sanki pamuklarla kaplı bir yerden geliyor, görüntün bulanıklaşıyor. Öyle korkuyorum ki, Arthur. Sensiz öyle korkuyorum ki. Beni biraz daha tut."

"Seni kollarımda sıkıca tutuyorum; artık beni hissetmiyor musun?"

"Eskisi kadar değil, Arthurum."

İkisi de usul usul, sessizce ağlıyorlardı; yaşamın her saniyesinin anlamını, her bir ânın değerini, tek bir sözcüğün önemini, şimdi daha iyi anlıyorlardı. Birbirlerine sıkıca sarıldılar. Yarım kalan birkaç dakikalık bir öpücükle, Lauren tamamen kayboldu. Kolları birbirine kavuşan Arthur, acıdan iki büklüm oldu ve haykırarak ağlamaya başladı.

Bedeni tepeden tırnağa titriyordu. Başı, kontrol edemediği bir hareketle sağa sola sallanıp duruyordu. Parmaklarını o kadar sıkmıştı ki, tırnakları el ayalarını kanatmıştı.

Hayvanî bir sızlanışla haykırdığı, "Hayır!" camları titreterek odada yankılandı. Ayağa kalkmaya çabaladı ama titreyerek yere serildi; kendi gövdesini saran kolları, hâlâ çözülmemişti. Saatler süren bir baygınlık geçirdi. Epey zaman sonra kendine geldiğinde, teni solgundu; eli ayağı tutmuyordu. Lauren'ın oturmayı çok sevdiği pencere kenarına kadar süründü; boş bakışlarla, kendini oraya bıraktı.

Arthur yokluk âlemine daldı; kafasında her çınlayışında, tuhaf bir tat alıyordu yokluktan. Bu duygu, gizlice damarlarına yuvalandı, her gün bir önceki günden farklı bir ritimle çarpan yüreğine sızdı.

Yokluk, ilk günlerde, içinde öfke, kuşku, kıskançlık uyandırdı; başkalarına değil, çalınan anlara, geçen zamana karşı. Sinsice içine çöreklenirken heyecanlarını değiştiriyor, bileyliyor, keskinleştiriyordu. Başta amacı onu yaralamak gibi görünüyordu; ama bunun çok ötesinde, en keskin haliyle, içinde yankılandıkça çoğalıyordu. Eksiklik vardı içinde, ötekinin eksikliği; iliklerine sızmış olan aşkta, arzulanan bedende, bir koku arayan burunda, boşu boşuna okşamak üzere gövdeye uzanan elde, gözyaşlarının ardından yalnızca anıları gören gözde, ten isteyen tende, boşluğa kapanan öteki elde, yokluğun ritminde bükülen parmaklarda, boşlukta sallanan ayakta duyuyordu bunu.

Bitkindi; uzun günler ve geceler boyunca, hiç evden çıkmadı. Bir hayalete mektuplar yazdığı çalışma masasından kalkıp görmeyen gözlerle tavanı seyrettiği yatağına kadar gidebiliyordu. Telefonu açık kalmış, almaç yana devrilmişti, üstelik uzun zamandan beri; o ise, bunu fark etmemişti bile. Umurunda bile değildi; artık kimseden telefon beklemiyordu. Artık hiçbir şeyin önemi yoktu.

Boğucu bir günün sonunda, hava almaya çıktı. O akşam yağmur yağıyordu; üzerine bir yağmurluk geçirdi; gücü ancak yolun karşısındaki kaldırıma ulaşmasına yetti.

Sokağı gölgeler basmıştı; Arthur alçak bir bahçe duvarına ilişti. Bu sokak karaltısının oluşturduğu uzun koridorun sonunda, Victoria tarzı ev, küçük bahçesinin üzerinde yükseliyordu.

Mehtapsız gecede, evde bir tek salon penceresinden dışarı ışık süzülüyordu. Yağmur dinmişti ama Arthur'un ruhu yatışmamıştı. Pencerelerin arkasında, hâlâ Lauren'ı, yumuşak hareketlerini görüyordu.

Lauren, yüreğinin en derin yerine kazınmıştı.

Kaldırımların gölgesinde, sokağın köşesinde kaybolan bedeninin zarif kıvrımlarını görür gibi oluyordu. Kendini her güçsüz hissettiğinde yaptığı gibi, ellerini yağmurluğunun ceplerine sokmuş, sırtını kamburlaştırarak yürümeye koyulmuştu.

Yer yer gölgeli, yer yer ışıklı duvarlar boyunca, Lauren'ın ayak izlerini aramıştı; hareketleri, umutsuzca ağırdı. Sokağa girip girmemekte kararsız kalmıştı; sonra, çiseleyen yağmurun ve soğuğun verdiği uyuşukluğun etkisiyle, ilerlemişti.

Bir evin duvarına oturmuş, fazlasıyla hoyratça sona eren o yaşamın her dakikasını, yeni baştan yaşıyordu.

"Arthur, kuşku ve onun getirdiği seçim, heyecanlarımızın tellerini titreten iki güçtür. Önemli olanın, yalnız ve yalnız o titreşimdeki uyum olduğunu sakın unutma."

Annesinin sesi ve anısı, bir anda yüreğinin derinliklerinden yükselmişti. Arthur, üzerindeki bütün ağırlıktan kurtuldu; sokağa son bir kez baktıktan sonra, başarısız olmanın verdiği bir suçluluk duygusuyla dönüp gitti.

Ağaran gökyüzü, renksiz bir gündoğumunu haber veriyordu. Bütün gündoğumları sessizdir; ama sessizlik her zaman yoklukla eşanlamlı değildir; kimi zaman paylaşımlardan yana çok zengin olur. Arthur, eve dönerken, işte böyle sessizlikleri düşünüyordu.

Kapı deli gibi çalınmaya başladığında, Arthur, kuşlarla konuşurcasına salona, halının üstüne uzanmıştı. Yerinden kalkmadı.

"Arthur, orada mısın? İçeride olduğunu biliyorum. Açsana şu kapıyı yahu! Aç," diye haykırıyordu Paul. "Ya açarsın ya da kapıyı kırarım!"

İlk omuz darbesi, pervazı zangır zangır titretti.

"Lanet olsun; canım yandı, köprücükkemiğim çıktı; aç şu kapıyı!"

Arthur kalkıp kapıya gitti; sürgüyü çektikten sonra, hiç beklemeden gidip kanepeye uzandı. Paul salona girdiğinde, içerideki dağınıklık karşısında afalladı. Yerler, arkadaşının el yazısıyla dolu onlarca kâğıtla kaplanmıştı. Mutfakta, çalışma kâğıtlarının üstünde rastgele atılmış konserve kutuları vardı. Lavabo ağzına kadar bulaşık doluydu.

"Burada savaş çıktı ve sen kaybettin, öyle mi?"

Arthur yanıt vermedi.

"Tamam, seni işkenceden geçirip ses tellerini kestiler. Hey, konuşsana, benim, ortağın! Katalepsiye mi yakalandın, yoksa küp gibi içtin ve hâlâ ayılamadın mı?"

Paul, Arthur'un hıçkırmaya başladığını görünce yanına oturup omzuna sarıldı.

"Arthur, neler oluyor?"

"On gün önce öldü. Bir sabah, bir anda gidiverdi. Onu öldürdüler. Bunun üstesinden gelemiyorum, Paul, yapamıyorum!"

"Görüyorum."

Arthur'u kollarında sıktı.

"Ağla dostum, ağlayabildiğin kadar ağla. Anlaşılan, acıları siliyor bu."

"Yaptığım tek şey ağlamak zaten!"

"O zaman devam et; henüz gözyaşların tükenmedi; depoda hâlâ var."

Paul telefona bir göz attı, sonra fişini takmak üzere yerinden kalktı.

"İki yüz kez numaranı çevirdim; fişini taksan eline mi yapışırdı!"

"Dikkat etmemişim."

"On gün boyunca telefon bir kez olsun çalmıyor ve sen dikkat etmiyorsun, öyle mi?"

"Telefon umurumda değil, Paul."

"Buna bir son vermelisin, dostum. Bütün bu serüvene alabildiğine şaşırıyordum; ama artık beni şaşırtan sensin. Bir rüya gördün, Arthur; deli saçması bir öyküye bodoslama daldın. Gerçekliğe dönmelisin; şu anda yaşamını mahvetmekle meşgulsün. İşe gelmiyorsun, formunda bir sokak serserisine benziyorsun; kemiklerin sayılıyor; savaş öncesi belgesellerden fırlamış gibisin. Haftalardır büroda görünmedin; insanlar, senin yaşayıp yaşamadığını merak ediyorlar. Komadaki bir kadına âşık oldun; kendi kendine olağanüstü bir öykü uydurdun; kadının bedenini çaldın ve şimdi bir hayaletin yasını tutuyorsun. Bu kentte milyoner olduğunu henüz bilmeyen bir ruh doktoru var; farkında mısın? Senin tedaviye ihtiyacın var, dostum. Başka seçeneğin yok, seni bu halde bırakamam. Her şey, artık kâbusa dönüşmeye başlayan bir rüyadan ibaretti."

Sözleri, telefonun çalmasıyla yarım kaldı; telefonu açtı. Almacı, Arthur'a uzattı.

"Polis arıyor; adam barut gibi. O da tam on gündür sana ulaşmaya çalışıyormuş; seninle hemen konuşmak istiyor."

"Ona söyleyecek hiçbir şeyim yok."

Paul, eliyle almacı kapatmıştı: "Ya onunla konuşursun ya da telefonu sana yedirimim." Telefonu Arthur'un kulağına yapıştırdı. Arthur bir süre dinledikten sonra, ansızın ayağa fırladı. Telefondakine teşekkür edip darmadağın evin içinde çılgınca arabasının anahtarlarını aramaya koyuldu.

"Neler olduğunu öğrenebilir miyim?" diye sordu ortağı.

"Şimdi sırası değil, anahtarlarımı bulmalıyım."

"Seni tutuklamaya mı geliyorlar?"

"Yok canım! Aptal aptal konuşacağına bana yardım et."

"Yeniden beni azarlamaya başladığına göre, durumun daha iyi demektir."

Arthur anahtar destesini buldu, Paul'den özür dileyerek ona olup bitenleri anlatacak vakti olmadığını, zamanının kısıtlı olduğunu, ama akşama onu arayacağını söyledi. Paul'ün gözleri fal taşı gibi açılmıştı.

"Nereye gittiğini bilmiyorum ama, insan içine çıkacaksan, kesinlikle üstünü başını değiştirmeni ve yüzünü yıkamanı öneririm."

Arthur duraksadı, ama salonun aynasındaki görüntüsüne göz atınca, banyoya koştu; giysi dolabına bakmaktan kaçındı; bazı yerler, belleği acı verici biçimde canlandırırlar. Birkaç dakika sonra, yıkanmış, tıraş olmuş ve üstünü değiştirmişti; gene fırtına gibi dışarı fırlayarak hoşça kal bile demeden, garaja inen merdivenlere saldırdı.

Araba, San Francisco Memorial Hastanesi'nin otoparkına girene kadar, kenti, baştan başa, son hız kat etti. Arthur, kapısını kilitlemekle bile oyalanmadan girişteki salona koştu. Soluk soluğa içeri girdiğinde, Pilguez, bekleme odasındaki koltuklardan birine oturmuş, onu bekliyordu. Müfettiş kalkıp Arthur'u omzundan tuttu ve ona sakinleşmesini söyledi. Lauren'ın annesi hastanedeydi. Koşulları göz önüne alarak Pilguez ona her şeyi, daha doğrusu hemen hemen her şeyi anlatmıştı. Kadın, beşinci katın koridorunda Arthur'u bekliyordu.

16

Lauren'ın annesi, bir reanimasyon odasının girişinde, sandalyede oturuyordu. Arthur'u görünce ayağa kalkıp ona doğru yürüdü. Onu kollarının arasına alıp yanağından öptü.

"Sizi tanımıyorum, sizinle yalnızca bir kez karşılaştık, hatırlarsınız, marinada. Köpek sizi tanımıştı! Nedenini bilmiyorum; her şeyi anlamıyorum; ama size o kadar çok şey borçluyum ki, ne kadar teşekkür etsem azdır."

Ardından Arthur'a durumu anlattı. Lauren on gün önce, hiç kimsenin bilmediği bir nedenden dolayı, komadan çıkmıştı. Bir sabah erkenden, aylardan beri dümdüz olan beyin elektrosu kıpırdanarak yoğun bir elektrik hareketini ortaya koymuştu. Sinyali, nöbetçi hemşirelerden biri duymuştu. Kadın, derhal servisteki stajyer doktora haber vermiş ve birkaç saat içinde oda, bir arı kovanına dönmüştü; görüş bildirmek ya da yalnızca derin komadan çıkan "hasta"yı görmek üzere, doktorlar art arda vızır vızır gidip geliyorlardı. İlk günler, Lauren'ın bilinci açılmamıştı. Sonra, yavaş yavaş parmaklarını ve ellerini oynatmaya başlamıştı. Bir önceki günden beri, saatlerce gözlerini açık tutarak çevresinde olup biten her şeyi dikkatle izliyordu, ama konuşabilecek ya da herhangi bir ses çıkartabilecek durumda değildi henüz. Bazı profesörler, belki de ona konuşmayı yeniden öğretmek gerekeceğini düşünüyorlardı; bazılarıysa, bunun da zamanı gelince kendiliğinden düzeleceğinden emindiler! Önceki akşam, bir soruya göz kırparak yanıt vermişti. Çok güçsüzdü; görünüşe bakılırsa, kolunu kaldırmak için bile, oldukça büyük bir çaba harcaması gerekiyordu. Doktorlar bu durumu, çok uzun süredir hiç kıpırdamadan sırtüstü yatmasına bağlı olarak kaslarının zayıflamasıyla açıklıyorlardı. Bu da zamanla ve çalışmayla düzelecekti. Sonuç olarak IRM tanıları ve beyin tomografilerinin sonuçları gayet olumluydu; bu iyimserliğin yerinde olup olmadığını zaman gösterecekti.

Arthur raporun sonunu dinlemeden odaya girdi. Kalp cihazından, düzenli aralıklarla, iç rahatlatıcı bir bip sesi geliyordu. Lauren gözlerini kapamış, uyuyordu. Teni solgundu ama güzelliği yerindeydi. Arthur yatağın kenarına oturdu, Lauren'ın elini eline alıp avucuna bir öpücük kondurdu. Sonra, bir sandalyeye yerleşerek saatlerce Lauren'ı seyretti.

Akşama doğru Lauren gözlerini açtı, bakışlarını Arthur'a dikti ve gülümsedi.

"Her şey yolunda, ben buradayım," dedi Arthur alçak sesle. Kendini yorma; yakında konuşacaksın.

Lauren kaşlarını çattı; bir kararsızlıktan sonra yeniden gülümsedi, ardından uykuya daldı.

Arthur her gün hastanedeydi. Lauren'ın karşısına oturup onun uyanmasını bekliyordu. Her seferinde onunla konuşuyor, ona dışarıda olup bitenleri anlatıyordu. Lauren konuşamıyor; ama Arthur seslendiğinde, hep bakışlarını üzerinde kenetliyor, sonra uyuyakalıyordu.

On gün böyle geçti. Lauren'ın annesi ile Arthur, nöbetleşe bekliyorlardı. İki hafta sonra, Arthur koridordayken Lauren'ın annesi kapıya çıkıp önceki akşam Lauren'ın konuşmaya başladığını haber verdi. Duyarlığını yitirmiş boğuk bir sesle, birkaç sözcük söylemişti. Arthur odaya girip Lauren'ın yanına oturdu hemen. Lauren uyuyordu; Arthur parmaklarını saçlarına daldırıp usulca alnını okşadı.

"Sesini öyle özledim ki," dedi ona.

Lauren gözlerini açtı; Arthur'un elini tuttu; kararsız bakışlarla bir süre Arthur'u süzdükten sonra, sordu:

"İyi ama, siz kimsiniz? Neden her gün buradasınız?"

Arthur hemen anladı. Yüreği burkuldu; büyük bir şefkat ve sevgiyle gülümseyerek Lauren'ı yanıtladı:

"Söyleyeceklerimi anlamak kolay değil, kabul etmekse olanaksız; ama öykümüzü dinlemeye, bana güvenmeye razı olursanız, belki sonunda bana inanırsınız; ve bu çok önemli, çünkü, farkında değilsiniz ama dünya üstünde bu sırrı paylaşabileceğim biricik insan, sizsiniz."